Winter
Dicke Luft in der Küche

Frank Winter

Dicke Luft in der Küche

Schottland-Krimi mit Rezepten

Münster in Westfalen

Haftungsausschluss: Die Rezepte dieses Buchs wurden von Verlag und Herausgeber sorgfältig erwogen und geprüft. Dennoch kann eine Garantie nicht übernommen werden. Die Haftung des Verlags bzw. des Herausgebers für Personen-, Sach- und Vermögensschäden ist ausgeschlossen.

Frank Winter kennt Schottland und insbesondere den Schauplatz seiner Krimis, Edinburgh, wie seine Westentasche, Immer wieder zieht es ihn in die urwüchsige schottische Landschaft, seine historischen Städte und zu den geheimnisvollen Seen.
Gleich seinem Helden Angus MacDonald setzt er sich für die Küche des Landes ein. Sein Buch »Schottisch kochen« (erschienen im Verlag Die Werkstatt, 2014) wurde von der Gastronomischen Akademie Deutschlands mit einer Silbermedaille ausgezeichnet.

© 2014 Oktober Verlag, Roland Tauber
Am Hawerkamp 31, 48155 Münster
www.oktoberverlag.de
2. Auflage

Alle Rechte vorbehalten
Satz: Henrike Knopp
Umschlag: Thorsten Hartmann
unter Verwendung eines Fotos von Jodi Jacobson/istockphoto.com
Rezepte: Frank Winter
Druck: Books on Demand GmbH
In de Tarpen 42, 22848 Norderstedt

ISBN: 978-3-946938-31-6

Inhalt

Die Personen 7
Mrs Sinclair in Not 11
Trubel im Guest House 23
The Duke of Edinburgh 39
Alles, was Sie mit Hafer kochen können –
Teil 1: Cranachan 57
The Big Issue 65
Hausdrachen inklusive 85
Alles, was Sie mit Hafer kochen können –
Teil 2: Vegetarischer Haggis 105
Full Breakfast 121
Tunnel Vision 135
Füllhorn der Region 153
Ein Rätsel wird gelüftet 173
Alles, was Sie mit Hafer kochen können –
Teil 3: Orcadian Oatmeal Soup 183
Ein Anwalt auf Abwegen 201
MacDonald, der Furchtlose 215
Überfall in der Nacht 233
Eine unerwartete Wendung 251
Lug oder Trug? 267
Showdown auf dem Leith Walk 281
Dundee Cake 298
Cranachan 299
Vegetarischer Haggis 300
Traditioneller Haggis 302
Hafersuppe von den Orkney-Inseln 305
Malzbrot 306
Grapefruitmarmelade 307

Clootie Dumpling 308
Selkirk Bannock 310
Glossar schottischer (wie auch englischer) Begriffe 311

Die Personen

Angus Thinnson MacDonald
gefällt es überhaupt nicht, dass er abspecken soll. Sein neuester Fall kommt ihm da gerade recht ...

Alberto Vitiello
hilft seinem Freund unermüdlich beim Ermitteln. Und dabei hätte er mit den anstrengenden Gästen in seinem Guest House bereits genug zu tun.

Maria Vitiello
ist der ruhende Pol in Albertos Leben. Häufiger als es ihr lieb ist, muss sie ihren Gatten auf den Boden der Tatsachen zurückholen.

Dr. Karen Miller
hat gewaltige Probleme mit einem ehemaligen Bekannten. MacDonald erzählt sie nichts davon und bereut das später bitter.

Major Lockhart
ist äußerlich ein Rauhbein, hängt aber sehr an Tochter und Enkelin.

Mrs Lockhart, die Erste
hält sich für Queen Elisabeth. Wie diese hört sie im privaten Kreis auch auf den Namen Lilibet.

Mrs Lockhart, die Zweite
will nicht so gut zu ihrem weitaus älteren Gatten passen.

Ann Lockhart
sucht seit Jahren vergeblich eine geistige Heimat.

Catriona Lockhart
ist Anns reizende kleine Tochter.

Maureen MacBeth
trägt nicht nur einen klangvollen Namen, sondern auch jede Menge Geheimnisse mit sich herum.

Paul Sangster
hat Ann nie geheiratet. Beide haben sich bereits vor Jahren getrennt.

Ailsa Craig
ist die fast gewaltsam fürsorgliche Nachbarin von Mrs Lockhart der Ersten und kann es an Ungeschliffenheit ohne Weiteres mit dem Major aufnehmen.

Mrs Sinclair
aus Portobello, eine nette ältere Dame, die ausgezeichneten Selkirk Bannock backt und MacDonald seinen neuen Fall verschafft.

… sowie weitere Personen in Edinburgh.

*»... meine Freunde koste ich gerne, aber ich esse sie nicht auf.
Mit anderen Worten, ich habe die altmodische Ansicht, dass jedwedes Ausfragen, jedwede Neugier vulgär ist und deshalb vermieden
werden sollte.«*

aus »A Plea for Better Manners« von Norman Douglas
(1868-1952), Reiseschrifsteller, Essayist und Romanautor

Mrs Sinclair in Not

»Sie müssen mir unbedingt helfen. Es ist grässlich!« Mrs Sinclairs Stimme klang seltsam verzerrt. Besaß sie ein Unterwasser-Telefon? Möglich wäre es. Immerhin gab es ja auch Boote für diesen Teil der Natur.

»Meine Liebe, beruhigen Sie sich erst einmal. Was ist denn überhaupt geschehen?« MacDonald freute sich stets, wenn seine Bekannte ihn anrief. Heute hätte er aber fast einen archaischen Freudentanz vollführt, denn was konnte es Schöneres geben, als Bücher über die Atkins-Diät zur Seite zu schieben! Allerdings hatte er nicht ahnen können, dass sich das Gespräch derart turbulent gestalten würde. »Von wem sprechen Sie?«

»Major Lockhart! Er liegt auf dem Boden, hingestreckt wie ein Märtyrer.«

»Ist der Herr ein Bekannter von Ihnen, wenn ich fragen darf?«

»Aber ja, ein tapferer Mitstreiter meines Vaters! Gott habe ihn selig. Selbstverständlich auch den armen Major.«

MacDonald hätte schwören können, alle Bekannten von Mrs Sinclair zu kennen, ganz besonders Kameraden ihres verstorbenen Herrn Papa. Der Name dieses Gentleman war ihm jedoch nie untergekommen. Ein wenig sonderbar ist das schon, dachte er. »Sie haben keinen Schimmer, warum er gestrauchelt ist?«

»Ganz und gar nicht. Ich komme mir vor wie in einer griechischen Tragödie. Major Lockhart hat nur ein winziges Schlückchen Drambuie zu sich genommen und ist kollabiert, liegt auf meinem Bengali und rührt sich nicht mehr!«

»Das ist in der Tat ein Problem.« Und noch brenzliger würde es werden, wenn des Majors Unpässlichkeit mit dem Whiskylikör zusammenhinge. Oft schon hatte MacDonald sich gefragt, wie viele Lebensjahre die harmlos wirkenden Flaschen in Mrs Sinclairs Hausbar auf dem Buckel hatten. »Sicher haben Sie sich doch auch ein Gläschen gegönnt? Ich meine, angesichts der Umstände und so?«

»Zwei sogar, eines vor und noch eines nach seiner Ohnmacht. Ich wusste mir einfach nicht anders zu helfen.«

»Selbstredend. Es wäre nun gut zu wissen, ob der Gentleman noch unter uns weilt.«

»Und wie soll ich das feststellen?«

»Sie könnten ihn beispielsweise leicht rütteln.«

»Unmöglich! So etwas schickt sich für eine Dame nicht. Was sollen denn die Nachbarn denken!«

»Sie haben noch weiteren Besuch?«

»Nein, aber es gehen doch fortwährend Menschen an meinem Wohnzimmer vorbei.«

Mrs Sinclair war, von gelegentlichen Ausrutschern wie einem Gläschen Alkohol abgesehen, eine strenge *Presbyterianerin*. Weil sie als solche nichts zu verbergen hatte, gab es im gesamten Haus keine Gardinen. »An Ihre ungeschmückten Fenster hatte ich nicht gedacht. Sie können demnach nur noch einen Krankenwagen rufen.«

»Dem Major würde das gar nicht behagen.«

Nicht, wenn er seine leibliche Hülle bereits verlassen hat, dachte MacDonald. »Und weshalb nicht?«

»Er ist sehr strikt, müssen Sie wissen, so wie ich auch. Seiner Ansicht nach muss jeder Mensch für sich selbst sorgen. Undenkbar, dass er wegen einer vorübergehenden Unpässlichkeit eine Ambulanz in Anspruch nähme.«

»Was ist denn vor seiner Ohnmacht geschehen? Ich meine, außer dass er ein Gläschen Drambuie trank?«

Mrs Sinclair hustete so laut, dass MacDonald hastig den Hörer vom Ohr zog. »Ich bin eine ehrbare Person!«, erwiderte sie mit Nachdruck.

»Natürlich sind Sie das. Aber Sie haben doch bestimmt über irgendetwas gesprochen, nicht wahr? Kommt Major Lockhart jeden Montag bei Ihnen vorbei?«

»Das tut er gewiss nicht! Er rief mich heute am frühen Morgen an. Wir kennen uns schon so lange und ich spürte gleich, dass etwas nicht stimmt mit ihm, so bedrückt, wie er klang.«

»Hat er Ihnen anvertraut, warum er so deprimiert ist?«

»Ich glaube, das wollte er, doch dann fiel er einfach um.«

»Könnte es um seine Familie gehen?«

»Möglicherweise, doch spricht er nicht gerne über sein Privatleben. Er hat, äh, seine Frau vor einigen Jahren verlassen.«

»Dergleichen Dinge kommen heutzutage in den besten Familien vor.«

»Aber er hätte doch nicht umgehend eine jüngere Dame ehelichen müssen!«, erwiderte sie entrüstet.

Was für ein Temperamentsausbruch! MacDonald salutierte verblüfft in sein Wohnzimmer. »Natürlich nicht.«

»Keine falsche Bewegung!«

»Ich sitze hier ganz gemächlich in meinem Sessel und lausche Ihnen, meine Liebe. Ohne ein Anzeichen unnützer Mobilität ... hallo, Mrs Sinclair! So antworten Sie doch bitte!«

»Nein!«, rief jemand in den Hörer. Ein Schuss fiel und dann brach die Verbindung ab. MacDonald erhob sich ungestüm aus seinem Sessel und riss dabei eines der Beistelltischchen um. Die gesammelten Weisheiten mehrerer Generationen von Atkins-Exegeten purzelten auf den Teppich. Karen, seine Haus- und Leibärztin, hatte ihm das Abnehmen wieder einmal dringlichst ans große Herz gelegt. Mit den schweren Bänden wollte er die Höllenqual, die ihm bevorstand, theoretisch untermauern, ehrlicherweise aber auch ein wenig hinauszögern. »Das mobile Telefon nicht vergessen, Angus«, mahnte er sich. Obwohl kein großer Anhänger dieser Gerätschaften, waren sie doch mitunter nützlich. Mrs Sinclair verfügte auch über diese Nummer. Vielleicht würde sie ihn ja unterwegs anrufen. Wer hatte bloß ›nein‹ in den Hörer gebrüllt? Es war nicht zu erkennen gewesen, zu welchem Geschlecht die Stimme gehörte. Aufgeregter Herr oder Dame in tiefer Tonlage? Und warum wurde eine Feuerwaffe benutzt? Sein treues Gefährt, ein feuerroter VW Käfer, sprang auf Anhieb an und er legte einen rasanten Start hin. Den Vögeln der Nachbarschaft, die sich gerade ein frugales Mahl zusammenpickten, behagte der Lärm überhaupt nicht. Entsetzt flatterten sie davon. MacDonald blickte durch die Windschutzscheibe nach oben, auf das unübersichtliche Gemenge von Federn. Wenn das nur kein schlechtes Omen war. Verblüffend schnell gelangte er auf die Leith Street und nur eine Viertelstunde später läutete er bei Mrs Sinclair Sturm. In den Nachbarhäusern beobachtete man ihn scharf. Unter internatsgleicher Kuratel zu leben, war nicht einfach. »Was ist das, Angus?«, fragte er sich und wiegte die Nase rhythmisch hin und her. Ja, es musste ein Dundee Cake sein. Die Dame des Hauses war über die Stadtgrenzen hinaus für ihre Backkünste bekannt. Als sie sich hörbar der Haustür näherte und öffnete, wie immer ganz in schwarz gekleidet, erschrak sie. »Mister MacDonald, mit Ihnen hatte ich nicht gerechnet.« Besorgt blickte sie zu den Anwohnern, die sich ruckartig von ihren Posten zurückzogen, wie ein Regiment unter heftigem Beschuss.

»Ich habe mir solche Sorgen gemacht! Sie erzählten mir doch, dass ein Gentleman auf Ihrem Bengali liegt. Ich wusste nicht, ob er noch am Leben ist und ...«

»... ob ich ihm ein Glas Drambuie mit abgelaufenem Verfallsdatum eingeschenkt habe.«

MacDonald errötete. »... sich bei dem Schuss jemand verletzte, wollte ich sagen.«

»Major Lockhart geht es bereits besser. Der Schuss löste sich aus Versehen, als ich seine Pistole vom Boden auf den Tisch legte. Aber kommen Sie doch erst einmal herein.«

Sie führte ihn ins Wohnzimmer, einem hellen Raum mit wunderbaren, antiken Möbeln, durchweg Erbstücke und seit Generationen im Besitz der Familie Sinclair. Als MacDonald niemanden auf dem Boden ausmachen konnte, war er ein wenig konsterniert. »Wo ist denn Mister Lockhart?«

»Er wäscht sich nur kurz die Hände. Darf ich Ihnen eine Erfrischung anbieten? Es muss ja kein Drambuie sein. Wie wäre es mit einem kleinen *Laphroaig*?«

Pro forma zeigte MacDonald auf die mannshohe, Ehrfurcht gebietende Standuhr. »Es ist erst elf Uhr.«

»Ich weiß, ich weiß. Sie haben aber doch gewissermaßen ein professionelles Interesse an Speis und Trank.«

»Also gut, Sie haben mich überredet. Wenn ich schon als Berufstrinker bekannt bin, will ich meinem Ruf auch Ehre machen.«

»So einen Ausdruck habe ich noch nie gehört. Quartalsäufer ja, aber Berufstrinker?« Der Mann, der ins Zimmer trat, hatte dichtes schwarzes Haar und stahlblaue Augen. Er trug einen dunkelgrauen Anzug, eher europäisch als britisch im Stil, ein weißes Hemd und eine hektische Krawatte. Sein Alter war schwer zu schätzen. Er mochte achtzig Jahre gelebt haben, sah aber mindestens zehn Jahre jünger aus. Seine Haltung drückte kompromisslose Entschlossenheit aus. Nach Jahrzehnten des Befehlens kam er mit Widerspruch wohl nur schwer zurecht. Mrs Sinclair betrachtete ihn mit einem leichten Glitzern in den Augen. Diese Seite seiner Bekannten war MacDonald ebenfalls neu. Es war, als ob man ihn mit einer allzu avantgardistischen Speisenzubereitung konfrontierte. Er erhob sich im schnellsten Tempo, das ihm gegeben war. »Sehr angenehm, mein Name ist Angus Thinnson MacDonald.«

Der Major musterte ihn intensiv und schüttelte dann entschieden den Kopf. »Gebe kaum noch Hände. Ist meistens nicht persönlich gemeint.«

»Meinethalben«, grummelte MacDonald und setzte sich wieder.

Mrs Sinclair, in einer Familie von Hitzköpfen aufgewachsen, versuchte zu schlichten: »Der Major meint es nicht so.«

Lockhart verzog keine Miene. »Wollte gerade gehen. War nett, Sie kennen zu lernen, MacDuff.«

»Jetzt schon? Bleiben Sie doch noch ein bisschen. Mister MacDonald ist ein renommierter Journalist.«

»Und was hat das mit dem Trinken zu tun?«

MacDonald kam sich wie bei einer rigorosen Schulprüfung vor. »Es ist so einfach wie ein gekochtes Ei, Sir. Mein berufliches Sujet ist das Essen und Trinken.«

»Die Ernährung dient dem Überleben. Maßloses Spachteln und Picheln ist Sünde und deshalb zu verdammen.«

»Sie müssen es ja wissen!«

»Aber Gentlemen, so beruhigen Sie sich doch. Wir haben keinen Anlass, in Harnisch zu geraten.«

»Er hat mich vor den Kopf gestoßen! In meinem ganzen Leben war ich noch nie maßlos!«, sagte MacDonald verstimmt. Allzeit ein versöhnungswilliger Zeitgenosse, sollte man doch über seinen Beruf bitteschön keine unsachgemäßen Bemerkungen machen. Fairness war der ebenso dünne wie notwendige Grund der Zivilisation.

»Habe nur die Wahrheit gesagt.«

»Das ist Ihre Meinung. Eine sehr bescheidene, wie ich hinzufügen darf!«

»Meine Herren, ich schlage vor, wir nehmen einen Drink zu uns. Unser Landsmann Laphroaig wird uns wieder auf Vordermann bringen. Was meinen Sie?«

»Von mir aus gerne«, erwiderte MacDonald eine Spur ziviler.

»Normalerweise trinke ich um diese Zeit nichts«, erklärte Lockhart und klopfte mit dem Zeigefingerknöchel auf seine Armbanduhr.

Des Gourmets Gesicht verfärbte sich weihnachtsputerrot. Das wurde immer besser! Wenn er ihn auf den Drambuie hinwies, würde er wohl Likör zu Limonade erklären! »Ich doch auch nicht!«

Mrs Sinclair reichte den Herren kommentarlos einen doppelten Scotch und wartete, bis die Promille ihre Wirkung taten. »Möchten Sie vielleicht einen kleinen Imbiss dazu?«

Er sah sich bereits in ein generöses Stück des Dundee Cake beißen, doch der Major winkte mit den Händen ein *Andreaskreuz*. »Nein, so weit muss man nicht gehen.«

»Sie sollten Ihre Gesundheit nicht auf die leichte Schulter nehmen, John. Immerhin sind Sie in Ohnmacht gefallen.«

»Nach einem Gläschen Whiskylikör«, rutschte es MacDonald heraus.

»Harte Zeiten verlangen nach harten Geschützen«, sagte Mrs Sinclair. »Mister MacDonald, als Sie klingelten, wollte der Major gerade etwas erzählen.«

Lockhart nippte an seinem Scotch und sah MacDonald über das Glas hinweg an. »Tut mit leid, wenn wir auf dem falschen Fuß angefangen haben. Die Nerven sind etwas angespannt.«

»Halb so schlimm«, antwortete MacDonald und nahm noch einen Schluck. Als der Whisky wohlig seinen Körper durchfloss, wusste er, dass ein konstruktives Gespräch sehr viel wahrscheinlicher war.

»Ist außerdem nicht meine Art, Mitmenschen mein Herz auszuschütten, schon gar nicht solchen, die ich gerade erst kennen gelernt habe. Doch Christabel hat ein richtiges Loblied auf Sie gesungen. Sollen ein ausgezeichneter Spürhund sein. Hatte allerdings erwartet, dass Sie über Politik schreiben.«

MacDonald schüttelte den Kopf. »Was ist los?« Und warum nannten sie sich beim Vornamen? Das machte ... Christabel niemals.

»Ich erwähnte, dass Sie ein Meister im Ermitteln sind, Mister MacDonald.«

»Herzlichen Dank. Wenn man das so sagen möchte. Aber um auf die unglückliche Vokabel Spürhund zurückzukommen ...«

Mrs Sinclair streckte ihm die schlanke Whiskyflasche entgegen und sah ihn flehentlich an. »Darf ich nachgießen?«

»Kann ich mich darauf verlassen, dass Sie alles, was ich Ihnen erzähle, für sich behalten, MacDuff?«

»Selbstredend, mein Herr. Das ist Ehrensache.«

Der Begriff schien dem Major zu gefallen, erinnerte ihn an vergangene Zeiten. Er nickte anerkennend. »Es geht um meine Tochter Ann und Enkelin Catriona. Sind wie vom Erdboden verschluckt.«

»Seit wann?«

»Vielleicht zwei Wochen. Bis vor einem Jahr hätte man es genau sagen können. Damals wohnte sie noch bei meiner Frau. Exfrau sollte ich besser sagen. Macht der Gewohnheit. Wie auch immer. Ann ist mit der Kleinen abgehauen. Ohne ein Wort! So etwas machen wir Lockharts nicht! Schande für den Familienstammbaum!«

War das schlimmer als die Tatsache, dass die beiden unauffindbar waren? »Ich kann Ihnen leider nicht folgen. Von wo ist sie abgehauen?«

»Von der komischen Freundin, bei der sie wohnte. Hielt sie bislang aber nicht davon ab, meine Exfrau regelmäßig zu besuchen. Von ihr habe ich auch erfahren, dass sie verschwunden ist.«

»Wissen Sie, wie die Freundin heißt?«

»Nein.«

»Wohnsitz?«

»Auch nicht.«

»Wie alt ist Ihre Frau Tochter?«

»Ann, lassen Sie mich überlegen, 34 Jahre, denke ich.«

»Und Catriona?«

»Fünf Jahre und vier Monate.«

»Darf ich fragen, wo sich der Vater des Kindes gegenwärtig aufhält?«

Mrs Sinclair schnäuzte demonstrativ in ihr besticktes Taschentuch.

»Verzeihen Sie, Major, ich möchte nicht indiskret sein, aber wenn ich den Fall aufklären soll, muss ich mitunter auch unbequeme Dinge aufrühren. Es liegt in der Natur der Sache.«

»Ist mir doch klar! Dieser Sangster ist ein Taugenichts, hat sich nach der Geburt der Kleinen einfach aus dem Staub gemacht, berappt nicht einen Penny Unterhalt! Zu meiner Zeit hätte man den Burschen standrechtlich erschossen! Vielleicht mache ich das noch!«

MacDonald nickte einfühlsam. Die schlimmsten Tragödien spielten sich wahrlich in Familien ab. »Kann Ihre ehemalige Gattin uns Hinweise liefern?«

»Eher weniger.«

»Und warum nicht?«

»Weil sie völlig gaga ist!«

»Was bitteschön heißt gaga?«

»Verrückt, versponnen.«

»Die Bedeutung des Wortes ist mir wohlbekannt. Ich meinte, wie sich das bei Ihrer Exfrau äußert?«

»Sie kennen doch Prinz Philip?«

»Von England? Wer täte das nicht«, antwortete MacDonald zögerlich, denn er war nicht sicher, ob man ihn vergackeiern wollte. Und wahrscheinlich würde der Herr eine falsche Antwort mit einer Backpfeife quittieren.

»Exakt. Meine Exfrau spricht nur noch mit ihm.«

»Der Gatte der englischen Königin verkehrt bei ihr?«

»Papperlapapp! Sie spricht mit ihm, obwohl er nicht da ist.«

»Sie führt Selbstgespräche?«

»Himmel! Nein! Sie redet nur mit Herren, die ihm ähnlich sehen oder wie er palavern. Hab doch gerade gesagt, dass sie gaga ist.«

»So ist das also. Haben Sie ihn auch schon imitiert?«, erkundigte MacDonald sich ein wenig schadenfreudig, denn der Kasernenhofton missfiel ihm zunehmend.

»Was sollte ich denn tun! Sonst hätte sie mir doch überhaupt nichts erzählt. Aber damit ist nun ein für alle Mal Schluss! Lasse mich nicht mehr zum Hampelmann machen. Mit ihrem Faible für den Knilch ist sie mir schon während unserer Ehe auf den Wecker gegangen. Ich muss jetzt aufbrechen.«

Bevor MacDonald etwas erwidern konnte, stand der Major bereits vor ihm und zerquetschte ihm fast die Hand. Welcher Mensch suchte derart schnell das Weite, wenn es um das Schicksal von Tochter und Enkelkind ging? Hier war etwas faul im Staate Schottland.

»Jeder Mann, der es zu etwas gebracht hat, denkt, dass das allein sein Verdienst war; seine Ehefrau lächelt und lässt ihn in diesem Glauben.«

aus Sir James Matthew Barries (1860-1937) »What Every Woman Knows« (1908), Akt vier

Trubel im Guest House

»So isst doch kein zivilisierter Mensch! Maria, du hättest sehen sollen, wie der Dicke seine doppelte Portion *Porridge* reingeschaufelt hat. Das grenzt an Fresssucht! Incredibile!« Alberto Vitiello führte sein Guest House in Fountainbridge seit Jahrzehnten. Dennoch fand der Italiener noch immer einen Anlass, um sich aufzuregen. Seine Echauffiertheit stieg mit der Entfernung, aus der die Gäste anreisten. »Ein Japaner im Schottenrock, mit passenden, langen Strümpfen und Messer! So etwas habe ich noch nie gesehen. Fehlt nur noch, dass er Gälisch mit mir reden möchte.« Gegen seine Frau und die Schwiegermutter hatte er nicht ganz so viel einzuwenden. Sie benahmen sich einigermaßen zivilisiert. Und irgendwie schien ihnen das Geschmatze auch peinlich zu sein, denn sie sahen den Dicken immer wieder besorgt an. Der Schwiegervater wiederum, so klein er war, stand ihm kaum nach. Sie hätten im Nachmittagsprogramm der BBC Scotland als Kinderschrecke auftreten können. Alberto beherbergte den seltsamen Tross nur, weil die hübsche, junge Dame im Tourist Board ihn darum gebeten hatte. Er konnte sich allerdings nicht verkneifen zu fragen, welcher Reisebus die Vier unterwegs verloren hatte, denn seines Wissens reisten Japaner nur in Großbusstärke um den Erdball. Sie hatte gelacht, ihm dann aber bestätigt, dass die beiden Ehepaare tatsächlich einer größeren Gruppe angehörten. In ihrem Hotel hatte man sich bei der Buchung der Zimmer vertan, so dass sie gewissermaßen auf der Straße standen. Seit Stunden schon regte er sich über diese Gäste auf. Und noch immer wollte er keine Ruhe geben. Von seiner Frau Maria konnte er keine moralische Unterstützung erwarten. Trotz seines heftigen Aufbegehrens dachte sie nicht im Traum daran, früh am Morgen unnötig Energie zu vergeuden und zog es vor, am Frühstückstisch zu sitzen und entspannt an einer Tasse Tee zu nippen. Der war so schwarz, dass er problemlos als Kaffee durchgegangen wäre. Sie trug blaue Wollhosen und einen fliederfarbenen Pullover. Auch im Alltag legte sie großen Wert auf elegante Kleidung. Alberto, der gerne ein einfaches Hemd und an besonders kalten Tagen zusätzlich eine Anglerweste anzog, bewunderte die Konsequenz seiner Frau, wenn es um Fragen des Stils ging. Maria hatte den »Scotsman« vor sich ausgebreitet. Angeblich wollte sie über die aktuelle weltpolitische Lage im Bilde sein. Doch Alberto hegte den Verdacht, dass sie mehr an spannenden Kriminalfällen interessiert war. Nachts schlief er oft unruhig, denn wer wusste schon, auf welch abenteuerliche Ideen seine Frau nach der Lektüre ihrer Zeitungen und Kriminalromane kam? An diesem grau-kalten Tag, in Schottland »a dreich day« genannt, verweilte sie allerdings noch immer auf der ersten Seite der Tageszeitung. Und für diese Verzögerung war ganz allein ihr Mann verantwortlich.

»Maria«, insistierte er, »du musst doch irgendeine Ansicht dazu haben?«

Nach einem weiteren Schluck Tee stellte sie die Tasse ab und blickte ihrem Ehemann tief in die haselnussbraunen Augen.

»Schau doch nur, was diese Typen für ein Spektakel in unserem schönen Diningroom veranstalten!«

»Du willst meine Ansicht dazu hören?«

Alberto nickte angestrengt.

»Andere Länder, andere Sitten, kann ich nur sagen. Außerdem hat sich von den übrigen Gästen keiner beschwert. Sieh mich nicht so entsetzt an. So ist es doch.«

»Was soll das bedeuten?«

Maria strich sich die Pulloverärmel in Form und erwiderte: »Ich denke, dass vier erwachsene Japaner in einem europäischen Land, fern von ihrer gewohnten Umgebung, verständlicherweise auffallen.«

Alberto las seiner Frau die Worte von den Lippen ab. »Aber darum geht es doch gerade! Wir sind hier nicht in Peking …«

»Tokio, wenn schon«, korrigierte Maria.

»... sondern in Edinburgh. Und dass sich die anderen Gäste noch nicht beschwert haben, ist mehr als ungewöhnlich. Aber glaube mir, ewig wird das nicht gut gehen.«

Maria wusste, dass sie ihrem Mann Einhalt gebieten musste, denn sonst würde sich das Zetermordio bis zum Lunch hinziehen. Sie antwortete nicht mehr, blickte ihn nur sehr streng an.

Alberto schaute aus dem Fenster. »Hast du Charles schon gefüttert?«

»Wie käme ich dazu, deinen geliebten Pfau zu versorgen? Das macht doch der Herr des Hauses, oder?«

»Gut. Du erinnerst dich aber vielleicht noch, wie es den Iren erging? Was wäre wohl geschehen, wenn ich ihnen seinerzeit nicht beigestanden hätte?«

»Möglicherweise hätten sie die Polizeistation erst zehn Minuten später gefunden und den Diebstahl der Handtasche mit dieser Verzögerung gemeldet.«

»Das ist nicht dasselbe!«

»Stimmt«, sagte Maria, »du hast den armen Menschen in einer schweren Stunde ihres Lebens beigestanden. Dennoch finde ich, dass wir die Überwachung unserer Gäste reduzieren müssen.«

»No! Das wäre sträflicher Leichtsinn!«

»Ich verstehe immer noch nicht, warum er inmitten der Konversation davongerannt ist! So verhält sich kein Gentleman. Schon gar nicht im Beisein einer Dame. Welcher Einheit gehörte er denn an?«

»Sie dürfen nicht so streng mit ihm sein, mein lieber Mister MacDonald. Der Schock steckt ihm noch in den Gliedern. Er hängt sehr an der Kleinen. Sie ist sein Ein und Alles.«

MacDonald bemerkte durchaus, dass sie die Frage nach des Majors Einheit nicht beantwortete. »Sie beziehen sich auf seine Enkeltochter?«

»Ja, Catriona ist wirklich reizend.«

»Haben Sie sie schon gesehen?«

»Ein paar Mal sogar.«

»Im Rahmen einer Verabredung?«

»Was sollte ein schneidiger Herr wie er von einer alten Fregatte wie mir denn wollen? Wir sind uns immer rein zufällig begegnet, im botanischen Garten, mehrfach im Ocean Terminal, auf diversen Spielplätzen.«

»War er alleine mit Catriona?«

»Manchmal. Oft war aber auch seine zweite Frau dabei. Sie scheint ebenfalls sehr an des Majors Enkelin zu hängen.«

»Wie alt ist Mrs Lockhart, die Zweite?«

»Man wagt es kaum auszusprechen. Sie ist 30 Jahre jünger als der Major. Und er geht auf die Siebzig zu.«

»Ein großer Altersunterschied. Gibt es, äh, Probleme in der Ehe?«

»Wie meinen Sie das?«

Genau diese Frage hatte er befürchtet. »Ich meine es nur so ganz, äh, allgemein. Möchte die zweite Gemahlin Nachwuchs haben?«

»In dem Alter? Wie kommen Sie denn darauf?«

»Heutzutage ist es doch fast schon an der Tagesordnung, wenn eine Frau nach dem dreißigsten Lebensjahr noch Kinder bekommt. Versteht Ann sich gut mit ihrer Mutter?«

»Sie waren ein Herz und eine Seele. Der Major sagte, sie hätten sich nach seinem Auszug sogar regelrecht gegen ihn verschworen. Ihm tat es leid, denn er mochte seine Tochter sehr. Ich glaube, dass es immer noch so ist. Auch wenn er es sich nicht anmerken lässt.«

»Meinen Sie, die Geschichte mit Prinz Philip stimmt?«

»Major Lockhart ist ein aufrechter Mann! Niemals würde er lügen.«

»Natürlich nicht. Aber er machte doch eine Andeutung, dass seine Gattin ihn ehemals mit dieser Marotte aufzog. Es könnte ja sein, dass sie das nun wieder macht?«

»In einer schlimmen Situation wie dieser? Nein, ich denke, dass die ehemalige Mrs Lockhart noch immer ein Fan des

Duke of Edinburgh ist. Wie steht es übrigens mit Ihrem Privatleben? Fühlt Doktor Miller sich wohl?«

»Pudelwohl sogar«, stotterte er. »Meinen Sie, ich könnte ein weiteres Gespräch mit dem Major führen? Möglicherweise in einer weniger sprengstoffartigen Stimmung?«

»Ich hoffe es.«

Vor Ort gab es noch einen doppelten Dram aus dem Hause Laphroaig. Und als er dann über wenig befahrene Straßen in formschönen Schlangenlinien heimwärts tuckerte, war er sehr froh, dass sein Wagen den Weg kannte. Über die Princess Street hatte er für seine Route nicht nachdenken müssen. Seit man in Edinburgh mit dem Bau der Straßenbahn begonnen hatte, versank die Innenstadt im Chaos. Nur die Mäuse hatten unaufhörlich Kirchtag. Sie krochen aus allen Löchern, besetzten sogar Teile des Polizeireviers in Fettes. Über die Kantine der Ordnungshüter hatte man bereits Quarantäne verhängen müssen. Und so hatten die Edinburgher bei all den Verkehrsbehinderungen wenigstens die Gewissheit, dass alle Menschen gleich waren, jedenfalls, wenn es nach der Weisheit der grauen Mäuse ging. Zu Hause braute er sich einen starken Tee und ließ sich in seinen Winston-Churchill-Sessel sinken. Mrs Sinclair hatte wahrlich und wahrhaftig ein Auge auf den Major geworfen, auch wenn sie das nicht zugeben würde. Ob sie wohl einst eine Liaison mit ihm gehabt hatte? War dem noch immer so? Wenn er so darüber nachdachte, wusste er mit Ausnahme der Geschichten über ihren Herrn Vater und wenige Bekannte kaum etwas über ihr Privatleben. Hatte sie jemals geheiratet? Existierten Kinder und Enkelkinder?

Alberto empörte sich. »Von Überwachung kann keine Rede sein! Mir liegt das Wohlergehen unserer Gäste am Herzen. Ist das etwa ein Verbrechen?«

»Überhaupt nicht. Komisch ist nur, dass wir im Hotelbetrieb so lange überleben konnten, ohne dass unser Haus zum Hochsicherheitstrakt wurde.«

»Ich habe keine Ahnung, wovon du redest, Maria.«

»Dann will ich dir mal auf die Sprünge helfen. Neben deiner persönlichen Supervision kommen unsere Gäste und ich seit Kurzem auch noch in den Genuss von Kameras und Bewegungsmeldern.«

Alberto schluckte kräftig. »Dabei handelt es sich um eine sehr nützliche Hilfe im Hotelbetrieb und …« Er wurde von einem durchdringenden Quak-Laut aus seinem Plädoyer gerissen.

»Nützliche Hilfe Nummer eins schlägt Alarm«, sagte Maria.

»Was folgern wir daraus?«

»Dass die Japaner in ihre Zimmer gegangen sind.«

»Eben nicht, denn sie bekämpfen immer noch ihr Frühstück. Schau auf den Monitor. Ich habe ihn nicht ohne Grund auf die Fensterbank gestellt.«

»Wir benötigen also dringend noch eine Überwachungskamera für den Flur?«, fragte Maria mit aller möglichen Ironie.

Alberto schaute seine Frau bewundernd an. »Jetzt, wo du es sagst, kann ich dir ja anvertrauen, dass ich selbst bereits daran gedacht habe.«

Nachdem alle Gäste mit Frühstück versorgt waren, begannen die Vitiellos wie üblich mit der Reinigung des Hauses. Alberto polierte gerade das Schränkchen vor der Eingangstür, als sich ein gewaltiger Schatten darauf legte. »Porca miseria«, rutschte es ihm heraus.

MacDonald trat ein und zog einen imaginären Hut vom Kopf. »Buon giorno, signore.«

»Buon giorno, Angus.«

»Habe ich dich erschreckt?«

»No. Was führt dich zu uns?«

Der Geruch deiner wohlschmeckenden Suppen, hätte MacDonald gerne geantwortet. Doch wollte er sich nicht als Gast aufdrängen. Stattdessen stammelte er: »Ich komme von Mrs Sinclair.«

»Sie wohnt nicht gerade in unserer Nachbarschaft.«

»Unbestritten, aber ich wollte dir unbedingt gleich von meinem neuesten Fall erzählen.«

»Was, schon wieder einer?«, fragte sein Freund ein wenig zu gleichgültig.

MacDonald wusste genau, welche Klaviatur er beim Familienmenschen Alberto spielen musste. »Eine junge Frau und ihre kleine Tochter sind verschwunden.«

»Pfui Teufel! Wer eine Mutter und ihr Kind entführt, gehört für den Rest seines Lebens weggesperrt. Sind es Verwandte von Mrs Sinclair?«

»Nein, Tochter und Enkeltochter eines gewissen Major Lockhart. Es ist übrigens nicht sicher, dass sie entführt wurden.«

»Kennst du den Herrn?«

»Ich habe ihn heute zum ersten Mal gesehen und leider nur kurz sprechen können. Denn er ist abrupt aufgebrochen.«

»Was hat der Fall mit der Kulinarik zu tun?«

»Meines Wissens nichts. Doch dem flehentlichen Blick Mrs Sinclairs konnte ich einfach nichts entgegensetzen.«

»Ich nehme an, du möchtest, dass ich dir wieder bei den Ermittlungen unter die Arme greife?«, fragte Alberto feierlich.

»Thank you, das wäre zu viel des Guten. Du bist schließlich ein vielbeschäftigter Mann und hast ein renommiertes Guest House zu führen.«

»Aber ich fühle mich in meinem eigenen Haus nicht mehr sicher und wäre deshalb für jede Ablenkung dankbar.«

»Jetzt hast du mich gedanklich verloren.«

»Ich rede von den japanischen Gästen, die unter meinem Dach wohnen. Komische Gestalten sind das. Sie führen etwas im Schilde.«

»Ist das so?«

»Certo. Ich werde dir alles erzählen.«

Albertos nicht enden wollenden Geschichten über schlimme Gäste wollte MacDonald sich heute gerne ersparen. »Oh, wie gerne täte ich das, doch ruft mich die Pflicht.«

»Wovon redest du?«

»Ich muss meine neue Fernsehsendung vorbereiten.«

»Capito. Worum geht es denn dieses Mal?«

»Um einen der Grundpfeiler der schottischen Küche, den Hafer.«

»Und unser neuer Fall?«

»Ich hole dich morgen früh ab, dann legen wir los. Apropos, was weißt du über Prinz Philip?«

»Was alle wissen.«

»Würdest du dir zutrauen, ihn zu imitieren?«

»Für ein Stück im *King's Theatre*?«

»Eher für eine Laienaufführung.«

»Seit wann interessierst du dich für das englische Königshaus?«

»Ich mache es notgedrungen für den Fall. Die Mutter der vermissten Frau befindet sich in einer Blase, gefüllt mit ihrer überbordenden Phantasie. Sie reagiert nur noch auf den Duke of Edinburgh.«

»Molto bene! Du kannst dir gar nicht vorstellen, wie sehr mich das freut.«

Angus hütete sich nachzufragen, wie sein Freund das meinte. Denn dann würde er das Haus erst gegen Abend wieder verlassen.

Zu Hause versuchte er mehrfach, Mrs Sinclair anzurufen, um sie noch einmal um die Vermittlung eines zweiten Gesprächs mit dem Major zu bitten. Doch sie hob einfach nicht ab. Wo konnte sie jetzt, so kurz nach dem Vorfall nur stecken? Ging sie doch selten aus dem Haus. Mittlerweile fragte er sich, ob sie mehr über den Fall wusste, als sie zugab.

Längst bereute MacDonald, dass er Alberto die Geschichte mit der Prinz-Philip-Imitation erzählt hatte. Nicht dass er ihm das Talent zu Imitation und Komik abspräche. In diesem Fach war er ein ungekrönter König. Unvergessen zum Beispiel die Tüte mit Scherzartikeln, die er seinen Verwandten in Italien präsentiert hatte: Bleistifte, die beim Schreiben umknickten, Blumen, die auf Knopfdruck Wasser verspritzten und weitere kurzweilige Dinge des absurden Lebens. Misslich war nur, dass Prinz

Philip nicht mit italienischem Akzent redete. Und wie sollte er das Alberto schonend beibringen? Der stand bereits vor der Haustür und wartete auf ihn. MacDonald hielt mangels eines Parkplatzes mitten auf der Straße und ließ ihn einsteigen.

»Da brat mir einer einen Storch. Der Herr trägt nach langer Zeit wieder einmal sein Röckchen.«

»Deine Witzeleien fechten mich nicht an. Ein Schotte steht zu seinem Land.«

»Sag, wie kommt es zu dieser Kostümierung?«

»Ich verkörpere Prinz Philip, auch unter dem Namen Duke of Edinburgh bekannt.«

»Wer hat dir seinen spärlichen Haarwuchs verpasst?«

»Eine Kollegin vom Maskenbildnerteam der BBC war mir freundlicherweise behilflich.«

»Eccellente. Angus, ich muss dir etwas beichten. Leider hatte ich überhaupt keine Zeit, mich vorzubereiten. Aber wie ich dich kenne, hast du wieder ein komplettes Drehbuch verfasst.«

»In der Tat habe ich einiges Material gewälzt und mir auch Stichworte notiert. Vorbereitung ist oft die halbe Schlacht.«

»Allora, wie gehen wir vor?«

»Meine Idee war, zuerst einen Monolog zu halten, genauer gesagt ein Potpourri einiger der lustigsten Äußerungen des Prinzen. Dann könnten wir zu einem dialogischen Teil übergehen.«

»Va bene. Was mache ich dabei?«

»Du, mein Freund, könntest mir bei der Konversation zur Seite stehen, denn ich kann sie schwerlich alleine bestreiten.«

»Hm. Was hältst du davon, wenn ich Sean Connery imitiere?«

MacDonald schwante Schlimmes. »Warum denn das?«

»Maria ist doch ein großer Fan von ihm. Aber sie behauptet immer, ich könne ihn nicht gut nachmachen. Deshalb habe ich den Burschen in der letzten Zeit studiert, heimlich seine Filme angesehen und sogar über ihn gelesen.«

Deswegen hatte er sich bei ihrem letzten Gespräch also so sehr über den Termin gefreut, dachte MacDonald. »Das ist alles ganz vorzüglich, aber vielleicht lieber ein anderes Mal.«

MacDonald fädelte den Volkswagen in eine schmale Lücke.

»Respekt. Angus, das war eine Meisterleistung. Ein Parkplatz direkt vor einer Buchhandlung.«

»Angenehm, doch völlig zufällig. Mrs Lockhart wohnt nur einige Häuser weiter.«

MacDonald öffnete den Kofferraum auf der Vorderseite des Wagens und nahm ein kleines Köfferchen an sich. »Folge mir unauffällig, Alberto.«

»Was hast du da drin?«

»Eine Überraschung.« Er schlug den gewaltigen, schmiedeeisernen Griff gegen die massive Holztür.

»Die würde einer Burg gut stehen. Mir ist nie aufgefallen, dass es auf der George Street solche Häuser gibt. Wohnen die Lockharts alleine hier?«

»Mittlerweile nur noch die Mutter.« Bevor MacDonald dem noch etwas hinzufügen konnte, wurde die Tür geöffnet. Eine ältere Dame mit Mittelscheitel und dickem mausgrauem Zopf starrte sie an. Im Hochland des 19. Jahrhunderts, eine Laterne in der Hand, wäre sie besser aufgehoben gewesen. »Die Gentlemen wünschen?«

»Mein Name ist Angus Thinnson MacDonald. Der Herr zu meiner Rechten ist mein guter Freund Alberto Vitiello. Wir möchten bitte mit Mrs Lockhart parlieren.«

Die Frau sah nur MacDonald an und behandelte Alberto wie Luft. »Sie hatten sich angemeldet? Mrs Lockhart fühlt sich gar schlecht!«

»Ich bin ein Freund von Mrs Sinclair.«

»Eine Dame dieses Namens kenne ich nicht.«

»Hören Sie, wir wollen Licht ins Dunkel des Verschwindens von Mrs Lockharts geliebter Tochter Ann und Enkeltochter Catriona bringen. Wenn Ihnen das nicht behagt, gehen wir besser wieder.«

Die Frau deutete drohend auf sein Köfferchen. »Sie wollen doch nicht etwa hier einziehen?«

»Keineswegs. Mir kam zu Ohren, dass Mrs Lockhart ausschließlich auf den Duke of Edinburgh reagiert. Deshalb habe ich einige Accessoires mitgebracht.«

»Treten Sie ein«, sagte sie sehr höflich.

MacDonald und Alberto sahen sich verdutzt an. Sollte sich hinter dem ruppigen Kern eine weichere Schale verbergen?

»Ich heiße Ailsa Craig.«

»Ailsa Craig? Wie die schöne einsame Insel im Firth of Clyde?«

Mrs Craig taute über der Bemerkung noch etwas auf. Der Herr schien sein Land gut zu kennen. »So ist es. Wissen Sie, in diesen ruppigen Zeiten weiß man nie, wer einem Übles will tun.«

»Aber ja, man kann nicht vorsichtig genug sein.«

»Sind Sie die Haushälterin?«, wollte Alberto wissen.

»Wahrlich bin ich das nicht! Eine gute Freundin nur, die in Zeiten der Not aushilft. Wenn Sie mir bitte in den hinteren Trakt des Hauses folgen möchten. Mrs Lockhart ist sehr lichtempfindlich.«

»Bevor wir eintreten, hätte ich noch eine Frage, Gnädigste.«

»Und die wäre?«

»Verfügt der Raum über einen roten Teppich?«

»Unfassbar! Woher nur wissen Sie es?«

Mrs Abercromby ging Doktor Karen Miller an diesem Vormittag wieder einmal gehörig auf den Geist. Nicht nur, dass sie vergesslich und schusslig war, jetzt hatte sie auch noch den Tick entwickelt, alles zwei Mal zu sagen. Der Tag begann mit »guten Morgen, guten Morgen« und endete mit »schönen Abend, schönen Abend«. Wenn sie nicht von einem Freund ihrer Eltern empfohlen worden wäre, hätte sie schon längst den Hut, in ihrem Fall die Kappe, nehmen und für immer nach Hause gehen können. »Knock, knock«. Hatte sie die Tür geöffnet, ohne vorher anzuklopfen und in der offenen Tür »knock, knock« gesagt? So langsam wurde es absurd. Karen Miller blinzelte. In der letzten Zeit hatte sie nicht gut geschlafen. Zu viele Gedanken kreisten durch ihren Kopf. Alle hatten mit Veränderung zu tun. »Was gibt es, Mrs Abercromby?«

»Dieser Herr hat schon wieder angerufen.«

»Welcher Herr?«

»Na, Sie wissen schon.«

»Wenn ich es täte, würde ich doch nicht fragen. War es Mister MacDonald?«

»Der Dicke? Verzeihung, das sollte ich ja nicht mehr sagen. Nein, der war's nicht. Mir fällt gerade auf, dass er sich schon lange nicht mehr gemeldet hat. Es wird ihm doch nichts passiert sein?«

Angus rief fast ausschließlich zu Hause an. Doch das musste sie ja nicht auch noch erfahren. »Also, wer war es?«

»Er hatte viele ›a‹ im Namen.«

»Tannahill?«

»Ja, woher wissen Sie das?«

»Das spielt keine Rolle. War das alles?«

»Bitte, was, bitte?«

»Haben Sie weitere wichtige Fragen für mich?«

Mrs Abercromby stützte das Kinn mit der Hand ab und schüttelte dann den Kopf. »Ich denke nicht.«

»Bis später. Sie können die Tür schließen. Von außen bitte sehr.«

Nachdem die Sprechstundenhilfe gegangen war, stand sie auf und ging durch das Zimmer. Bei ihrem energischen Schritt musste sie oft kehrtmachen. Doch die Bewegung beruhigte sie ein wenig. Tannahill also. Sie hatte sich in Edinburgh auch deshalb niedergelassen, weil sie ihre Ruhe haben wollte. Und nun tauchte er wie aus dem Nichts wieder auf. Theoretisch konnte Mrs Abercromby sich natürlich verhört haben. Doch diesem frommen Wunsch wollte sie sich gar nicht erst hingeben. Tannahill war kein Name, den man an jeder Ecke hörte. Gerne hätte sie etwas Kräftiges getrunken, um die Nerven zu beruhigen. Einen guten Single Malt, wie Angus ihn in seiner Hausbar hatte. Es hatte sich alles so gut angelassen, die Praxis, Kollegen, die sie kennenlernte und natürlich der liebe Angus, ein wahrer Gentleman. Bis die Vergangenheit sie abrupt einholte. Als sie Mrs Abercromby um den nächsten Patienten bitten wollte, klingelte das Telefon. Das würde er doch hoffentlich nicht sein.

Ein Blick auf das Display versicherte ihr, dass es nicht so war.

»Hallo Dad, lange ist es her.«

»Guten Morgen, Liebes. Alles klar bei dir?«

»So weit, so gut. Und bei euch?«

»Alles bestens.«

»Was ist, Dad?«

»Bitte was?«

»Dich bedrückt doch etwas?«

»Wie kommst du denn darauf?«

»Ich merke es an deiner Stimme.«

»Und ich dachte, mein Töchterchen studierte Medizin und nicht Psychologie.«

»Um das zu erkennen, muss man keine Universität besucht haben.«

»Tannahill ist auf dem Weg nach Edinburgh.«

»Das darf doch nicht wahr sein! Woher weißt du es?«

»Seine Mutter rief an, um uns zu warnen. Er ist doch noch nicht da?«

»Nein, aber hat schon zwei Mal angerufen.«

»Von wo aus?«

»Das weiß ich nicht.«

»Habt ihr dermaßen alte Telefone?«

»Nein, nur Sprechstundenhilfen.«

»Verzeihung?«

»Nichts, ich habe eine gehässige Bemerkung gemacht. Kannst du bitte einen Moment dranbleiben?«

Sie rannte ins Vorzimmer, schob Mrs Abercromby, die protestierte, mit ihrem fahrbaren Stuhl zur Seite und rief die Liste der Anrufe ab.

»Hat nach Tannahill noch jemand angerufen?«

»Wie meinen?«

»Kommen Sie mir jetzt bloß nicht auf die Tour!«

Mrs Abercromby zog ihren Kopf entsetzt aus der Gefechtslinie. »Nein, er war der Letzte.«

»Sehr gut.« Sie ging in ihr Zimmer zurück und schloss die Tür. »Dad, bist du noch dran?«

»Ja, Liebes.«

»Wie es aussieht, ist er nicht mehr weit weg.«

»Doch nicht in Edinburgh?«

»Nein, aber definitiv irgendwo in der Nähe.«

»Das gefällt mir nicht. Der Bursche soll sich mit zwielichtigen Personen eingelassen haben. Soll ich zu dir kommen?«

»Auf keinen Fall. Ich werde schon mit ihm fertig. Wie ist denn seine Stimmung?«

»Er scheint sehr wütend zu sein, psychisch nicht mehr stabil. Du bist sicher, dass du es alleine schaffst?«

»Aber ja. Mach dir keine Sorgen.«

Doch Karen Miller war überhaupt nicht klar, ob sie mit Tannahill fertig würde. Schon früher war das oftmals keine einfache Aufgabe gewesen.

»Um eine Sache beneide ich die Mitglieder der königlichen Familie. Und das sind ihre niedlichen Kinnpartien. Rasieren muss sehr einfach für sie sein, whoosh, und mit einem Schlag ist alles getan.«

Billy Connolly, Kabarettist und Schauspieler

The Duke of Edinburgh

»Ich versichere Ihnen, niemals in diesem Hause geweilt zu haben. Wenn kein roter Bodenbelag vorhanden gewesen wäre, hätte ich einen kleinen Handteppich aus meinem Köfferchen gezaubert und ihn ausgelegt. Nur deshalb habe ich gefragt. Dürfen wir eintreten?«

Mrs Craig sah streng zu Alberto und machte dann eine halbherzig einladende Handbewegung.

»Großherzigen Dank, Gnädigste. Sie werden es nicht bereuen.«

»Das will ich hoffen. Übrigens haben Sie Flecken von Tinte an den Händen.«

»Sozusagen ein fleischlicher Spickzettel. Nur für den Fall, dass ich meinen Text vergesse. Ich mache so etwas auch nicht alle Tage.«

»Es fällt schwer mir, das zu glauben.«

Sie öffnete die Tür und ging voran. Die dicken, bodenlangen Vorhänge waren zugezogen und nur einige wenige Kerzen erhellten das Zimmer. Mrs Lockhart saß mit einer Decke über den Beinen in einem hohen Sessel.

»Mam, Ihr Gatte, der Prinz, ist zurückgekehrt.«

»Sie trägt ja bürgerliche Kleidung«, flüsterte MacDonald Mrs Craig zu.

»Imaginieren Sie sich den Rest einfach hinzu! Und wenn ich Ihnen noch einen guten Rat geben darf. Besterdings sprechen Sie übers Essen. Es scheint das Einzige zu sein, das noch sie interessiert.«

MacDonald schüttelte sich wie vor einem Sprung vom Zehnmeterbrett. »Guten Tag, Lilibet. Weißt du was! Den Mann, der den roten Teppich erfand, sollte man auf seinen Geisteszustand untersuchen.«

Alberto wollte applaudieren, doch MacDonald konnte ihn rechtzeitig am Ärmel ziehen. »Excusa«, sagte er leise.

Mrs Lockhart grinste MacDonald schelmisch an, während er weitersprach: »Wenn es vier Beine hat und kein Stuhl ist, Flügel, ohne ein Flugzeug zu sein, wenn es schwimmt und kein U-Boot ist, dann essen die Chinesen es.«

Jetzt lachte sie laut auf und klatschte. »Köstlich, wie habe ich dich vermisst. Wo warst du denn, Philip?«

»In Cornwall, einen Leuchtturm einweihen. Anschließend gab es wieder das unvermeidliche Bankett. So langsam habe ich es satt. Niemals serviert man mir gewöhnliche Gerichte, immer nur dieses neumodische Zeug!«

»Ich stimme dir zu. Die Bevölkerung vergisst, dass selbst wir nur aus Fleisch und Blut sind.«

»Wo ist Ann?«

»Welche Ann?«

»Unsere Tochter.«

»Wir haben eine Tochter, die so heißt?«

»In der Tat. Übrigens, hast du gewusst, dass es außer Blindenhunden auch Hunde für Magersüchtige gibt?«

»Wie meinst du das, Philip?«

»Die Hunde essen anstelle der Magersüchtigen.«

Mrs Lockhart schüttelte sich vor Lachen. »Genug! Du musst aufhören mit deinen Bonmots, sonst platze ich noch. Politisch korrekt war das auch nicht.«

»Verrätst du mir, wo sich unsere Tochter und Catriona befinden?«

»Das weißt du doch. Ann ist mit der Kleinen davongelaufen, vermutlich, um die Welt zu verbessern.«

»Oha«, sagte Alberto und erhielt dafür von Mrs Craig einen kräftigen Knuff. Ängstlich sah er zu ihr auf. Vor herrischen Frauenzimmern hatte er große Ehrfurcht, erinnerten sie ihn doch sehr an seine Großmutter im Friaul.

»Hilfst du meinem Gedächtnis bitte auf die Sprünge und verrätst mir wohin?«

»Er hat ihr wohl einen Floh ins Ohr gesetzt.«

MacDonald sah fragend zu Mrs Craig. Ihre Lippen formten stumm das Wort Vater.

»Ich wusste gar nicht, dass die beiden wieder Kontakt haben.«

»Euch Männern entgeht so manches.«

»Von mir aus! Was ist es denn nun?«

»Sie will sich selbst finden.«

»Well, wollen wir das nicht alle?«

»Du erscheinst mir heute so gar nicht authentisch.« Mrs Lockhart hielt sich den Zeigefinger vor den Mund und winkte ihren Gatten zu sich heran. MacDonald kniete sich behutsam vor ihren Sessel. Es wäre spannend gewesen, auf einem Monitor die Zeitlupenaufnahme eines Erdrutsches daneben zu stellen. Alberto und Mrs Craig rückten in einem stillschweigenden Waffenstillstand ein Stück auf: Von dem, was Mrs Lockhart flüsterte, bekamen sie dennoch nichts mit. »Mein lieber Philip. Auch wenn du es nicht wahrhaben möchtest, du und Ann seid euch sehr ähnlich.« MacDonald wollte etwas fragen, doch Mrs Lockhart legte ihm den Finger auf den Mund. »Ailsa, wo bist du?«, rief sie mit königlich-autoritärer Stimme.

Mrs Craig trat einen Schritt nach vorne. »Hier, Mam! Was kann ich tun für Sie?«

»Machen Sie bitte meinem Gatten deutlich, dass ich mich an das rote Köfferchen mit den politischen Angelegenheiten machen muss. Es ist hohe Zeit. Wir wissen alle, dass es ihm ein Dorn im Auge ist. Doch Pflichten sind nun einmal Pflichten.«

»Aber Lilibet, wir haben uns doch gerade so gut unterhalten. Apropos, wo wohnt Ann denn gegenwärtig?«

Mrs Lockhart hatte sich geistig bereits in den wichtigsten Teil ihrer fiktiven Welt begeben.

»Haben Sie nicht gehört? Ihre Gattin hat keine Zeit mehr!«

MacDonald bemerkte, dass das Köfferchen auch Fotografien enthielt. Lächelnd nahm er ihr eine Aufnahme aus den Händen, von der er hoffte, dass sie Ann, ihre kleine Tochter und Paul zeigte. Mrs Lockhart betrachtete ihn mit gespielter Entrüstung, sagte aber nichts.

»Die Herren folgen mir!«, befahl Mrs Craig, die ihm bereits den Rücken zugekehrt hatte.

MacDonald steckte das Foto in die Innentasche seines Jacketts, ergriff sein eigenes Köfferchen und verließ das Zimmer.

Alberto folgte ihm verdutzt. »Angus, du bist ohne ein Wort der Verabschiedung gegangen«, sagte er auf der Treppe. »Das war nicht sehr höflich.«

»War es nicht, das stimmt. Aber authentisch.«

»Prego?«

»Prinz Philip durfte in den über sechs Jahrzehnten seiner Ehe noch niemals etwas aus dem berühmten roten Köfferchen sehen. Das wurmt ihn gewaltig. Auch er hätte seine Gattin also beleidigt verlassen.«

»Was du alles weißt.«

Im Erdgeschoss mobilisierte Mrs Craig zusätzliche Gesichtsfalten. »Ich wünsche den Herren einen geruhsamen Tag. Adieu.«

»Nur eines noch. Sie müssen uns bitte sagen, wo wir diesen Herrn Sangster finden.«

»Völlig unmöglich.«

»Erklären Sie sich bitte.«

»Ich kann nicht hinweg über den Kopf von Mrs Lockhart entscheiden.«

»Es leuchtet Ihnen aber ein, dass wir ihre Tochter und ihre Enkeltochter finden wollen?«

»Bin ich ja in der Zwischenzeit nicht auf den Kopf gefallen. Doch nur weil Mrs Lockhart kurzzeitig der Verstand abhandengekommen ist, breche ich mein Versprechen nicht. Früher einmal hat sie mir gesagt, dass ich niemandem etwas über Paul verraten darf. Fürderhin, wenn Sie Major Lockhart kennen würden, wüssten Sie auch, wo Ann wohnt.«

MacDonald zog das Foto aus der Tasche. »Sind das Ann, Catriona und Paul?«

»Ja. Und die Aufnahme bleibt im Haus.«

»Da bin ich anderer Meinung. Komm, Alberto, wir gehen.«

Vor der Tür echauffierte MacDonald sich weiter. »Ich verstehe überhaupt nicht, was in die Frau gefahren ist.«

»Mich hat mehr verblüfft, dass sie sich in dem Haus so gut auskennt. Ganz zu schweigen von ihrem fürchterlichen Rassismus. Noch etwas sage ich: mäh!«

»Du bist eine Ziege?«

»Nein, aber sie. Ailsa Craig heißt auch ein Ziegenkäse aus Dunlop.«

»Ich weiß.«

»Aber du hast es nicht erwähnt.«

»Meinst du, man kann einer Dame damit schmeicheln, dass sie wie ein Ziegenkäse heißt?«

»Wenn er gut schmeckt, vielleicht schon.« Alberto ging zielstrebig zum nächsten Haus und klingelte. Eine Frau in mittleren Jahren öffnete die Tür, in einer Hand den »Scotsman«, in der anderen die Lesebrille. »Einen wunderschönen guten Tag, die Dame. Wir sind Freunde Major Lockharts und möchten Sie etwas fragen.«

»Freunde vom Major, sagen Sie?«

Alberto nickte verbindlich.

»Sie stammen aber nicht aus Edinburgh, oder?«

Als die Frau MacDonalds Kilt bemerkte, fasste sie etwas mehr Vertrauen. Angus legte Alberto väterlich den Arm auf die Schulter. »Gnädigste, können Sie uns vielleicht sagen, wo wir Paul Sangster finden?«

»An Ihrer Stelle würde ich es mal in Morningside versuchen.«

»Ist der Herr betucht?«

»Eher das Gegenteil. Er verkauft dort sein Magazin.«

»Und wie heißt es?«

»The Big Issue.«

»So einer ist das also!«, sagte Alberto entrüstet. »Jetzt wundert mich überhaupt nichts mehr.«

Guiseppe Coia hatte sich einen doppelten Grappa eingeschenkt. So einen Tumult wie da draußen vor seinem Geschäft in der Victoria Street hatte er noch nie erlebt. Er führte den Familienbetrieb bereits in der dritten Generation. Sein Großvater wanderte 1931 nach Edinburgh aus und setzte damit einen Exodus fort, der in den 1890er Jahren begann. Damals schnürten die ersten Familien ihr Bündel, um der Armut zu entkommen. Viele von ihnen eröffneten Restaurants oder Eiscreme-Salons. Manche spezialisierten sich auf Fish and Chips Shops, in Edinburgh Chippies genannt. Auch die Coias fanden so ihren Weg ins hiesige Geschäftsleben. Es war nicht allzu kostspielig. Alles, was sie außer den Räumlichkeiten benötigten, waren eine schwarze Eisenpfanne und frischen Fisch, den sie täglich auf dem Markt kauften. Die Coias besaßen noch immer zwei Chippies. Doch bereits vor Jahrzehnten hatten sie in der Old Town in bester Lage zusätzlich ihr Delikatessen-Geschäft eröffnet und damit zunächst die italienische Gemeinschaft der Stadt erfreut. Heute führten sie auch internationale Lebensmittel und Weine und belieferten das gesamte Vereinigte Königreich. Lebte ein Brite nicht im hintersten Winkel des Landes, wurde er am nächsten Werktag beliefert. Eine Garantie, die auf stolze 90 Prozent der Kunden zutraf. Das Geschäft florierte und seitdem seine Tochter eingestiegen war, konnte der Senior sogar an den Ruhestand denken. Der Ärger begann zwei Tage zuvor, als dieser merkwürdige Mann im dunklen Anzug und mit seiner albernen Geheimdienst-Sonnenbrille das Geschäft betrat. Spazierte vor und zurück. Wie ein Geldeintreiber sah er nicht aus, war weder Schotte noch Italiener. Was also wollte der hässliche Vogel? Irgendwann wurde es Coia zu dumm und er stellte ihn zur Rede. »Kann man Ihnen helfen, mein Herr!«

Der Bursche zog provozierend langsam die Brille ab und stierte ihn an. »Nicht um mich geht es. Sie sind es, der Beistand braucht, Sir.«

»Wie kommen Sie darauf?«

»Bereits eine einfache Betrachtung Ihres Geschäftes führt einen dazu.«

»Ich habe keine Zeit für solchen Unsinn! Sagen Sie einfach, was Sie wollen.«

»Teufelswerk, wohin ich auch schaue. Dafür werden Sie schrecklich leiden.«

»Da liegt also der Hase im Pfeffer. Sie sind einer dieser Betbrüder. Gute Verkleidung! Respekt! Verlassen Sie auf der Stelle mein Geschäft!«

»Sie machen einen großen Fehler, Mister Coia. Auch Sie müssen das Heil finden. Essen ist Sünde.«

»Nicht, wenn man Italiener ist. Und es wäre auch nicht mein erster Fehler im Leben! Raus jetzt, aber schnell.« Er drohte dem CIA-Verschnitt mit dem Besen.

Der Mann lächelte nur geringschätzig, zog die getönte Brille wieder auf und schritt sehr langsam aus dem Laden. »Ein großer, großer Fehler, signore.«

Und heute standen zehn Typen vor seinem Geschäft, fünf Männer und fünf Frauen, die gegen seine Waren demonstrierten und handgemalte Schilder in die Luft streckten. »Stoppt die Völlerei! Kampf den Sündern! Denkt an die hungernden Kinder in Indien! Sie brauchen uns!« Er hatte überhaupt nichts dagegen, aber bei der heiligen Madonna, was hatte er denn mit ihren Parolen zu tun? Giuseppe zuckte zusammen. Seine Tochter hatte ihm unbemerkt die Hand auf die Schulter gelegt. »Soll ich die Polizei rufen, Dad?«

»Das habe ich bereits getan, Sweetie.«

»Wann denn?«

»Gleich als diese Brüder und Schwestern hier eintrafen.«

»Die lassen sich aber reichlich Zeit.«

»Wenn sie überhaupt kommen. Es war nicht einfach, sie zu überzeugen.«

»Unerhört!«

»Du weißt doch, wie das ist, Gianna. Immer das gleiche Lied, wenn ein unbescholtener Bürger die Hilfe der Polizei benötigt: Sind Sie sicher, dass es ernst ist? Im Moment sind wir schwer beschäftigt. Blablabla.«

»Dad! Wo willst du hin?«

»Mir die Herrschaften mal aus der Nähe ansehen.«

»Glaubst du, man kann mit ihnen reden?«

»Wir werden sehen.« Als er vor die Tür trat, hörten die Demonstranten kurz auf, im Kreis zu gehen. Zumindest das hatte er erreicht. »Was wollt ihr?«

»Stoppt die Völlerei! Kampf den Sündern! Denkt an die hungernden Kinder in Indien! Sie brauchen uns!«

»Nicht schon wieder! Die Platte kenne ich schon!«

Gianna zog ihn am Ärmel. »Dad, du kommst jetzt besser wieder rein. Die Leute kommen mir nicht geheuer vor. Und die Polizei muss ja irgendwann eintreffen.«

Coia ließ sich widerstrebend von ihr ins Geschäft zurückziehen. »Hast du das gesehen?«

»Was denn?«

»Du hast laut und deutlich von der Polizei gesprochen und die haben noch nicht mal mit der Wimper gezuckt.«

»Mir kommen sie auch reichlich apathisch vor.«

»Bestimmt nehmen sie Rauschgift.«

»Fängst du schon wieder mit deinen Drogen an?«

»Schau dir doch nur ihren leeren Blick an. Als ob hinter den Augen gar keine Person ist.«

»Dad, du hast keine Ahnung, warum die da draußen solchen Lärm machen?«

Er konnte sich nur mit Mühe beherrrschen. »Nein, Liebes, absolut nicht.«

»Ich höre Sirenen. Die Polizei kommt.«

Coia schüttelte den Kopf. Nur ein einziger Mann konnte ihm aus der Klemme helfen.

»Ja, soweit ich weiß, verkauft Sangster den ›Big Issue‹«, wiederholte Mrs Lockharts Nachbarin. »Sie brauchen mich gar nicht so entsetzt anzusehen. Ich habe nichts mit denen zu tun.«

»Darf man fragen, warum Sie so gut informiert sind?«, fragte MacDonald unschuldig.

»Seine Eltern besuchen denselben Gottesdienst wie ich.«

»Er veräußert dieses Blatt schon länger?«

»Zwei, drei Jahre werden es wohl sein.«

»Erhält er von seinen älteren Herrschaften keine Unterstützung?«

»Warum sollte ein junger Mann, der noch beide Arme und Beine besitzt, von seinen Verwandten durchgefüttert werden?«

»Absolut richtig«, sagte Alberto.

Ich könnte mir den einen oder anderen Grund vorstellen, dachte MacDonald und nickte freundlich.

Albertos Handy klingelte. Er trat zwei Schritte zur Seite, was sowohl seinen Freund als auch die Nachbarin neugierig machte. »Pronto! Du bist es. Wie geht es dir? Im Ernst? Ja, natürlich, sofort.« Er wandte sich den beiden zu.

»Ist irgendetwas?«

»Hast du schlechte Nachrichten bekommen?«

»Kann man wohl sagen. Ich muss dringend zu meinem Freund Guiseppe. Grazie and arrivederci, signorina.«

MacDonald hatte Mühe, Schritt zu halten. »Was ist denn passiert, Alberto?«

»Giuseppe war sehr aufgeregt. Der Zeitungsverkäufer muss warten. Kommst du mit? Oder soll ich den Bus nehmen?«

»Ich begleite dich natürlich.«

»Andiamo, Angus!«

Als sie in der Victoria Street ankamen, sprang Alberto aus dem Wagen und ließ die Tür offen stehen. »Ich gehe schon mal vor. Va bene?«

»Ganz wie du möchtest, mein Freund.«

Coia wartete bereits vor dem Geschäft. Alberto eilte in langen Schritten auf ihn zu und schüttelte ihm eifrig die Hand. »Giuseppe, geht es dir gut?«

»Schade, dass du nicht etwas früher gekommen bist. Du hast eine schöne Laienaufführung verpasst.«

»War die Polizei schon da?«

»Ja, aber dann fuhren abrupt zwei schwarze Geländewagen vor. Die Schreihälse sprangen ein und der Spuk war zu Ende. Schneller, als man einen Luftballon zum Platzen bringen kann.«

MacDonald hatte mittlerweile eingeparkt und gesellte sich zu den beiden.

»Freut mich, Sie wiederzusehen, Mister MacDonald.«

»Ihr beiden seht euch öfter?«

»Certo. Dein Freund ist einer meiner Stammkunden.«

»Nach einer längeren Phase der Abstinenz hatte ich den Köstlichkeiten nichts mehr entgegenzusetzen und kehrte reumütig in diese unvergleichliche Schatzkammer zurück«, sagte Angus.

»Und deine Diät?«

»Sie wollen abnehmen, Mister MacDonald? Da kann ich Ihnen nur abraten. Meine Schwägerin war nach ihrer Fastenkur nur noch ein halber Mensch.«

»Um der Wahrheit die Ehre zu geben, mir ist auch etwas mulmig dabei.«

»An Ihrer Stelle würde ich es mir noch mal überlegen. Aber kommt doch bitte rein. Ich mache uns einen Espresso.«

Alberto und MacDonald bewegten sich zwischen den Regalen wie zwei Wanderer in einer famosen Landschaft: Hier könnte man tot umfallen und würde es nicht bereuen. Coia ging hinter den Tresen und bereitete drei Espressi zu. Auf jedes Untertässchen legte er liebevoll zwei Briefchen mit Zucker. »Für mich bitte ohne«, meinte MacDonald.

»Signor MacDonald, ein Espresso ohne Zucker ist wie eine Pizza Margherita ohne Mozzarella!«

MacDonald seufzte. »Also gut, Sie haben mich überzeugt. Was genau ist denn vorgefallen?«

Coia überlegte einen Moment. »Neulich spazierte so eine komische Type hier rein. Im Anzug und mit Agenten-Sonnenbrille. Sonderbares Zeug hat der gefaselt. Von wegen Essen sei Sünde.«

»War es ein Presbyterianer?«

»Woher soll ich das wissen?«

MacDonald zuckte mit der Oberlippe. Der Mann war aufgeregt. Deshalb würde er ihm den rüden Ton durchgehen lassen. »Ich frage nur, weil die strengen Presbyterianer ihre Ansichten zu Speis und Trank haben. Delikatessen mögen sie zum Beispiel überhaupt nicht.«

»Man sollte es nicht für möglich halten, bei den vielen mittelmäßigen Kochsendungen, die heutzutage im Fernsehen laufen.«

Noch eine Bemerkung dieser Art und er würde seine Delikatessen in Zukunft woanders erwerben! Sollte Alberto doch die Befragung fortführen. Um sein Desinteresse zu zeigen, studierte er die Fotografie, die er bei Mrs Lockhart mitgenommen hatte.

Coia riss sie ihm aus der Hand. »Das ist doch nicht möglich!«

»Ich bin ganz Ihrer Meinung!«, rief MacDonald entrüstet.

»Wo haben Sie das Foto her?«

»Von einer Bekannten«, erwiderte er knapp.

»Die Frau war hier!«

»Wann denn, Giuseppe?«

»Vor zehn Minuten noch. Sie ist eine der Bekloppten.«

»Sehr interessant«, meinte MacDonald indigniert. Formen waren Formen. Und wenn man sie nicht einhielt, würde die Gesellschaft unweigerlich im Chaos versinken!

»Giuseppe, ich habe eine sehr persönliche Frage. Musst du Schutzgelder bezahlen?«

»Nein. Und wenn ich sie verweigern würde, kämen bestimmt nicht solche abgerissenen Penner, um vor meinem Haus Zoff zu machen. Das kannst du mir glauben.«

»Die Leute waren schlecht gekleidet?«

»Im Prinzip waren sie ganz normal angezogen. Nur eben nicht wie italienische Geldeintreiber.«

MacDonald stellte sich Herren in maßgeschneiderten Nadelstreifenanzügen und zweifarbigen Schuhen vor. Ein Bild, das aus den Filmen über den Paten stammte. Vielleicht sollte er eine Studienreise nach Sizilien machen. »Hatten Sie früher schon einmal Ärger dieser Art?«

»Niemals, seit ich nach Schottland ausgewandert bin, mein Herr! Mir ist schleierhaft, was die von mir kleinem Licht wollen!«

»Wir werden es herausfinden.«

»Sie wollen mir ebenfalls helfen, Mister MacDonald?«

»Das ist Ehrensache. Immerhin sind Sie ein guter Freund eines guten Freundes.«

»Ist dir sonst noch etwas aufgefallen, Giuseppe?«

»Si, ich habe mir das Kennzeichen von einem der Wagen notiert.«

»Sehr löblich von Ihnen, doch leider besitzen wir keinen Polizei-Computer.«

»Ist nicht nötig. Ich habe einen Freund bei der Zulassungsstelle.«

Alberto klopfte Coia auf die Schulter, womit er auch sich selbst dafür lobte, solch einen intelligenten Freund zu haben.

»Wollt ihr noch einen Espresso?«

MacDonald tippte sich auf den Bauch. »Für mich nicht. Danke vielmals.«

»Sie haben es eilig?«

»Ich möchte den Rest des Tages nutzen, um meine neue TV-Sendung für die BBC vorzubereiten.«

»Worum geht es denn?«, fragte Coia verlegen.

»Um das Kochen mit Hafer.«

»Im Ernst?«

»Ja, im Ernst!«

»Aber den essen doch nur die Pferde.«

»Haha, sehr komisch. Sie müssen mir keine Pseudo-Weisheiten von diesem *Johnson* zitieren. Thank you very much!« MacDonald nickte den beiden düster zu und ging nach draußen. Selbst vor der Tür hörte er die zwei Italiener aufgeregt reden. Zehn Minuten später gesellte Alberto sich zu ihm. »Worüber habt ihr denn so lange palavert?«

»Nichts Besonderes. Er hat sich übrigens für die Hafer-Bemerkung entschuldigt.«

»Das war alles?«, fragte MacDonald skeptisch.

»Si, mein Freund.«

»Hm ... ihr habt doch keine Geheimnisse vor mir?«

»Nie im Leben! Aber wenn wir gerade dabei sind, was hat dir denn Mrs Lockhart vorhin zugeflüstert?«

»Sie hat mir erzählt, dass Ann bereits Veganerin und Fruktarierin war und mir deshalb sehr ähnlich sei.«

»Perque?«

»Weil ich, äh, ich meine Prinz Philip seit Jahrzehnten die Atkins-Methode praktiziert.«

»Ist das ein Sozialist?«

»Nein, der Erfinder der gleichnamigen Diät.«

»Ich erinnere mich, die Abmagerungskur, die Karen dir aufgebrummt hat. Santa Maria, wieso können die Menschen nicht einfach einen Teller Spaghetti zu sich nehmen! Das hat noch niemandem geschadet.«

Alberto hatte wieder einmal geschickt vom Thema abgelenkt. Noch immer hatte MacDonald den Eindruck, dass die beiden Italiener weiter über den Fall gesprochen hatten. Ob man Coia in der Vergangenheit bereits bedroht hatte? Es wäre nicht das erste Mal, dass Erpresser sich die Polizei verböten.

»Wenn Sie mich nicht mehr brauchen, gehe ich jetzt nach Hause, Doktor Miller. Ich möchte noch ein wenig an den Strümpfen für meinen Neffen stricken.«

Karen Miller sah zerstreut von ihrem Schreibtisch auf. »Sie haben einen Neffen?«

»Schon seit 34 Jahren. Ich hatte Ihnen doch von ihm erzählt.«

»Und ihm stricken Sie Strümpfe?«

»Ja, mit großen Karos.«

»Wie originell.«

»Er heißt wie ich.«

»Grace?«

»Nein, das wäre aber schlimm. Obwohl es ja immer noch ein schöner Name ist. Denken Sie nur an Grace Kelly. Ich meinte meinen Nachnamen, Abercromby. Geht es Ihnen nicht gut, Frau Doktor? Sie sehen etwas blass aus.«

»Es ist nichts, was sich nicht mit einem heißen Bad und einer Kanne Tee beheben ließe. Sie können wirklich gehen. Ich komme alleine zurecht.«

Ihre Gehilfin zog ihren beigefarbenen Allwettermantel an, nahm Mütze und Stockregenschirm vom Kleiderhaken und ging zur Tür. Wohl war ihr nicht dabei, die Frau Doktor ihrem Schicksal zu überlassen. Doch als sie ihre gehäkelten Handschuhe aus den Manteltaschen zog und über die Finger streifte, gewann die Idee eines wohligen Strickabends schnell die Oberhand. »Also dann, ich gehe jetzt.« Sie stolperte die Treppe hinunter und wie zufällig erlitt sie vor der Anwaltspraxis im Erdgeschoss einen Niesanfall. Karen Miller trank den letzten Rest Tee und brachte ihren Becher zur Spüle in der kleinen Küche. Sie schmunzelte. Angus hatte ihr bei seinem letzten Besuch eine Becher-Kollektion geschenkt. »Mir ist aufgefallen, dass man in die Kultur Ihrer Heißgetränk-Gefäße etwas mehr Einheitlichkeit bringen könnte.« Übersetzt bedeutete die drollig-freundliche Formulierung: Ich fürchte, in Ihrem Küchenschrank herrscht das Prinzip Kraut und Rüben. Und so war sie nun die stolze Besitzerin von einem halben Dutzend Bechern in den unterschiedlichsten Clan-Mustern. Am liebsten trank sie aus dem MacDonald-Becher. Sie räumte ihn in die Geschirrspülmaschine und verließ die Praxis. Heute war sie froh, dass ihr Wagen direkt vor der Tür stand. Der Anruf ihres Vaters bedrückte sie. Hätte sie seine Hilfe annehmen sollen? Tannahill wollte sie um jeden Preis sehen. Das war ihr klar. Als sie seinerzeit merkte, dass er nicht über das Ereignis hinwegkam, zog sie die Konsequenz. Sie stieg in den Wagen und fuhr los. Zu Hause in Musselburgh fiel ihr ein fremdes Auto auf. Wer in einer ruhigen Nachbarschaft wohnte, bemerkte solche Dinge. Sie griff nach ihrer Tasche, eilte ins Haus und sperrte die Tür ab. Schön wäre es gewesen, abends von einem Haustier begrüßt zu werden. Doch fehlte ihr leider die Zeit. Angus hatte einen schönen Kater. Aber er wohnte in einer katzenfreundlichen Gegend. Dean Village war, wie der Name schon sagte, ein kleines Dorf. Sir Robert konnte das Haus durch eine kleine Luke auf der Hinterseite des Hauses nach Belieben verlassen, ohne dass man Angst haben musste, dass ein wildgewordener Autofahrer ihn überfuhr. Sie widerstand dem Wunsch, Angus anzurufen, denn er würde bemerken, dass etwas nicht stimmte. Und was sollte er denken, wenn sie von einem Mann aus ihrer Vergangenheit verfolgt wurde! Nein, lieber ließ sie sich ein beruhigendes Bad ein. Als Kind schon hatte ihr das Wasser nie heiß genug sein können. Ihre Mutter war das genaue Gegenteil. Karen ging ins Wohnzimmer zurück, um die Gardinen zu schließen. Jetzt saß jemand in dem Wagen! Ohne zu überlegen wählte sie MacDonalds Nummer.

»Hier spricht Angus Thinnson MacDonald.«

»Ich bin es, Angus. Entschuldigen Sie bitte die Störung.«

»Sie stören niemals, Karen.«

»Vielen Dank. Nett, dass Sie das sagen.«

»Wie geht es Ihnen?«

»Im Prinzip gut, ich hatte nur einen schweren Tag. Und Sie?«

»Mich nehmen die Vorbereitungen für die neue Sendung in Anspruch.«

»Alles, was Sie mit Hafer kochen können. Das war es doch, oder?«

»Exakt. Eine vielseitige Zutat, die in unserer kosmopolitischen Zeit mitunter vernachlässigt wird.«

»Schade. Dann haben Sie vermutlich keine Zeit, ein Glas Wein trinken zu gehen?«

»Darf ich mir das denn gestatten?«

»Ich verstehe nicht …?«

»Sie wünschen sich doch, dass ich tüchtig abspecke.«

»Stimmt, aber wir können ja eine Ausnahme machen.«

MacDonald zögerte einen langen Moment. »So leid es mir tut, aber ich fürchte, heute muss ich passen.«

»Kein Problem.«

»Sind Sie sicher?«

»Aber ja. Arbeiten Sie schön weiter.«

»Darf ich Sie die Tage einmal anrufen? Ich hätte noch einige Fragen zu Mister Atkins.«

»Was immer Sie wissen möchten.«

Nachdem sie aufgelegt hatte, stellte sie das Telefon auf stumm und ging wieder zum Fenster. Als sie den Vorhang zurückzog, war der Wagen weg. Doch besser fühlte sie sich deshalb nicht. In der Küche machte sie sich ein Käseomelette und trank ein Glas gut gekühlten neuseeländischen Sauvignon Blanc dazu. Nach dem Abwasch schaltete sie den Fernseher ein und sah die Nachrichten. Immer wieder stand sie auf und blickte nach draußen. Irgendwann gewann die Vernunft die Oberhand. Sie gab sich einen Ruck und legte sich die DVD »Whatever works« ein. Diesen Film von Woody Allen kannte sie noch nicht. Entspannung sollte er ihr bringen, machte sie aber nur noch nervöser. Es ging um Menschen, die sich nicht mehr verstanden und andere, die sich fanden. Als der Abspann lief, kamen ihr die Tränen. Hatte sie damals richtig entschieden? Fast hätte sie Angus noch einmal angerufen. Doch wie sollte sie ihm erklären, was alles durch ihren Kopf raste? Ein traditioneller Mensch wie er würde nicht nachvollziehen können, was damals geschehen war.

»Selten wurde eine Pflanze so stark mit einem Volk und dessen Lebensweise assoziiert. Hunderte von Jahren war der Hafer in verschiedenen Formen Grundstein der Ernährung der Bevölkerung.«

G. W. Lockhart in »The Scots and their Oats«

Alles, was Sie mit Hafer kochen können – Teil 1: Cranachan

Konnte es sein, dass er noch immer das gleiche Gewicht auf die Waage brachte? MacDonald betrachtete seinen Regisseur inmitten des Trubels im Ocean Terminal skeptisch. Er aß ständig und sehr engagiert, legte aber niemals zu. Welch Ärgernis für einen barocken Menschen wie ihn, der gern einige Pfunde purzeln sehen wollte. Warum nur verhalf ihm die doppelte geistige Anstrengung als Food Journalist und Detektiv nicht dazu?

»Mister MacDonald, können wir weiter? Wir sind erst im Erdgeschoss.«

»Oh, tatsächlich?«

Wie immer hatte Robertson es eilig, denn für die BBC mit ihren drakonischen Sparmaßnahmen war Zeit Geld. Zu leiden hatte darunter das gesamte Team. Das waren außer MacDonald zwei Kameraleute und nur noch zwei Träger von ehemals vier. Bei dieser Sendung musste er deshalb zum ersten Mal auf seinen allseits beliebten großen Sekretär verzichten. Der neue Schreibtisch war offensichtlich in der Kinderabteilung eines schwedischen Möbeldiscounters erstanden worden. Nach endlosen Diskussionen mit Robertson hatte MacDonald sich vordergründig in sein Schicksal gefügt. Doch aufgegeben hatte er beileibe nicht. »Hopp, hopp«, rief der Regisseur. Wollte er sie zu einem Dauerlauf animieren? Zu MacDonalds Glück schlurften die Packer träge durch die Mall. Sie schleppten nicht nur das Mobiliar, sondern auch noch dicke Rucksäcke, wie bei einem ausgedehnten Camping-Ausflug. Man konnte sich der Blicke aller Passanten im Ocean Terminal sicher sein. MacDonald hatte den Regisseur unauffällig in die Shopping Mall gelotst, weil er nebenher ein bisschen an seinem Fall zu arbeiten gedachte. Mrs Sinclair hatte erwähnt, dass sie den Major hin und wieder hier mit seiner Enkelin getroffen hatte. Robertson meckerte zwar ein wenig wegen der Drehgenehmigung, aber angesichts der kostenlosen Parkplätze in der Tiefgarage war die Sache schnell entschieden.

»Mister MacDonald, ich will nicht hetzen, aber so langsam müssen wir uns sputen.«

Neuerdings meinten viele Menschen, ihn in irgendeiner Form drängen zu müssen, Alberto, sein Kater, Karen, und nun auch noch der Regisseur. Er machte einen Schmollmund.

Robertson, der seine Pappenheimer gut kannte, spürte, dass er zu weit gegangen war. »Wie ich Sie kenne, sind Sie wieder exzellent vorbereitet, Mister MacDonald?«

»Sie haben den *Hamper* in meiner Rechten bemerkt?«

»Aber ja.«

»Er beherbergt eine kleine Kühltasche. Und diese wiederum unseren Cranachan.«

»Sie wollen den Auftakt unserer Serie mit einem Dessert machen?«

»Warum denn nicht?«

»Endet ein Menü normalerweise nicht mit dem Nachtisch?«

»Das kommt auf die individuellen Präferenzen an. Ich habe zum Beispiel einen Freund in den Staaten, der immer mit dem Dessert beginnt.«

»In den USA?«

»Exakt. Dort hat man auch die Mode mit den Baseball-Kappen aufgebracht, so wie Sie eine tragen. Was spielt es im Übrigen für eine Rolle, womit ich beginne? Die BBC kann doch die Sendetermine für die einzelnen Gerichte selbst auswählen. Strahlen sie diese Sendung einfach am Ende aus.«

Angus Thinnson MacDonald war ein Superstar des Fernsehens und Robertson wollte es sich keinesfalls mit ihm verscherzen. »Ich bin ganz Ihrer Meinung«, antwortete er lächelnd.

»Wo drehen wir?«, fragte MacDonald rhetorisch, denn er wusste sehr wohl noch, was er angeregt hatte.

»Vielleicht direkt vor der Terrasse? Der Blick auf den Firth of Forth ist von dort prächtig.«

»Sehr gerne. Eine vortreffliche Idee.«

Inzwischen waren sie in der obersten Etage angelangt und die Packer bekamen Robertsons aufgestauten Ärger zu spüren. »Wird's bald, die Herren! Dort hinten vor dem großen Fenster den Tisch für unseren Mister MacDonald aufbauen, zack, zack.« Die beiden Männer fürs Grobe schoben sich zu der riesigen Panoramascheibe. Wie aus dem Nichts tauchten zwei Gentlemen in dunklen Anzügen auf und schlängelten sich zwischen den Tischen der Restaurants durch. Ein Kobrapaar im Angriff. Zahlreiche Gäste duckten sich, weil sie einen Terrorangriff befürchteten. Die Propagandamaschinen der westlichen Regierungen haben in den vergangenen Jahren ganze Arbeit geleistet, dachte MacDonald. Bewegte man nur ein Rädchen im Getriebe des Alltags etwas langsamer, geriet alles ins Wanken. Wenn jetzt noch jemand zu laut hustete, würde das Überfallkommando der Polizei anrücken. Robertson verblüffte alle Anwesenden. Er stellte sich mit dem Rücken zur Glaswand und hob die Hände in die Luft wie ein erfahrener Krisenmanager.

»Meine Damen und Herren, es besteht kein Grund zur Beunruhigung. Wir sind von der BBC.« Den beiden Sicherheitsleuten des Einkaufszentrums hielt er kühn die Drehgenehmigung unter die Nase. MacDonald grinste. Da hatte der allzeit gut vorbereitete Regisseur in der Eile tatsächlich vergessen, sich beim Management im Erdgeschoss anzumelden! MacDonald schritt durch die Menge, die ihn fasziniert betrachtete. Es war nie verkehrt, sich in Harris Tweed zu kleiden.

»Los, das muss alles viel schneller gehen«, wetterte der Regisseur.

»Sie sollten die armen Menschen nicht zu sehr hetzen.«

Robertson atmete tief durch. »Sind sie bereit?«

»Freilich.« MacDonald betrachtete den mikroskopisch kleinen Sekretär skeptisch. Gewohnheitsmäßig strich er sich mit der Hand über die Vorderseite des Jacketts, machte den Rücken noch etwas gerader und sprudelte seinen Text heraus: »Cranachan, Damen und Herren, ist ein Dessert, mit dem man in früheren Zeiten besondere Ereignisse würdigte wie etwa eine erfolgreich eingefahrene Ernte. Es nimmt nicht Wunder, dass dieser Nachschlag aus den kräftigsten Zutaten besteht. Als da wären: dicker Joghurt, Sahne, Heidehonig, schottischer Whisky, Himbeeren und natürlich Hafer, der Star unserer neuen Reihe.«

Bereits eine Stunde später hatte Mister Robertson die Szene zu seiner Zufriedenheit gefilmt. Sie standen im Erdgeschoss und unterhielten sich. Der Regisseur konnte sein Glück kaum fassen und bedankte sich überschwänglich. MacDonald tätschelte ihm väterlich die Schulter. »Ist schon gut. Es war mir wieder einmal ein Vergnügen.«
»Kann ich Sie irgendwohin mitnehmen, Mister MacDonald?«
»Zu freundlich. Doch bin ich in meinem eigenen Automobil angereist und, die Gelegenheit beim Schopf packend, möchte ich noch ein wenig durch die Mall schlendern.«
»Wir sehen uns beim nächsten Dreh?«
»Sicher. Ich wünsche Ihnen eine schöne Heimfahrt, mein Guter.«
Wenn man ihn gefragt hätte, was genau er im Ocean Terminal zu finden hoffte, wäre er eine präzise Antwort schuldig geblieben. Mrs Sinclair hatte gesagt, dass der Major seine Enkeltochter hin und wieder hier verwöhnt hatte. Nun, Angus, er wird aber kaum mit der Kleinen hier hereinspazieren, nur weil du zugegen bist, belehrte er sich. Unvermittelt fühlte er sich geschwächt. Warum nicht aus der Not eine Tugend machen und im Virginia Grill eine Kleinigkeit genießen, Angus! Mit seinem Hamper in der Hand eilte er wieder zur Rolltreppe. Er nahm einen Platz am Fenster ein, bestellte sich einen saftigen, hausgemachten Cheeseburger mit Pommes Frittes und ein Gläschen Weißwein, weil der bekanntermaßen wenig Kalorien hatte. Auf der Meerenge schob sich ein überlanges Schiff vorbei. Der Himmel war tiefblau und ein bisschen schien sogar die Sonne. Bislang also ein rundherum fabelhafter Tag in Edinburgh. Nach dem Essen nahm er noch einen doppelten Espresso. Wie Karen

ihm berichtet hatte, war die zweite Säule im Programm der Abspecker die Bewegung. Er wedelte mit beiden Armen nach der Rechnung, legte ein großzügiges Trinkgeld auf den Tisch und schlenderte zur Treppe, als er ein bekanntes Gesicht sah. »Major!« Der Gentleman ging weiter und klopfte sich dabei immer wieder die Faust auf den Magen, wie im Ritual eines Indianerstammes. »Major Lockhart, hier oben. Sehen Sie mich?« Offensichtlich tat er das nicht. Oder er stellte sich taub. Bis MacDonald mit dem Hamper in der Hand unten angelangte, hatte er das Gebäude bereits verlassen. Was mehr als ärgerlich war, denn zu gern hätte er gewusst, was Lockhart hier zu tun hatte.

»*Wenn etwas bedauerlicher ist als die andauernde Mittellosigkeit der Armen, dann die böse Selbstsucht der Reichen.*«

Isabella Bird, englische Reisende und Schriftstellerin, in »Notes on Old Edinburgh« (1869)

The Big Issue

»Und du bist sicher, dass es der Feldwebel war?«, fragte Alberto, während er aus dem Obergeschoss des Doppeldecker-Busses sah. Weil man in Morningside nur schwer einen Parkplatz fand, benutzten die beiden Detektive das öffentliche Transportmittel. MacDonald behagte das schmale Treppchen, das nach oben führte, überhaupt nicht.

»Major! Ja, sehr wahrscheinlich war er es.«

»Weshalb hat er sich die Faust in die Magengrube gerammt?«

»Darüber kann ich nur spekulieren. Vielleicht wollte er unbändigen Hunger in Schach halten.«

Alberto versuchte, das Lachen zu unterdrücken. Kohldampf war etwas, was Angus nur zu gut kannte. Er hätte eine unendliche Litanei über die verschiedenen Stadien herbeten können.

»Vielleicht ist es ein Ritual seiner Vereinigung?«

»Er ist Presbyterianer und kein Sektenmitglied. Weißt du, Alberto, wir hätten auch unten sitzen bleiben können. Ohnehin müssen wir doch gleich wieder aussteigen.«

»Im Obergeschoss ist die Aussicht aber besser. Kann ich bitte das Foto noch mal sehen?«

MacDonald schnaubte wie ein Büffel an der Wasserstelle und fischte die Aufnahme zum dritten Mal aus dem Jackett. »Hier bitte. Behalte es doch bei dir.«

»Ich fühle mich geehrt durch dein großes Vertrauen. Komisch, dass der Soldat einfach davongerannt ist.«

»Eilen würde seine Bewegungsart treffender beschreiben. Ist er doch nicht mehr der Jüngste.«

»Vielleicht hört er schlecht und hatte sein Hörgerät zu Hause vergessen. Andiamo! Pronto!«

»My goodness! Was ist denn nun schon wieder?«

»Wir sind gerade an der Zielperson vorbeigefahren. Los, erhebe dich!« Er sprang über MacDonalds Knie und spurtete nach unten.

»Ein Benehmen ist das! Wir befinden uns doch nicht auf dem Sportplatz!«

»Angus, kommst du jetzt endlich?«, rief sein Freund von unten.

»Ich bin ja schon unterwegs. Reg dich nur nicht auf.« Elegant schraubte MacDonald sich über die schmale Treppe ins Erdgeschoss, bedankte sich freundlich beim Fahrer und trat leicht verschwitzt auf den Bürgersteig.

Alberto zappelte wie ein Fisch an der Leine. »Da bist du ja endlich. Allora, wie gehen wir vor?«

»Lass mich mal überlegen ... wie wäre es, wenn wir ihn befragen?«

»Molte bene. Ich werde ihn in ein harmloses Gespräch verwickeln. Wenn du ihn mit deinem teuren Jackett ansprichst, sucht er das Weite. Einem Mann des Volkes wie mir wird er nicht widerstehen können.«

»Ich könnte mein Jackett ja auch ablegen. Aber bitte, geh nur.«

Während Alberto vorsichtig die stark befahrene Morningside Road überquerte, setzte MacDonald sich auf eine vertrauenswürdige Bank bei der Haltestelle. Sangster war etwa Mitte Dreißig, trug einen orangefarbenen Hut und eine gelbe Hose. Leicht zu übersehen war er allenfalls auf einem Jahrmarkt. In harschem Kontrast zu seinem Outfit gab er sich sehr zugeknöpft und machte ein böses Gesicht. Alberto kaufte ihm ein Exemplar des »Big Issue« ab und kehrte zurück, einen hupenden Autofahrer mit der Faust zurechtweisend. MacDonald schritt davon, damit Sangster nicht merkte, dass sie zusammengehörten. »Wie ist es gelaufen, du Mann des Volkes?«

»Prego?«

»Ich glaube, du hast mich ganz gut verstanden.«

»Er hat nur Allgemeinplätze vom Stapel gelassen. Ein komischer Kerl!«

»So was aber auch. Dürfen ich und mein Jackett es nun probieren?«

»Das mit dem Jackett gefällt dir jetzt, nicht wahr?«

»Nur ein bisschen. Wohin gehst du, Alberto?«

»Einen Espresso trinken. Da vorne ist ein Café.«

»Die schießen wie Pilze aus dem Boden.«

»Seit wann hast du etwas gegen Kaffee?«

»Habe ich doch gar nicht. Aber versuch mal, in Edinburgh eine gute Tasse Tee zu bekommen. Fast schon ein Ding der Unmöglichkeit.«

»Holst du mich ab, wenn du fertig bist?«

»Es wird mir ein Vergnügen sein.« MacDonald wunderte sich nicht, dass Alberto keinen Draht zu Sangster gefunden hatte. Seine Ansichten zu Obdachlosen, und das war der junge Mann für ihn, waren zu ausgeprägt. Seit er ein junges, bedürftiges Paar zwei Wochen gratis bei sich hatte wohnen lassen und zum Dank bestohlen wurde, scherte er sehr unterschiedliche Menschen über einen grobzackigen Kamm. Dabei hatten sich nur gewöhnliche Diebe bei ihm einquartiert. Sangster entfernte sich und MacDonald stöhnte. Dass die Menschen es immer so eilig hatten. Um aufzuschließen, musste er sämtliche Kraftreserven mobilisieren. »Hallo, der Herr, ist es gestattet?«, rief er keuchend. Der Lümmel rannte einfach weiter! Erst der Major und nun er. Doch dieses Mal würde er sich nicht abhängen lassen. »The Big Issue«, sagte MacDonald laut. Ein Passant drehte sich neugierig um. In dem teuren Jackett, schien er stumm zu fragen. Ja, warum denn nicht! Die Leute hatten solche Vorurteile! Endlich drehte Sangster sich um. »Haben Sie eben ›Big Issue‹ gerufen?«

»Das habe ich in der Tat, junger Mann. Ich möchte gerne eines Ihrer Magazine erwerben.«

»Ich habe Sie noch nie hier gesehen.«

»Muss man erst mit Ihnen bekannt sein, um das Heft kaufen zu dürfen? Das scheint mir sehr förmlich zu sein.«

Sangster lachte und entblößte dabei eine unvollständige Zahnreihe. »Nein, natürlich nicht. Es ist nur so, dass ich meine Kunden alle kenne.«

»Dann betrachten Sie mich bitte als hoffnungsvollen Neuzugang. Einmal Ihr Magazin bitte.«

»Sehr gerne. Wohnen Sie hier im Viertel? Irgendwie kommen Sie mir bekannt vor.«

»Nein, ich gehe nur gerne in Morningside einkaufen.« Scheibenkleister! Das hätte er nicht sagen sollen! Gab es doch zu viele noble Geschäfte hier.

»Machen Sie sich keine Sorgen«, erwiderte Sangster, so als ob er Gedanken lesen könnte »Ich erinnere mich noch daran, wie es war, hier einzukaufen und vermisse es nicht. Menschen wie Sie begegnen mir täglich.«

»Menschen wie ich?«

»Vornehme Gentlemen mit prall gefüllter Brieftasche. Für gewöhnlich kaufen die aber nicht den ›Big Issue‹. Also, was kann ich für Sie tun?«

MacDonald blinzelte unwillkürlich. »Sie sind ein sehr direkter Mensch.«

»Ich hoffe, Sie sind mir nicht böse, wenn ich das als Kompliment auffasse. Nun?«

»Ich bin auf der Suche nach Ann Lockhart.«

»Daher weht der Wind also. Hat der alte Herr sie geschickt?«

»Nur indirekt. Ich helfe einer guten Freundin, die den Major kennt.«

»Damit unterstützen Sie ihn aber, nicht wahr?«

»Was wäre daran so furchtbar?«

»Ich kann ihn nicht ausstehen. Von Anfang an gab er mir keine Chance. Der hat es gerade nötig, kein Verständnis zu zeigen, wo sich doch seine zweite Frau lange wegen einer Depression in Behandlung befand.«

»Mangels Kenntnis würde ich mich dazu gerne eines Kommentars enthalten. Haben Sie in der letzten Zeit Mrs Lockhart senior aufgesucht?«

»Woher wissen Sie das?«

»Es war nur so eine Vermutung.«

»Hören Sie, ich mache mir ebenfalls Sorgen um Ann und Catriona. Aber ich weiß nicht, wo sie sich aufhalten, auch wenn dieser Feldwebel das denkt. Mrs Lockhart habe ich nur besucht, weil ich gehofft habe, Ann bei ihr zu treffen.«

»Haben Sie sie gesehen?«

»Nein, es war wie verhext, denn sie kreuzte früher wirklich oft dort auf.«

»Wissen Sie das von Mrs Lockhart senior?«

»Die Frage können Sie nicht ernst meinen! Bei der Frau hat man großes Glück, wenn sie hin und wieder einen halbwegs wachen Moment hat. Nein, die neugierige Nachbarin erzählte es mir.«

»Die Dame, die Mrs Lockhart unter die Arme greift?«

»Ich kenne Sie nur als hyperneugierige Zaunsteherin.«

»Wann sind Sie und Ann sich zum letzten Mal begegnet?«

»Vor ein paar Monaten. Es war eigenartig. Sie bat mich um Vergebung. So als ob sie ein sehr strenges Zehn-Punkte-Programm zu absolvieren hätte.«

»Um Vergebung für Ihre gescheiterte Beziehung?«

»Wenn Sie es so nennen wollen. Sie meinte, dass alles ihre Schuld sei, denn sie sei erst jetzt zu einem vollständigen Menschen geworden. Ich sehe das überhaupt nicht so. Wenn mich seinerzeit der Glaube nicht verlassen hätte und ich nicht so viel getrunken …«

»Wie wirkte Ann auf Sie, Mister Sangster?«

»Gute Frage. Gehemmt, würde ich sagen.«

»Und das war sie sonst nicht?«

»Auf keinen Fall. Zurückhaltend, ja, aber auf keinen Fall gehemmt.«

»Wissen Sie, wo Ann zuletzt wohnte?«

»Fragen Sie das lieber den famosen Major.«

»Leichter gesagt als getan. Bei unserem letzten Gespräch rannte er einfach davon.« Von der zweiten Begegnung wollte er Sangster nichts erzählen.

»Ich glaube, sie wohnte bei einer Freundin, in einer städtischen Wohnung.«

»Verfügen Sie über die Adresse?«

»Es ist in Craigmillar.«

»Oh.«

»Vorurteile haben Sie wohl keine?«

»Nein, nur eine schlechte Erinnerung. Als ich mir vor ein paar Jahren vor Ort die Schlossruine ansehen wollte, ruinierte mir ein Rowdy mein Jackett. Der Bursche hat mir mutwillig eine halbe Dose Irn Bru auf den Ärmel gekippt. Womit ich natürlich keinesfalls sagen möchte, dass alle Bewohner des Viertels sich so schrecklich aufführen.«

»Es gibt Schlimmeres.«

»Junger Mann, mit dieser Formulierung lässt sich noch das traurigste Unglück relativieren, persönliches Leid, Kriege, ein Atomunglück und vieles mehr.«

»Finden Sie? Und doch hilft mit dieser Leitsatz jeden Tag.«

»Verkaufen Sie das Magazin so oft?«

»Nein, nur sechs Tage die Woche.«

»Wer darf es veräußern?«

»Menschen, die keine Wohnung haben oder kurz davor stehen, sie zu verlieren. Arbeitslose und Personen, die finanziell sehr schlecht dastehen."

»Ich bewundere Sie. Jeden Tag bei Wind und Wetter hier auszuharren, ist eine große Leistung. Darf ich Sie etwas Persönliches fragen?«

»Kommt ganz drauf an.«

»Wie sind Sie vom Alkohol losgekommen?«

»Das ist sehr persönlich.«

»Ich erzähle es nicht weiter.«

»Spezielles Entwöhnungsprogramm.«

»Von einer Kirche?«

»Nein, es war eine private Einrichtung. Und in meiner Gruppe waren nicht nur Alkoholiker, sondern auch Menschen mit Essstörungen.«

»Ach?«

»Jemand, der magersüchtig ist, leidet, wie der Begriff schon suggeriert, ebenfalls an einer Sucht. Sie stellen eine Menge Fragen.«

»Verzeihung. Bei mir ist es eine Berufskrankheit. Ich bin Journalist.«

»Und worüber schreiben Sie?«

»Essen und Trinken.«

»Natürlich, jetzt weiß ich auch, woher ich Sie kenne. Ich habe Ihr Buch über ›Kochen mit Scotch‹ in einer Buchhandlung gesehen. Da war auch so ein Pappaufsteller von Ihnen in Lebensgröße dabei.«

»Schön, dass Sie mich erkannt haben. Darf ich Ihnen meine Karte reichen?«

»Wozu sollte das gut sein?«, fragte Sangster gedehnt.

»Vielleicht fällt Ihnen noch etwas ein.«

Alberto hatte mittlerweile zwei doppelte Espressi getrunken.

»Wo warst du denn so lange? Mir ist langweilig.«

»Aus diesem Grund empfiehlt es sich, immer ein Buch oder eine Zeitung bei sich zu haben.«

»Du weißt doch, dass ich nicht gerne lese.«

»Ich hatte es tatsächlich vergessen. Gute Nachrichten: Wir kennen nun den Aufenthaltsort von Ann Lockhart.«

»Er hat also mit dir mehr geredet? Hätte ich nicht gedacht.«

»Durchaus. Ein junger Mann, der schwere Zeiten hinter sich hat.«

»Was soll das heißen?«

»Der Herr hatte in der Vergangenheit Alkoholprobleme.«

»Du glaubst, das stimmt?«

»Warum sollte er so etwas erfinden? Sehr schmeichelhaft ist es ja nicht eben.«

»Mir kam er jedenfalls gleich verdächtig vor.«

MacDonald hatte eher den Eindruck, dass Alberto verstimmt war, weil Mister Sangster nicht mit ihm reden wollte.

»Ich denke, dass der Bursche immer noch an der Flasche hängt. Hast du nicht bemerkt, wie er sich dauernd so fahrig umgesehen hat?«

»Nein, um der Wahrheit die Ehre zu tun. Bei mir war er sehr entspannt. Du errätst nie, wo Ann zuletzt wohnte.«

»Ich will auch gar nicht raten. Wir machen doch keine Quizshow.«

»Craigmillar.«

»Ohne mich!«

»Du willst mich alleine ermitteln lassen?«

»Bei den Typen, die dort leben, bleibt mir gar nichts anderes übrig. Zieh dir dieses Mal lieber alte Klamotten an. Wenn du den alten Offizier befragen möchtest, bin ich sofort mit von der Partie. Aber in dieses Höllenviertel begleite ich dich nicht. Außerdem muss ich jetzt einkaufen. Wir brauchen Toast, Orangensaft und Bohnen.«

»Wir?«, fragte MacDonald gedankenverloren.

»Ich und meine Frau Maria. Wir führen ein Guest House. Du erinnerst dich?«

»Geh du nur. Ich genehmige mir derweil noch ein Stück Kuchen.«

»Bist du nicht auf Diät?«

»Nur ein kleines Stück! Immerhin kämpfe ich an zwei Fronten, als Journalist und Detektiv.« Und bezüglich der Exkursion nach Craigmillar ist auch das letzte Wort noch nicht gesprochen, dachte er, während Alberto bereits in den Bus sprang.

Als MacDonald das Café verließ, war Paul Sangster verschwunden. Der Doppeldecker schaukelte ihn nach Hause, wo er ein bekanntes Auto ausmachte. Karen stieg aus, sah sich nach allen Seiten um und kam in ihrem wiegenden Gang auf ihn zu. »Schön, Sie zu sehen«, sagte er. »Gibt es heute keine maladen Menschen?«

»Bestimmt jede Menge, aber ich habe mir spontan einen Tag freigenommen. Verraten Sie mich bitte nicht.«

»Niemals.« Er sah sie liebevoll an. Wie stets war sie in ihren individuellen Stil gehüllt. Nicht der neuesten Mode folgend, sondern hochwertige, zeitlose Kleidung tragend. »Darf ich Sie ins Haus bitten?« Um ein Haar hätte er ihr wieder einen Hausschlüssel angeboten. Doch die Erinnerung an die herbe Abfuhr, die er sich das letzte Mal eingehandelt hatte, hielt ihn davon ab. Im Grunde hatte sie vollkommen recht. Ihre Bekanntschaft hatte längst nicht das Stadium erreicht, in dem man sich Zutritt zu des anderen Haus ermöglichte. »Ich mache uns Tee.«

»Wie ich sehe, haben Sie den Bus genommen, Angus?«

»Aber ja, die Umwelt wird so stark durch Abgase belastet. Da möchte man sein Scherflein zu ihrem Schutz beitragen.« Karen war eine überzeugte Umweltschützerin.

»Und die Bewegung tut Ihnen doch auch gut, oder?«

»Durchaus. Mit genügend Zeit hätte ich mich sogar gänzlich auf Schusters Rappen begeben.« Obwohl Karen wie Alberto gerne in der gemütlichen Küche saß, bat er sie ins Wohnzimmer. Nicht ohne Grund, lagen doch dort seine Bücher über die Atkins-Diät. Heute würde sein Tag der vielen Pluspunkte werden. Er kehrte mit einem großen Tablett aus der Küche zurück und fand sie beim Blättern in den Bänden. Volltreffer, Angus, dachte er.

»Die haben Sie aber nicht alle gelesen?«, fragte sie mit hochgezogenen Augenbrauen.

Sein Sieg schien sich in eine Niederlage verwandeln zu wollen.

»Ich wollte mir einen Überblick verschaffen.«

»Sie planen einen Artikel zu diesem Thema?«

Nun war die Kunst der Improvisation gefragt. »Wer weiß. Doch unabhängig davon ist es seit langen Jahren meine Art, methodisch vorzugehen. Sie werden nicht bestreiten, dass Abnehmen harte Arbeit ist.«

»Ich weiß nicht ...«

»Es erfordert den ganzen Mann und ein lebenslanges Reflektieren. Das waren ihre ureigenen Worte.«

»Schon, aber warum benötigen Sie Bücher über Philip?«

»Wer bitteschön?«

»Der Gatte von Queen Elisabeth. Hier liegen drei Werke über ihn. Zwei Biografien und ein Buch mit Zitaten.«

MacDonald vermied es, seine Frau Doktor anzusehen. »Der Mann interessiert mich einfach menschlich.«

»Aber er ist doch Engländer und kein Schotte.«

»Stimmt. Dennoch darf er sich Duke of Edinburgh nennen.«

»Das weiß ich. Aber ...«

»Etwas Milch in Ihren Tee?«

»Nur ein paar Tropfen. Entschuldigen Sie bitte mein Insistieren. Ich dachte, Sie lesen die Bücher über den Prinzen, weil er ein überzeugter Atkins-Anhänger ist.«

»Wäre das so schlimm?«

»Nur wenn sie ihn als unbewussten Vorwand nehmen, um Ihre Diät zu verzögern.«

»Soll ich Ihnen ein Geheimnis verraten? Ich arbeite an einem neuen Fall. Dabei sind mir die Bücher von Nutzen.«

»Wem wollen Sie dieses Mal auf die Schliche kommen?«

»Es ist noch nicht so ganz klar. Aber könnten Sie mir bitte etwas über extreme Formen von Diäten sagen?«

Karen lachte. »Sie meinen, wie zum Beispiel die Atkins-Diät? Was Veganer und Fruktarier sind, wissen Sie sicher. Außerdem gibt es zum Beispiel noch die Rohköstler.«

»Bitte was?«

»Rohköstler.«

»Habe ich doch richtig gehört. Der menschliche Tiergarten ist unüberschaubar. Weitere kuriose Mitmenschen?«

»Da Sie mich nach Extremen in diesem Bereich fragen, fallen mir natürlich noch die Magersucht und die Fresssucht ein.«

»Ist das doch schauderhaft. Lassen Sie uns von schöneren Dingen sprechen. Wie geht es Ihren Eltern?«

»Meinen Eltern? Wie kommen Sie jetzt darauf?«

MacDonald sah das Treffen mit Riesenschritten eine weitere betrübliche Wendung nehmen. »Sie hatten kürzlich von ihnen gesprochen.«

»Ach so. Sie sind beide wohlauf.« Nun vermied Karen Augenkontakt.

»Sehen Sie sich hin und wieder?«

»Nicht so häufig wie wir gerne möchten. Wo ist denn Sir Robert heute?«

»Auf der Jagd.«

»Die armen Vögelchen.«

»Manchmal ist es auch das eine oder andere Rättchen, das ins Gras beißt.«

»Das traut er sich?«

»Er ist so tollkühn wie sein Herrchen. Geht es Ihnen auch bestimmt gut?«

»Aber ja.«

Noch ein Blick zur Seite!

»Ich muss jetzt leider aufbrechen, Angus.«

»So plötzlich? Ich fürchte, ich habe mit meiner Fragerei Ihre Geduld strapaziert.«

»Nein, überhaupt nicht. Auf Wiedersehen.«

MacDonald brachte Karen zur Tür und sah ihr ratlos hinterher.

Maria putzte die Zimmer, mit Ausnahme des Bodens, um den Alberto sich mit seinem panzergleichen Staubsauger kümmerte. Er konnte es kaum erwarten, bis sie im Raum der japanischen Gäste fertig war. Was sie wohl so lange trieb?, fragte er sich. Wenn er den kompletten Innendienst gehabt hätte, wäre alles doppelt so schnell gegangen. Nur zum Teil entsprach das der Wahrheit, denn Alberto inspizierte die persönlichen Dinge der Gäste und verbummelte dabei viel Zeit. Er bezeichnete seine Methode als vorbeugende Deeskalation. Maria hatte ihn einmal beim Spionieren ertappt und sehr ungehalten reagiert. Seitdem musste er extrem vorsichtig vorgehen, denn er hatte ihr hoch und heilig versprochen, die Schnüffelei, wie sie es nannte, zu unterlassen. Aber etwas an diesen Japanern war ihm ganz und gar nicht geheuer, auch wenn sie das nicht verstehen wollte. Um sich abzulenken, sah er nach der Post. Der Briefträger hatte drei Briefe durch die Klappe an der Tür geworfen, zwei davon enthielten Rechnungen. Verstimmt hob er die Schreiben auf. Ein Blick auf die hölzerne Gästetafel im Flur verschlechterte seine Miesepetrigkeit noch. Für jedes Zimmer gab es einen kleinen Schieber, der ihn über Anwesenheit oder Abwesenheit der Gäste informierte. Die Kategorien waren »im Zimmer« und »ausgegangen«. Es wunderte ihn überhaupt nicht, dass die Japaner ausgegangen waren, der Schieber sich aber noch frech in der Position »im Zimmer« befand. Manche Personen hatten einfach kein Benehmen. Mit dem kleinen Finger schob er die Regler in die korrekte Position. Wenn er sich nicht um alles kümmerte, würde im Guest House die Anarchie ausbrechen. Maria verließ den asiatischen Sektor. Er ging nach oben, schloss die Tür hinter sich und verbarrikadierte sie mit dem Staubsauger. Falls seine bessere Hälfte unerwartet zurückkehrte, konnte er sich darüber beschweren, dass sie ihn beim Saugen hinter der Tür störte. Zum ersten Mal an diesem Morgen war die Spur eines Lächelns auf seinem Gesicht auszumachen. Wenn er in seiner Jugend eine Wahl gehabt hätte, wäre er hauptberuflich Detektiv geworden. Das Zusammentragen winziger Mosaikteilchen zu einem sinnvollen Ganzen begeisterte ihn immer wieder aufs Neue. Im Zimmer roch es komisch. Verflixt, seine bessere Hälfte kehrte bereits zurück. Ragte aus der Tüte neben dem Schrank ein Dudelsack? Und was waren das für bunte Tabletten, die auf dem Nachttisch lagen? Er musste seine Untersuchung beenden. Immer wenn es spannend wurde!

»Alberto, bis du da drin?«

»Komme gleich.«

»Angus wartet unten.«

»Sisi.«

Sie führte MacDonald ins Wohnzimmer.

»Komme ich ungelegen?«, erkundigte er sich.

»Überhaupt nicht. Wir könnten längst fertig sein. Aber Alberto hat die Angewohnheit, in den Sachen der Gäste zu stöbern. Er nennt es vorbeugende Deeskalation.«

»Irgendwo habe ich das schon einmal gehört.«

»Bestimmt im Fernsehen.«

»Was ist das für ein Geräusch?«

»Alberto, der mit dem Staubsauger in der Hand gebückt nach unten joggt.«

Schlagartig ging die Tür auf. »Hallo Angus, ich war bereits in unserer Sache tätig.«

Aufgemerkt! Es reute ihn wohl, dass er ihm wegen Craigmillar einen Korb gegeben hatte. »Freut mich zu hören.«

»Giuseppe hat angerufen. Das Auto, dessen Nummer er notierte, ist auf einen Privatmann zugelassen, ein gewisser Sergeant Lightman.«

»Woher weißt du, dass er vom Militär ist? Das steht doch nicht in seinem Fahrzeugschein, oder?«

»No, aber er hat einen Adresseintrag im Internet. Ich weiß auch, wo er wohnt.«

»Sprich.«

»West End.«

»Keine arme Gegend.«

»Meinst du, er hat etwas mit dem General zu tun?«

»Mister Lockhart war Major.«

»Bei einer Geheimtruppe?«

»Wie kommst du denn darauf?«

»Wir haben keinen Schimmer, welcher Einheit er angehörte. Am besten, du befragst Anns Mitbewohnerin. Vielleicht bekommen wir etwas heraus, mit dem wir den Sergeant in die Mangel nehmen können.«

»Es bleibt also dabei, dass du dich nicht nach Craigmillar traust?« So, jetzt war es raus, dachte MacDonald.

Maria sah neugierig zu ihrem Gatten. Konnte es sein, dass Alberto sich vor etwas fürchtete? Das wäre ihr neu.

»Stimmt doch überhaupt nicht!«, protestierte er lauthals. »Natürlich bin ich dabei. Meinetwegen können wir sofort aufbrechen.«

»Prächtig. Komm, wir gehen zum Wagen. Ich fahre. Weißt du, Craigmillar ist nicht mehr das, was es einmal war.«

»Soll heißen?«

»Die Stadt bemüht sich, auch benachteiligten Mitmenschen ein angenehmes Leben zu bieten.«

»Wie freundlich von Edinburgh. Als ich damals aus Italien kam, hat mich kein Mensch gefragt, ob ich etwas brauche.«

MacDonald hatte nicht vor, auf die ihm wohlbekannte Tirade einzugehen. »Glaube mir, die schlimmsten Bausünden wurden bereits behoben.«

»Von mir aus! Wie heißt die junge Frau, die wir verhören?«

»Georgina Shields. Wir wollen Sie übrigens nur höflich um ein Gespräch bitten, nicht verhören.«

»Capito. Aber wie wollen wir die Dame denn finden? Ohne Adresse?«

»Da muss ich widersprechen. Mister Sangster war so freundlich, sie mir zu geben.«

Alberto klingelte mit ausgestrecktem Arm und säuberte sich hastig mit einem Desinfektionstüchlein den Zeigefinger. »Es ist schmutzig hier. Wir müssen vorsichtig sein.«

MacDonald enthielt sich eines Kommentars. Die Bakterien, die sein Freund sah, waren mitunter fiktiv.

»Wer ist da bitte?«, schepperte es aus einer Sprechanlage, die ihre Jungfernzeit hinter sich hatte.

»Wir sind von offizieller Stelle und müssen Ihnen einige Fragen stellen«, sagte Alberto würdevoll und schnupperte wie ein Suchhund ins Treppenhaus. In diesem Viertel musste man mit allem rechnen. Selbst eine Leiche hätte ihn nicht überrascht.

»Stockwerk?«, fragte MacDonald bereits nach wenigen Stufen mit zittriger Stimme.

»Non so! Woher soll ich es auch wissen? Und lass bitte deine Flüssigmedizin stecken.«

Im zweiten Obergeschoss stand eine junge, hübsche Frau im Türrahmen. Sie hatte blondes Haar und trug einen langen, geblümten Rock. »Wer sind Sie denn? Doch keine Angestellten des Vermieters?«

»Miss Shields?«, fragte Alberto, hocherfreut über das anmutende Äußere der Dame.

Sie nickte.

»Angenehm, Vitiello der Name. Der stattliche Herr hinter mir heißt MacDonald. Wir suchen Ann Lockhart.«

»Sind Sie Verwandte von ihr?«

»Eher so eine Art Hilftstrupp. Der Major hat uns um Hilfe gebeten.«

»Detektive demnach?«

»Hobbydetektive, nicht wahr Angus?«

MacDonald nickte erschöpft. Auf seiner Stirn lieferten sich die Schweißperlen ein fröhliches Stelldichein. Er sah sich um. Die gesamte Wohnung bestand aus zwei Zimmern und einer angrenzenden kleinen Küche, deren Tür angelehnt war. Alberto schüttelte den Kopf, denn entgegen seiner Erwartung war alles blitzblank. Und: Es duftete nach frischer Suppe, mutmaßlich mit Gemüse. Eine Wand bestand komplett aus Büchern, darunter auffallend viele Werke zur Psychologie und Lebensratgeber. Sie wies einladend auf ein niedriges Sofa in orientalischem Stil. MacDonald war in großer Sorge, sich von diesem Möbelstück später nicht mehr erheben zu können. Im fernen Osten mochte es Sitte sein, auf Mutter Erde oder fast auf ihr zu sitzen. Doch schmerzhaft verknotete Beine entsprachen nicht seiner Vorstellung von Bequemlichkeit. Shields bemerkte sein Zögern: »Meinetwegen können Sie auch stehen bleiben.« Um die Gastgeberin nicht zu beleidigen, beugte er die Knie, die bedenklich knackten, und nahm neben Alberto Platz.

»Wie kann ich Ihnen helfen, meine Herren?«

»Wann haben Sie Miss Lockhart zum letzten Mal gesehen?«, fragte MacDonald.

»Vor zwei, drei Monaten.«

»So lange ist es her?«

»Ja.«

»Machen Sie sich denn keine Sorgen um Ihre gute Freundin?«

»Nein. Sie hat sich ja offiziell von mir verabschiedet und auch ihre Sachen mitgenommen.«

»Hat sie gesagt, wohin sie geht?«

»Von Europa war die Rede.«

»Und wo in Europa, wenn man fragen darf?«

»Frankreich, Italien.«

»Befand sich ihre Tochter bei ihr?«

»Catriona? Aber ja. Sie haben doch beide bei mir gewohnt.«

»Worüber haben Sie sich in der letzten Zeit unterhalten?«

»Alltägliche Themen.«

Alberto verpasste seinem Freund mit dem Ellbogen einen unauffälligen Magenstüber. Er war nicht die Art von Mensch, die gerne unbeteiligt daneben saß. »Wie ich sehe, beschäftigen Sie sich mit den Gerichten *Ottolenghis*«, sagte er mit Blick auf ein Kochbuch, das auf dem Tisch lag.

»Sie kennen ihn?«

»Wer tut das nicht.«

»Ich würde sagen, die meisten Menschen. Tolle Rezepte, nicht wahr?«

»Sisi, und sie funktionieren alle. Bei berühmten Kochbuch-Autoren ist das sehr selten. Sein Vater ist übrigens Italiener. Interessiert Ann sich auch dafür?«

»Nein, wenn es um die Ernährung geht, ist sie eher der extreme Typ, immer schon gewesen.«

»Da Sie dieses Thema ansprechen: Vor einigen Tagen hat man vor dem Delikatessengeschäft von Signor Coia in der Old Town gegen sündiges Essen demonstriert. Stoppt die Völlerei, haben die Herrschaften immer wieder gerufen. Auch: Schlemmen ist Sünde.«

»Ich war nicht dabei! Niemand kann mir etwas anhängen.«

»Aber das hat doch auch niemand behauptet.«

»Was hat es mit Ann zu tun?«

»Jemand behauptet, sie sei unter den Demonstranten gewesen.«

»Ich kann es mir nicht vorstellen. Aber so ganz unrecht hatten die mit ihren Sprüchen ja nicht. Kennen Sie diesen Yogi? Wie heißt er doch gleich?«

»Aus Japan?«, fragte Alberto hoffnungsvoll.

Sie sah ihn erstaunt an. »Nein, aus Indien. Er ernährt sich angeblich nur von Luft.«

»Wissen Sie, wie er heißt?«

»Den Namen kann sich kein Mensch merken! Ich habe es jedenfalls irgendwann aufgegeben. Ann hatte immer ein Buch von ihm bei sich.«

»Sie haben nicht zufällig eines hier?«

»Wie kommen Sie denn darauf!«

»Es war nur so eine Idee. Ist der Mann gewalttätig?«, fragte Alberto und hätte sich über eine zustimmende Antwort sehr gefreut.

»Nein, eher das Gegenteil, denke ich. Wissen Sie was, schauen Sie doch in Anns altem Zimmer nach.«

»Bei Mrs Lockhart?«

»Ja. Ich meine, falls die Dame Ihnen das gestattet.«

»Warum sollte sie etwas dagegen haben?«

»Ann und sie verstehen sich nicht sehr gut.«

»Eigenartig, wir dachten, das Gegenteil sei der Fall.«

»Warum ist sie dann wohl bei mir eingezogen?«

MacDonald nahm den Ton eines Kirchenpredigers an. »Da ist etwas dran. Miss Shields, was machen Sie beruflich?«

»Ich betreue Kinder.«

»So? Da sind Sie sicher gut mit Catriona ausgekommen?«

»Wie man's nimmt. Ich bin auch froh, wenn ich meine Freizeit selbst gestalten kann. Sie schauen so verständnislos. Es ist nicht so schwierig. Wenn man acht Stunden am Tag mit Kindern verbringt, genügt das völlig. Geht es Ihnen mit Ihrer Arbeit denn anders?«

»Ich und mein Freund Vitiello sind Freiberufler.«

»Ein Guest House-Besitzer ruht ebenso wenig wie ein Feuerwehrmann.«

Miss Shields sah auf ihre Armbanduhr, als ob sie deren Design bewunderte. Doch war den beiden Detektiven natürlich klar, dass sie jetzt aufbrechen sollten.

»Würden Sie uns bitte anrufen, wenn Sie etwas von Ann hören? Ihre Eltern machen sich große Sorgen.«

»Natürlich. Stimmt es, dass die alte Mrs Lockhart jetzt endgültig übergeschnappt ist?«

»Ich würde sagen, ihre Nerven sind etwas angespannt«, antwortete MacDonald diplomatisch. »Aber mit der, äh, guten Behandlung, die man ihr angedeihen lässt, wird sich das hoffentlich bald ändern. Vom wem haben Sie diese Information?«

Shields kratzte sich an der Nase. »Sangster hat es mir erzählt.«

»Sie kennen ihn?«

»Er hat Ann ja über mich kennengelernt. Aber in der letzten Zeit hat sie uns nicht mehr gebraucht, hat immer wieder von ihrer guten Freundin gesprochen. Die hat offensichtlich die Wahrheit mit Löffeln verspeist.«

»Wissen Sie, wer das sein könnte?«

»Nein. Ich habe sie mehrfach darauf angesprochen, ohne eine Antwort zu bekommen.«

»Demnach könnte es eine neue Freundin ebenso sein wie eine alte, die über Nacht weise wurde.«

»So sieht es aus.«

Zu Hause rief MacDonald wieder Mrs Sinclair an. Wundersamerweise erreichte er sie dieses Mal. Doch einen Termin mit dem Major hatte sie noch nicht organisiert. Überhaupt antwortete sie sehr zerstreut, viel mehr als gewöhnlich. Und Miss Shields war gegen Ende des Gesprächs auch nicht sehr aufmerksam gewesen. Außer auf die Uhr sah sie auch fortwährend zum Telefon. Wen wollte sie anrufen? Mister Sangster?

»… ich möchte ein Publikum, das zu einem Stück geht wie in einen Pub, oder in die Kirche, zu einem Popkonzert, Fußballspiel oder auch zum Billard.«

Donald Campbell, Dichter und Theaterautor, in einem Interview mit »Radical Scotland«

Hausdrachen inklusive

Alberto stand um Punkt zehn Uhr mit seinem Volvo vor dem Haus MacDonalds und hupte in einer melodisch gemeinten Abfolge. Sein Freund hasste brachiale Geräusche und in all den Jahren ihrer Freundschaft hatte er ihm diese Begrüßung aus der Ferne nicht abgewöhnen können. MacDonald zog sich sein schwarzes Harris Tweed-Jackett an und ging nach draußen. Alberto hatte die Fahrerscheibe heruntergekurbelt und wedelte mit allen zehn Fingern. MacDonald sah auf den Boden und bedeckte das Gesicht mit der flachen Hand.

»Heute ohne Kilt und spärliche Frisur, Angus?«

»Ich war einfach zu müde, die ganze Prozedur über mich ergehen zu lassen. Außerdem hätte ich dann wieder die Kollegin von der Maske bemühen müssen und …«

»… man weiß auch nicht so genau, was Frau Doktor dazu sagen würde.«

»… und so müssen wir unser Glück heute ohne meine Verkleidung erproben, wollte ich sagen.«

»Darf ich mitspielen, Angus?«

»Vielleicht lieber nächstes Mal.«

Der Verkehr floss verblüffend gut und fünf Minuten später standen sie vor dem Haus Mrs Lockharts.

»Du gehst voran«, sagte Alberto.

»Fürchtest du dich etwa vor Mrs Craig?«

»Ich! Wie kommst du denn darauf?«

»Eine Schande wäre es nicht. Mit einem Drachen wie ihr ist nicht gut Kirschen essen.«

Die Nachbarin öffnete mit garstigem Blick die Tür. Es war bestimmt nicht einfach, diesen Ausdruck vom Gesicht zu bekommen.

»Dreizehn schlägt es aber jetzt! Sie beide schon wieder!«

»Die Freude liegt ganz auf unserer Seite, Gnädigste. Dürfen wir eintreten?«

»Ailsa, meine Gute, ist das Philip?«, rief Mrs Lockhart von weitem.

»Dann kommen Sie eben in Gottes Namen herein. Heute ist ein schlimmer Tag. Bereits zwei Mal hatte ich ihre Mutter zu mimen.«

»Aber die Queen Mum lebt doch gar nicht mehr.«

»Sagen Sie das lieber der törichten Person da drinnen! Wenn sie es begreift, gebe ich einen aus.«

»Doch nicht etwa Alkohol?«, fragte Alberto mit diebischer Freude.

»Was sagt ihr ausländischer Assistent?«

»Er würde gerne wissen, ob Sie im Falle des Falles ein Bier spendieren.«

»Soweit kommt es noch! Ich bin *teetotal*!«

»Dachte ich mir!«, flüsterte Alberto.

»Ailsa, will mein Gatte sich etwa dem Volk anbiedern, indem er vor dem Haus Maulaffen feilhält?«

»Ich komme ja schon. Regen Sie sich nur nicht auf. Ihr Mann hat wieder seinen südländischen Bekannten im Schlepptau!«

»Auch er ist willkommen. Ein wenig sputen sollten sie sich aber, denn große Ereignisse werfen ihre Schatten voraus.«

Mrs Craig winkte die beiden wackeren Detektive in die Gemächer der Queen. »Sie haben gehört, was ihre Majestät sagte.«

»Spielt sie auf das *Jubilee* an?«

»Woher soll ich es wissen? Fragen Sie Lilibet. Sind doch Sie mit ihr den Bund der Ehe eingegangen und nicht ich!«

Mrs Lockhart saß in ihrem Sessel und beobachtete die beiden vergnügt. Sie trug ein signalrotes Kostüm und den passenden Hut. »Wie ich sehe, hast du tatsächlich wieder den italienischen Botschafter mitgebracht.«

»Man kann nie wissen, wann der nächste Weltkrieg ausbricht, Lilibet.«

»Mein Gott, welch düstere Äußerung.«

»Es ist kein Wunder, komme ich doch von einem Treffen mit mehreren Staatsführern.«

»Und welche?«, fragte sie gelangweilt.

»Barack Obama, David Cameron, Putin und der Mann aus China.«

»War es nett?«

»Nein, ich hatte große Mühe, die vier auseinanderzuhalten.«

»Köstlich! Hast du dich schon auf die Feierlichkeiten vorbereitet?«

»Sollte ich? Immerhin ist es dein sechzigjähriges Thronjubiläum. Verfassungsmäßig betrachtet existiere ich überhaupt nicht.«

»Du bist unmöglich.«

Alberto trat nervös auf der Stelle. »Ich habe eine Frage an Sie, Prinz«, sagte er. »Wie halten die Fahrlehrer in Ihrem Land die Fahrschüler lange genug vom Alkohol fern, damit sie die Prüfung bestehen?«

MacDonald konnte nicht ahnen, dass sein Freund sich ebenfalls einige Aussprüche des Prinzen angeeignet hatte und war bass erstaunt. Doch Angriffe auf sein geliebtes Schottland mochte er überhaupt nicht, selbst wenn sie als Scherze getarnt waren.

»Was machen Sie überhaupt hier, Botschafter?«

»Sie haben mich doch eingeladen.«

»Das heißt noch lange nicht, dass Sie hätten kommen müssen.«

»Philip, wo hast du denn deine Manieren gelassen!«

»Entschuldige bitte, Lilibet, der Umgang mit den Politikern hat auf mich abgefärbt. Wir, ich meine natürlich ich, wollten dich etwas fragen.«

»Geht es um das Jubilee?«

»Nein! Ich möchte gerne einen Blick auf Anns Sachen werfen. Ist das möglich?«

»Frag sie besser um Erlaubnis.«

»Sie ist nicht hier.«

»Dann würde ich an deiner Stelle in ihr Zimmer gehen. Ich werde mich in der Zwischenzeit den politischen Depeschen widmen.«

Alberto ging rückwärts aus dem Zimmer, so wie das Protokoll es verlangte. MacDonald folgte ihm. Vor der Tür rief er nach Mrs Craig. Sie tauchte wie aus dem Nichts auf, einen gewaltigen, vielfarbigen Staubwedel in der Hand.

»Was gibt es nun?«

»Wo bitte ist Anns Zimmer?«

»Sie wohnt nicht mehr hier.«

»Nennen wir es der Einfachheit halber Anns früheres Zimmer.«

»Möchten Sie mir beim Abwischen der Möbel helfen?«

»Eventuell«, erwiderte MacDonald, obwohl er nicht die geringste Absicht dazu hatte. Mrs Craig wies mit dem Staubwedel den steilen Weg nach oben. Auch das noch, dachte er. Wenn nur einmal etwas in diesem Fall ohne körperliche Strapazen ablaufen könnte. Wie viele Stockwerke hatte dieses Haus denn?

Ailsa Craig stieß die Tür mit einem Ruck auf. »So, da wären wir.«

»Aber das Zimmer ist ja leer!«

»Ja.«

»Dann war es nicht sinnvoll, dass Sie uns hierherführten.«

»Ich habe versucht, Ihnen das zu erklären.«

»Wo sind die Habseligkeiten Anns hingekommen?«

»Fragen Sie lieber Mrs Lockhart, die Zweite. Sie ist gestern spät am Abend hier aufgetaucht und hat alles in einen Kombi laden lassen.«

»Ich fasse es nicht. Wissen Sie, wo sie die Sachen hingebracht hat, Mrs Craig?«

»Nein. Und ich muss mich jetzt um den Lunch für ihre Majestät kümmern. Weiß ich auch nicht, welch hoheitlicher Besuch uns noch zum Tee erwartet. In diesem Haus geht es zu wie in einem Taubenschlag.«

»Aber immerhin wie in einem königlichen Vogelbauer«, meinte Alberto und grinste.

»Ihnen will ich mal etwas sagen, Sie …«

MacDonald stellte sich schützend vor seinen Freund. »Ich fürchte, wir müssen noch einmal mit der Queen, äh Mrs Lockhart, der Ersten, sprechen.«

»Aber danach habe ich absolut keine Zeit mehr.«

Wenn Mrs Craig einen Besen zur Hand gehabt hätte, wäre sie ihnen ohne Zweifel zum Geleit vorangeflogen.

»Mam, Ihr Gatte möchte noch ein Wort mit Ihnen wechseln.«

»Ich lasse bitten.«

»Lilibet, du erinnerst dich doch noch an den indischen Guru, für den unsere Tochter sich begeisterte?«

»Maharadscha Sowieso? Hatte Sie ein Verhältnis mit ihm?«

»Sprechen wir neuerdings offen über solche Dinge?«

»Haben wir das im Privaten nicht schon immer getan?«

»Auch wieder wahr. Der Inder, den ich meine, behauptet, sich ausschließlich von Luft zu ernähren.«

»Meine Güte, wie drollig. Philip, wenn du weiter deine Atkins-Diät einhältst, sehe ich jedoch keine Veranlassung dazu.«

»Wie heißt er?«

»Vata Pitta Kapha.«

»Bist du sicher?«

»Natürlich bin ich sicher. Zweifelst du etwa an meinen geistigen Fähigkeiten?«

»Keineswegs. Hat Ann in der letzten Zeit etwas von einer guten Freundin erzählt?«

Mrs Lockhart strahlte über das ganze Gesicht, doch antwortete sie nicht.

Ungeübt mit den winzigen Tasten, versuchte MacDonald im Freien, eine Nummer in sein mobiles Telefon einzutippen.

»Dir kann man kaum zusehen, Angus. Ein Glück, dass keine Menschenleben von uns abhängen.«

»Woher willst du das wissen? Ich rufe Miss Shields an, falls es dich interessieren sollte. Ja, hallo, meine Liebe, hier spricht MacDonald. Richtig, der Freund von Vitiello. Der indische Gentleman, über den wir unlängst sprachen, heißt er Vata Pitta Kapha? Ja, haben Sie herzlichen Dank.«

»Ist er es?«

»Jawohl. Und jetzt fahren wir zu den Lockharts.«

»Haben wir einen Termin?«

»Das ist mir egal. Wir widmen dem Fall einen guten Teil unserer freien Zeit. Da dürfen wir wohl verlangen, dass der Major uns Auskunft gibt.«

»Stimmt, immerhin ist es seine Tochter und nicht unsere. Und wenn Ann ein Fan dieses Hungergurus ist, könnte ihr Verschwinden damit zusammenhängen. Vergiss nicht, dass Giuseppe sie unter den Demonstranten ausgemacht hat. Vielleicht ist sie in die Fänge seiner Sekte geraten.«

»Gehst du damit nicht ein wenig zu weit? Miss Shields sagte, dass der Inder friedfertig ist.«

»Angus, ich bitte dich. Diese Sektenchefs treten doch alle so auf, als ob sie Reinkarnationen Mahatma Ghandis seien. Aber unter der Oberfläche brodeln die Aggressionen.«

Der Major und seine zweite Frau wohnten in einer kostspieligen, dreistöckigen Villa. Die Dame des Hauses öffnete ihnen die Tür. Ihre Hautfarbe hätte MacDonald mit einem intensiven Orange beschrieben. Sie trug ein dunkles Kostüm, darunter eine weiße Bluse mit Schärpe. »Wir geben keine Spenden, meine Herren.« Das gesamte Gesicht lachte, nur die eiskalten Augen nicht. Sie hielt sich betont aufrecht, sodass einem erst auf den zweiten Blick auffiel, wie klein sie war.

»Auch Ihnen einen guten Tag, Gnädigste. Ich heiße MacDonald. Der junge Mann neben mir ist Mister Vitiello. Wir möchten bitte mit Ihrem Gatten reden.« So selbstbewusst, wie die Dame auftrat, würde er ihr nicht gleich verraten, das man auch sie befragen wollte.

»Entschuldigen Sie bitte. In der Gegend wird man einfach zu oft um Spenden angegangen. Es ist ein Kreuz. Mein Mann trainiert gerade. Kommen Sie doch bitte herein.«

Sie traten in einen Flur, der mit quadratischen weißen Platten wie in einer Metzgerei gefliest war. Rechts neben dem Eingang stand eine mannshohe Kommode. In den ersten beiden Regalen lag ein halbes Dutzend Hüte. Im letzten Fach machten sich etwa zehn gesichtsverdeckende Celebrity-Sonnenbrillen den Platz streitig. Weiter vorne, auf der linken Seite des

Korridors gab es ein Schränkchen, auf dem die unterschiedlichsten Steine drapiert waren. Mrs Lockhart führte die beiden im Galopp in einen kühlen Wintergarten. »Möchten Sie vielleicht einen Eistee?«

MacDonald schüttelte hastig den Kopf. »Nein, danke.« So wie er die Situation einschätzte, würde der nicht frisch zubereitet, sondern aus einem Karton eingegossen werden. Eine Frau, die täglich geraume Zeit an ihren Fingernägeln feilte, schälte kein frisches Obst. »Was trainiert der Major denn? Reiterpolo?«

»In seinem Alter! Sie scherzen wohl? Er ist in unserem Fitnessraum im Basement.«

»Macht er das schon lange?«

»Erst eine halbe Stunde. Mit seiner Gesundheit stand es heute morgen nicht so gut.«

»Ist es in dem Fall ratsam, Sport zu treiben?«

»Soll er Ihrer Ansicht nach einrosten? Was er macht, würde ein kleines Kind bewältigen. Ich selbst betreibe Extremsportarten.«

»So habe ich es nicht gemeint. Bewegung ist natürlich wichtig für ein gesundes Leben. Keiner wüsste das besser als ich.« Mrs Lockhart schaute ungebührlich lange auf MacDonalds Leibesfülle und er bemühte sich wenig erfolgreich, mit seinem Jackett für Verhüllung zu sorgen. »Natürlich sollte man sich auch adäquat ernähren«, fügte er hinzu.

Mrs Lockharts Mundwinkel machten sich selbständig und zuckten in alle vier Himmelsrichtungen. »Meiner Meinung nach wird Essen in der heutigen Zeit falsch eingeschätzt.«

»Denken Sie dabei an die Hungernden in der Welt?«

»Was soll das heißen?«

»Ich meine, wir in der sogenannten Ersten Welt leben in Saus und Braus, während die Menschen in der Dritten Welt Hunger leiden.«

»Ja, da kann ich nur zustimmen. Ann zum Beispiel nimmt das Essen zu ernst. Sie hat eine richtige Fixierung.«

»Mrs Lockhart, wir wollten auch Sie etwas fragen.«

»Bitte!«

»Bei Mrs Lockhart, der Ersten, haben wir erfahren, dass sie Anns Einrichtung abtransportiert haben.«

»Ich würde nicht allzu viel auf das geben, was die Frau erzählt. Sie hält sich für die englische Königin.«

»Das wissen wir bereits.«

»Warum stellen Sie mir dann diese Frage?«

»Weil wir von Mrs Craig informiert wurden.«

»So? Die unergündliche Mrs Craig. Es stimmt. John hat mich darum gebeten. Er hatte Angst, dass die Dinge in die falschen Hände geraten. Bei den Zuständen, die in der George Street herrschen, wäre es kein Wunder. Das müssen Sie zugeben.«

»Selbstredend. Könnten Sie uns bitte einen Blick darauf gewähren?«

»Wir haben alles in einer Halle untergebracht.«

»Sie wollen nicht, dass Anns Habseligkeiten in falsche Hände geraten, bewahren Sie aber außerhalb des Hauses auf?«

»So ist es. In einem Magazin, das rund um die Uhr bewacht wird. Was interessiert Sie denn an den Dingen?«, fragte sie, ihre Neugier schlecht verhehlend.

»Das Buch eines indischen Predigers. Ann ist ein großer Fan von ihm.«

»Wie heißt er?«

»Vata Pitta Kapha?«

»Den Namen habe ich noch nie gehört.«

»Was machen Sie beruflich, wenn man fragen darf?«

»Ich bin selbständig.«

»Und in welchem Metier?«

»Personalvermittlung. Ich besitze eine kleine Firma.«

»Wie schön.«

»Ist zumindest eine boomende Branche. Irgendwo wird immer Personal benötigt. Schätzchen, da bist du ja.«

Der Major grinste säuerlich, was MacDonald nachvollziehen konnte. Wer wollte in seinem Alter gerne so adressiert werden. Er sah auf ungesunde Art erhitzt aus.

»Wie war dein Training?«

»Angemessen. Guten Tag, Mister MacDonald. Schön, dass Sie da sind. Wollte Sie ohnehin anrufen, um nach dem Stand der Ermittlungen zu fragen. Stellen Sie mir Ihren Begleiter vor?«

»Natürlich. Das ist Alberto Vitiello, ein außerordentlich guter Freund. Er hilft mir beim Ermitteln.«

»Haben Sie ihm etwa alles brühwarm weitererzählt?«

»Bestimmt würde ich eine andere Vokabel wählen. Doch in der Sache trifft es zu. Sie haben keinen Grund, ihm zu misstrauen. Mister Vitiello ist ein Gentleman und wir sind ein erprobtes Team.«

»Gut, wenn Sie es sagen, MacDonald. Was können Sie mir berichten?«

»Ihre Tochter wohnte zuletzt bei einer Freundin. Sie heißt Shields.«

»Sagt mir nichts.«

»Außerdem wurde Ann bei einer Demonstration gesehen.«

»Typisch. Das Mädchen hat nur Unfug im Kopf. Wünschte, sie würde sich endlich eine anständige Beschäftigung suchen. Gegen was hat sie jetzt wieder rebelliert?«

»Gegen die Völlerei.«

»So? Aber das ist tatsächlich eine Sünde. Gab es Sachschaden?«

»Nicht, dass wir wüssten.«

»Bei früheren Gelegenheiten hat sie randaliert.«

»Interessant. Sagt Ihnen der Name Lightman etwas?«

»Nein«, antwortete der Major. »Wer ist das?«

»In seinem Wagen wurde die Hälfte der Demonstranten befördert.«

»Haben Sie schon mit ihm gesprochen?«

»Noch nicht. Wir sind übrigens auch auf einen indischen Guru gestoßen.«

»Wie heißt der Bursche?«

»Vata Pitta Kapha. Ann besaß ein Buch von ihm. Es ist sehr wahrscheinlich, dass es bei ihren Sachen zu finden ist ...«

»Können Sie nicht nachsehen?«

»Leider nicht. Ihre Frau hat die Sachen abtransportieren lassen.«

»Sieht ihr ähnlich!«

MacDonald hüstelte. »Wir beziehen uns auf Ihre zweite Gattin.«

Lockhart wandte sich zu seiner Frau. »Du hast Anns Sachen geholt?«

»Aber ja, Schatz. Deinem Wunsch gemäß.«

MacDonald wartete diskret, bis die Eheleute diese Angelegenheit unter sich geregelt hatten.

»Richtig«, erwiderte der Major, »so war es.«

»Major, es ist nur eine Vermutung, aber könnte es sein, dass Ihre Tochter einer Sekte beigetreten ist?«

»Weil sie nicht im Übermaß essen möchte, muss sie doch nicht einer Sekte angehören! Sie kann auch in den presbyterianischen Gottesdienst gehen.«

»Wäre es nicht besser, die Polizei einzuschalten?«

»Nein! Meine Familie geht die Exekutive nichts an. Daran hat sich nichts geändert. Lassen Sie mich jetzt im Stich, Gentlemen?«

»Ein MacDonald hat noch nie jemanden im Stich gelassen! Genauso wenig wie Robert the Bruce.«

»Bitte?«

»Mister MacDonalds Kater«, erklärte Alberto.

»Sie haben Ihren Kater nach unserem Nationalhelden benannt?«

»Allerdings«, erwiderte MacDonald mit Nachdruck. »Und Robert ist ein sehr angenehmer Zeitgenosse, wie ich bemerken darf. Wir wollen Sie nicht länger aufhalten, Major. Nur eine Sache noch. Könnten wir uns Anns Sachen im Magazin ansehen?«

»Wüsste nicht, was dagegen spräche.«

»Muss das unbedingt heute sein?«, fragte seine Frau.

»Nein, wir können es gerne auch an einem anderen Tag machen. Wann wäre es Ihnen denn kommod?«

Mrs Lockhart strahlte über das ganze Gesicht. »Ich rufe Sie an, Mister MacDonald. Einverstanden?«
»Herzlichen Dank. Apropos, haben Sie noch andere Angehörige in der Stadt?«
»Nein, das habe ich nicht.«
»Und Sie, Major?«
»Auch nicht.«
»Hat Ann einmal von einer neuen Freundin erzählt?«
Beide schüttelten den Kopf.

»Wie die Frau einen ununterbrochen anstiert«, meinte MacDonald auf dem Weg zum Wagen, »ist sehr ungewöhnlich. Auch dass sie im Sitzen immer ein Bein bewegt, irritiert mich.«
»Vielleicht kommt sie vom Kontinent. Da sind die Menschen anders. Ich fand Sie sehr nett.«
»In diesem Fall können wir nett durch hübsch ersetzen, ohne den Sinn zu verändern. Ihr Italiener legt zu viel Wert auf das Aussehen eurer Mitmenschen. Briten kommt es mehr auf Hilfsbereitschaft, Respekt, Ehrlichkeit, Loyalität und Durchhaltevermögen an.«
»Und ihr Schotten habt zu viele weibliche Biester. Als ich damals aus dem Friaul hierherkam, fürchtete ich, nie mehr eine hübsche Frau zu küssen. All diese kettenrauchenden Weibsbilder mit ihren kunterbunten Lockenwicklern. Es war eine schreckliche Zeit, die ich niemals ...«
»Zurück zum Fall bitte.«
»Von mir aus! Lassen wir der Dame doch etwas Zeit. Sie meldet sich bestimmt. Wieso hast du sie nach ihrer Verwandschaft gefragt?«
»Als wir durch das Wohnzimmer rannten, habe ich an der Wand ein Bild mit drei jungen Mädchen in derselben Kleidung bemerkt.«
»Vielleicht waren es Freundinnen. Die ziehen sich manchmal gerne ähnlich an.«
»Könnte sein. Wir hätten die Lockharts fragen sollen, wann sie das Haus gekauft haben.«

»Wieso denn das?«

»Ich kann mir nicht vorstellen, dass der Gentleman sich eine Villa dieser Größenordnung leisten kann.«

»Vielleicht hat er geerbt. Oder die Frau verdient gut.«

»Es ist zwar offensichtlich, dass sie die Hosen anhat, aber ein Haus würde er sich nicht bezahlen lassen. Dazu scheint er mir zu konservativ zu sein.«

»Ich würde Ihnen gerne helfen, Doc. Doch dazu brauche ich unbedingt etwas Handfestes. Sie müssen mir bitte genau erzählen, was der Mann getan hat.«

Karen Miller hatte sich ein Herz gefasst und war zur Polizeiwache in Musselburgh gefahren. Der Beamte, der ihr gegenübersaß, legte ein geradezu väterliches Benehmen an den Tag.

»Er stellt mir ununterbrochen nach. Tagsüber sitzt er vor meiner Praxis und am Abend vor meinem Haus!«

»Sehen Sie. So kommen wir weiter. Kennen Sie ihn?«

»Das ist schon lange her.«

»Was könnte er von Ihnen wollen?«

»Ich weiß es nicht. Mich weiter belästigen, schätze ich. Vergessen Sie einfach, dass ich hier war. Ich werde ihnen nicht länger die Zeit stehlen.« Sie erhob sich hastig.

»Seien Sie nicht gleich beleidigt. Ich versuche nur, das Motiv dieses Mannes zu ergründen. Sind Sie aus Edinburgh?«

»Nein, aus Aberdeen.«

»Dachte ich doch, einen leichten Akzent gehört zu haben.«

»Tut mir leid.«

»Es war nicht negativ gemeint. Wann ist der Bursche zum ersten Mal in Ihr Leben getreten?«

»Wir sind zusammen zur Schule gegangen. Jedenfalls bis zur achten Klasse.«

»Was ist dann passiert?«

»Es wurde viel getratscht. Tatsache ist, dass er psychische Probleme hatte.«

»Hatte man ihm Tabletten verschrieben?«

»Ja, aber leider hat er sie nicht immer eingenommen.«

»Schluckt er sie im Moment?«

»Das entzieht sich meiner Kenntnis.«

»Sie sind doch Ärztin?«

»Ja, aber nicht seine. Außerdem habe ich ihn in der letzten Zeit nur aus der Ferne gesehen.«

»Was ist Ihr Verdacht?«

»Ich tippe darauf, dass er sie nicht mehr nimmt. Er ist auffallend agil, hampelt im Wagen herum. Jemand, der Psychopharmaka bekommt, benimmt sich anders.«

»Kennen Sie seinen Doktor?«

»Was sollte das nützen?«

»Man könnte ihn fragen, ob der Mann eine Gefahr für die Allgemeinheit darstellt. Dann wäre er schnell hinter Schloss und Riegel zu bringen.«

»Ein seriöser Arzt gibt Patientendaten nicht weiter.«

»Wie sieht er aus?«

»Mittelgroß, dunkelbraune, militärisch kurz geschnittene Haare.«

»Besondere Kennzeichen?«

»Meines Wissens nicht.«

»Wissen Sie was, Frau Doktor. Wir drehen den Spieß um und machen ihm die Hölle heiß.«

»Wie meinen Sie das?«, fragte sie ängstlich.

»Ganz einfach, wir beschatten Tannahill.«

»Und wenn er es merkt?«

»Machen Sie sich keine Sorgen. Wir wissen, was wir zu tun haben. Burschen wie den können Polizisten nicht ausstehen.«

»Burschen wie den?«

»Ja, solche, die wehrlosen Frauen nachstellen!«

»Ich weiß nicht. Vielleicht ist es doch keine so gute Idee, ihn anzuzeigen.«

»Doktor Miller, haben Sie etwa noch Gefühle für den Burschen?«

Karens Wangen röteten sich. »Das ist doch Unsinn!«

»Sie müssen es wissen. Also, was machen wir?« Der Beamte trommelte mit den Fingern auf dem Schreibtisch.

»Keine Anzeige.«
»Wie Sie wollen.«
»Tut mir leid.«
»Hier ist meine Karte mit der Durchwahlnummer, falls Sie es sich anders überlegen. Verfügen Sie über Kampfmittel?«
»Wie zum Beispiel eine Pistole?«
Der Polizist verzog das Gesicht. »Natürlich nicht. Ich dachte zum Beispiel an Pfefferspray.«
»Ist das denn legal?«
»Fragen Sie lieber einen anderen. Ich bin jedenfalls der Auffassung, dass eine Dame sich zur Wehr setzen können muss.«

Als Alberto tief einatmete, wusste er gleich, dass etwas nicht stimmte. Im Zimmer der Japaner roch es wie im Krankenhaus. Diese Personen hatten einen seiner schönsten Räume mit Desinfektionsmittel eingenebelt! Am Waschbecken war der Geruch kaum auszuhalten. Und was war das für eine sonderbare Broschüre auf dem Nachttisch? Er nahm sie kurz in die Hand, um einen Einblick zu bekommen. Es krachte laut, als er stolperte und sein Kopf an der harten Holztür aufschlug. Eine Stunde später wachte Alberto mit dröhnenden Kopfschmerzen im Bett auf. Über einer dicken Beule trug er einen Verband. Maria saß auf dem Bett und beobachtete ihn. Es war nicht sein erster Arbeitsunfall gewesen und er spürte, dass ihn ein Eine-Frau-Tribunal im Geist der spanischen Inquisition erwartete. Müde tastete er mit der Hand die Wunde ab. »Den Verband lassen wir einstweilen auf dem Köpfchen. Willst du mir freiwillig sagen, wie es dazu kam, dass wir die Tür gegen dich und deinen geliebten Staubsauger drücken mussten, damit ich durch den schmalen Spalt zu dir schlüpfen konnte?«
»Ich finde, du übertreibst. Und wer hat dir dabei geholfen?«
»Rate mal.«
»Du hast Sean angerufen?«, fragte Alberto, dem die Episode so langsam peinlich wurde. Sein Schwiegersohn machte über seinen angeblich zu strengen Umgang mit den Gästen ständig Späßchen. Doch Alberto konnte gar nicht darüber lachen.

Ein Guest House musste nach strengen Regeln geführt werden, was auch immer ein unwissender Außenstehender darüber denken mochte.

»Was hätte ich denn tun sollen? Du und dein Staubsauger bringen zusammen über 70 Kilo auf die Waage. Aber ich bin gespannt, deine Version des Unfalls zu hören, Darling.«

»Es liegt doch auf der Hand. Ich bin über das Kabel gefallen.«

»Was hatte der Staubsauger so dicht hinter der Tür zu suchen?«

»Ich habe mich einer sehr staubigen Stelle gewidmet.«

»Und weil du so konzentriert zur Sache gingst, bist du aus Versehen über das Kabel gestolpert?«

»Genau so war es.«

»Du erwartest, dass ich dir diese Geschichte abkaufe?«

»Was heißt hier abkaufen? Ich stehe schließlich nicht vor Gericht. Außerdem gibt es wichtigere Dinge, über die wir zu reden haben!«

»Sicher bist du einem Geheimnis auf die Spur gekommen, als du so energisch vor dich hin gesaugt hast? Stimmt's?«

»Merkwürdig, dass du trotz deines herausragenden Scharfsinns die absonderlichen Gerüche nicht bemerkt hast«, erwiderte Alberto triumphierend.

»Mein Ehemann spricht wieder in Rätseln! Was denn für Gerüche?«

Alberto spielte den Beleidigten und zog die Bettdecke höher.

»Jetzt zier dich nicht so. Als Mitinhaberin des Hotels musst du mich schon aus rechtlichen Gründen informieren.«

»Wenn du mich so nett bittest! Diese Japaner haben in unserem schönen Zimmer Desinfektionsmittel versprüht.«

»Desinfektionsmittel? Ich habe gar nichts gerochen.«

»Siehst du!«

»Allerdings habe ich seit gestern eine leicht verschnupfte Nase. Es war bestimmt nicht viel, oder?«

»Nicht viel? Die haben den Raum eingenebelt wie die Amerikaner Vietnam mit Agent Orange.«

»Und warum sollte das ein Problem sein?«

»Maria, wann soll aus dir jemals eine ernst zu nehmende Hotelfachfrau werden? Es liegt doch auf der Hand. Die Leute haben etwas zu verbergen.«

»Was denn?«

»Ich weiß es noch nicht, doch ich werde es herausfinden! Das verspreche ich dir!«

»Langsam, mein Lieber. Ich schlage vor, du heilst erst einmal deine Verletzung aus.«

Alberto wollte protestieren, aber Maria drückte ihn in die Kissen zurück und zog die Vorhänge zu. Er war so erschöpft, dass er bis zum nächsten Morgen durchschlief. Dann hievte er sich aus dem Bett und ging in den Garten. Unter Charles' grantigem Blick ging er in die Hocke und buddelte mit einer kleinen Kinderschaufel die Erde auf. Nachdem er einige Pfund auf die Seite geworfen hatte, tauchte die Spitze eines kleinen Kästchens auf: sein zweitliebstes Spielzeug, ein Fernrohr mit fünfzigfacher Vergrößerung, unentbehrlich bei einer seriösen Observierung. Offiziell hatte er es bereits einem Trödler verkauft. Liebevoll zog er seinen detektivischen Begleiter zur vollen Länge auseinander. Das dicke, schnurrbärtige Ungetüm erdreistete sich tatsächlich, vor seinen Augen mit einer Spraydose durch das Zimmer zu stolzieren! Die Gedanken tobten durch seinen schmerzenden Kopf wie wütende, kleine Blitze. Wen musste er zuerst verständigen? Den Katastrophenschutz, die Feuerwehr oder den Geheimdienst? Alle drei! Aber bestimmt würde Maria das nicht gut finden. Sie verlangte ein augenscheinliches Verbrechen, bevor sie einschritt, was bei ihrer kriminalistischen Lektüre nicht verwunderlich war. Er musste also mehr Fakten sammeln. Die Leute gehörten einer dieser Sekten an, die Attentate ausführten, um ihre fanatischen Ziele durchzusetzen, so wie die Ungeheuer, die seinerzeit die Giftmorde im U-Bahnschacht von Tokio verübt hatten!

»Du errätst nie, was passiert ist«, sagte MacDonald aufgeregt in den Hörer.

»Wer spricht da bitte?«, erwiderte Alberto belustigt.

»Angus Thinnson MacDonald der Erste! Wer soll es denn sonst sein! Willst du die Neuigkeiten hören oder nicht?«

»Ja, ich will, Angus.«

»Der Major hat mich gerade angerufen.«

»Wie geht es seiner hübschen Frau?«

»Unverändert, schätze ich. Ann hat sich gemeldet.«

»Ich fasse es nicht!«

»Genauso habe ich auch reagiert.«

»Da ist der Major bestimmt überglücklich. Spielt seine erste Frau noch die Queen? Oder ist sie wieder normal?«

»Immer der Reihe nach. Seine Tochter hat einen Brief geschrieben und ihm versichert, dass es ihr gut geht.«

»Hat sie auch erwähnt, warum sie Hals über Kopf abgehauen ist?«

»Sie will, ich zitiere, für sich und ihre Tochter eine längere Phase der Ruhe und die ausgedehnte Möglichkeit zur Besinnung. Nur auf diesem Wege sei es ihr möglich, ihr Selbst zu vervollkommnen.«

»Liegt dir der Brief vor?«

»Nein, aber ich habe alles mitgeschrieben, was der Major mir vorlas. Immerhin bin ich Journalist und Autor. Stenografie beherrsche ich auch im Schlaf noch.«

»Dann ist ja alles okay. In meinem Guest House geht es dagegen drunter und drüber. Du machst dir keine Vorstellung!«

»Überhaupt nichts ist in Ordnung. Die ganze Sache stinkt zum Himmel!«

»Angus, wie redest du denn plötzlich?«

»Ich bin echauffiert!«

»Denkst du, der Brief ist gefälscht?«

»Es war meine Vermutung. Doch der Major schwört Mark und Bein, dass es die Handschrift seiner Tochter sei.«

»Warum regst du dich dann so auf?«

»Es könnte ja auch sein, dass man Ann zum Verfassen des Briefes gezwungen hat.«

»Wo hält sie sich denn auf?«

»Eine vorzügliche Frage! Sie macht keine Angaben dazu.«

»Was unternehmen wir jetzt?«

»Weiter ermitteln selbstverständlich! Die Frau und ihre kleine Tochter sind in Gefahr. Ich kann es förmlich riechen. Wir müssen diesem Sergeant Lightman auf die Pelle rücken.«

»Der freut sich bestimmt riesig«, antwortete Alberto.

»Hast du eine bessere Idee?«

»Wir wollten doch etwas über diesen indischen Guru herausfinden. Außer seinem Geburtsland und der Tatsache, dass er gerne hungert, wissen wir noch nicht viel über ihn.«

»Ich muss den zweiten Teil meiner Kochsendung vorbereiten. Kümmerst du dich bitte darum?«

»Es wird mir ein Vergnügen sein.«

»Ich vergaß, du bist ja neuerdings eine Koryphäe des Internets.«

»Ciao, Angus.«

Alberto mochte es gar nicht, wenn sein Freund auf seine frühere Abneigung gegen das World Wide Web anspielte. Jahrelang hatte er sich mit aller Macht dagegengestemmt. Als dann aber die Übernachtungen im Hotel zurückgingen, weil die Gäste nicht mehr bereit waren, am Telefon zu buchen, gab er nach. Nach dem Kauf des ersten Computers dauerte es nicht lange, bis er zu einem regelrechten Fan des Netzes wurde. Doch weder Indien noch Vata Pitta Kapha oder Fasten brachte ein Ergebnis. Schließlich fand er einen Eintrag zu einer Frau, die behauptete, sich seit Jahren ausschließlich von Luft zu ernähren. Un momento, den Namen hatte er irgendwo schon mal gelesen! Ja, jetzt wusste er auch wo! Mit diesem wunderbaren Erfolg konnte er die letzten Skeptiker von seinem kriminalistischen Scharfsinn überzeugen!

»Dein feines Gesicht sei von Glück erhellt,
Du Häuptling der Würste-Welt!
Bist hoch über alle andern gestellt,
   Ob Pansen, ob Darm:
Verdienst, dass man dein Lob erzählt
   So lang wie mein Arm.«

Robert Burns (1750-1796): »Auf einen Haggis«

Alles, was Sie mit Hafer kochen können – Teil 2: Vegetarischer Haggis

Die Sonnenstrahlen kitzelten MacDonald durch die halb geöffneten Vorhänge die Nase. Gutes Wetter war in Schottland mehr ein spontanes Geschenk als ein dauerndes Versprechen. Und so erhob er sich frohgemut und schlurfte in Pantoffeln und kariertem Pyjama nach unten, um das kleine Raubtier zu füttern. Sir Robert war es nicht gestattet, die oberen Gefilde zu betreten. Denn man konnte nie wissen, ob ein Besucher unter einer Katzenallergie litt. Sein Mitbewohner hielt sich an diese Auflage. Allerdings nahm er sich an Tagen mächtigen Hungers das Anrecht, auf die erste Stufe zu springen. So war es auch heute. »Mein lieber, kleiner Freund, wenn du weiter über meine Füße scharwenzelst, falle ich noch auf die Nase. Dann gibt es nichts zu essen. Wie würde dir das gefallen?« Robert miaute fürchterlich. »Ist ja schon gut! Ich habe verstanden. Lass uns in die Küche schreiten.« MacDonald öffnete in Rekordtempo eine Dose Thunfisch, von Robert argwöhnisch beäugt. »Viel schneller«, hätte dieser gesagt, wenn er des Sprechens mächtig gewesen wäre. Sein Herrchen kippte den Inhalt in den Napf und zerteilte ihn mit einer Gabel. »So, das wär's. Bon appetito, mein Guter!« Er fragte sich, ob Alberto etwas über den Hungerguru ermittelt hatte. Auch ging ihm sein Anruf bei Lockharts nicht aus dem Sinn. Weil er einen Teil seiner Notizen nicht mehr entziffern konnte, rief er am Abend bei ihnen an. Der Major hatte sich bereits zu Bett begeben. Und seine Frau ließ MacDonald überdeutlich merken, dass man so spät niemanden mehr belästigte. »Was? Ich soll Ihnen den gesamten Brief vorlesen? Das hat doch mein Mann bereits getan. Unsere Nachtruhe ist uns heilig, mein Herr! Ich lege mich immer um Punkt 21.30 Uhr hin, damit ich fit bin für den nächsten Tag. Sie sind wohl nicht verheiratet, MacDonald?«

»Im Moment nicht.«

»Das dachte ich mir schon. Mein Mann und ich sind ein harmonisches Team. Er weiß zum Beispiel, dass ich ihn niemals aus nichtigem Anlass aufwecken würde.«

»Es ist eher wichtig als nichtig, Madame.«

»Noch einmal: Schließen Sie den Fall ab. Die Tochter meines Mannes hat einen Brief geschrieben und gesagt, dass es ihr gut geht. Meines Erachtens wird die Rolle der Familie überschätzt. Ein loser sozialer Verbund scheint mir mehr als genug zu sein. Geld verdienen, das ist das, worum es geht im Leben. Was mehr dürfen wir also erwarten, als dass Ann sich meldet?« Vielleicht, dass sie sagt, wo sie ist und warum sie das Weite suchte, dachte er. Und vor allen Dingen, wann sie zurückkehrt! Als er dann nach ihrem Verhältnis zu Ann fragte, schluckte Mrs Lockhart kurz, sagte »ausgezeichnet« und legte ohne ein Wort der Verabschiedung auf. Was für eine unhöfliche Person, dachte MacDonald. Nun, es war an der Zeit, dass er sich wieder seinem Beruf widmete. An den letzten beiden Tagen hatte er für seine Kochshow einen vegetarischen Haggis vorbereitet. Robertson wusste noch nichts davon. MacDonald hatte sich bei dieser Sendung die größtmögliche, künstlerische Freiheit erbeten. Nur die für das jeweilige Gericht notwendigen Zutaten teilte er seinem Regisseur mit, damit der sie dem Team weiterreichen konnte. Und mit gutem Grund hatte er ihn nicht informiert, denn nachdem die Szenen im Kasten waren, wie er prosaisch zu sagen pflegte, machte sich das Team, angeführt von Mister Robertson, über das jeweilige Gericht her. Fleischloses Essen mochte der Herr aber ganz und gar nicht. Heute würden sie direkt unter dem *Scott Monument* drehen. Als er dort eintraf, stand die gesamte Mannschaft in einem Halbkreis wie Druiden an ihrem heiligen Platz, und erwartete ihn, gemeinsam mit Schaulustigen. MacDonalds Tischchen mit den Töpfen und der kleine Schreibtisch waren bereits aufgebaut. Robertson schwenkte seine Baseballkappe. »Mister MacDonald, wo kommen Sie denn her?«

»Von zu Hause. Warum möchten sie das wissen?«
»Wir warten bereits eine halbe Stunde auf Sie.«
»Hätten Sie mich doch einfach angerufen, mein Guter.«
»Das habe ich getan. Ungefähr ein Dutzend Mal. Ist Ihr Apparat defekt?«
»Nicht, dass ich wüsste. Oh nein, jetzt fällt mir etwas ein. Ich wollte mich mal wieder richtig ausschlafen. Deshalb habe ich gestern die Glocke abgestellt. Verzeihen Sie bitte vielmals.«
»Die Glocke abgestellt?«
»Den Ton, Mister Robertson.«
»Ihr Handy benutzen Sie auch nicht?«
»Nur sporadisch. Sie haben es schwer mit Ihrem Hauptdarsteller. Mea culpa. Dafür habe ich uns aber etwas Schönes gekocht.«
Robertson erblühte wie ein Beet exotischer Blumen. »Was ist es denn?«
»Ein vegetarischer Haggis.«
»Also, äh …?«
»Haggis ist Ihnen ein Begriff?«
»Sicher.«
»Ich habe uns eine vegetarische Version zubereitet.«
»Das habe ich noch nie gehört!«
»Sonderbar, denn Haggis ohne Fleisch verzehrten unsere Vorfahren bereits im 17. Jahrhundert. Und unser Dessertklassiker, Clootie Dumpling, ist im Grunde seines Wesens nichts anderes als ein süßer Haggis.«
»Wenn Sie es sagen.«
»Ich würde es nicht tun, wenn es nicht stimmte.« MacDonald stutzte. Unter den Zuschauern befand sich ein Herr mit sehr kurz geschnittenem Haar, der ihn anstarrte. Der Mann musste ihn kennen. Welche Erklärung konnte es sonst für sein ungebührliches Verhalten geben?
»Erde an Mister MacDonald, sind Sie noch unter uns?«
»Sprechen Sie mit mir, Mister Robertson?«
»Ja. Können wir beginnen?«
»Jederzeit. Sind die Zutaten, nach denen ich fragte, vorhanden?«

»Natürlich, wie immer.«

MacDonald hievte den bereits zubereiteten Haggis aus dem Hamper. Als das Publikum das Prachtstück sah, klatschte es. Nur dieser Flegel verschränkte weiter die Arme. Er musste ihn unbedingt ignorieren, sonst würden die Drehaufnahmen ins Wasser fallen. »Meine sehr verehrten Damen und Herren, wäre John MacSween, der respektable Haggis-Produzent aus Edinburgh, nicht im Jahr 1984 von der Dichterin und Vegetarierin Tessa Ransford herausgefordert worden, eine fleischlose Variante unseres großen Gerichtes zu entwickeln, wer weiß, was geschehen wäre.«

»Ja, wer weiß!«, raunte jemand im Hintergrund.

»Wie meinen?«

Robertson kritzelte etwas auf einen Zettel und hielt ihn in die Luft. »Alles in Ordnung. Bitte weitermachen.«

»MacSweens Kreation wurde beim Burns Supper zur Eröffnung der Scottish Poetry Library mit großem Erfolg serviert. Fortan produzierte er die Spezialität in Serie. Werden die Schafsinnereien traditionell in einen Schafsmagen gefüllt, so kommt die vegetarische Version in eine Plastikhülle, bei uns in ein Geschirrtuch. Zugegeben, die Zubereitung erfordert etwas Zeit. Aber es ist ein Aufwand, der sich lohnt. Die Zutaten in der Reihenfolge des Auftretens: Linsen, Bohnen, Butter, Zwiebeln, Pilze, Erdnüsse, einige Gewürze, Sojasoße, Gemüsebrühe, ein Ei und Hafer.«

»Was! So viele Zutaten? Da ist es ja einfacher, so ein Ding zu kaufen.«

MacDonald sah zu Robertson, der vor Ärger in seine Kappe biss. Das bedeutete, der Mann hatte so laut geredet, dass sie die Aufnahme wiederholen mussten.

»Wir machen das am Schluss, Mister MacDonald. Reden Sie bitte weiter.«

MacDonald nickte. Wenn der Bursche keine Ruhe gab, würde er sich ihn vorknöpfen. »Am Tag zuvor weichen wir Linsen und Bohnen jeweils in lauwarmem Wasser ein.«

»Um Gottes willen! Was für eine Schinderei!«

MacDonald zuckte mit der Wimper, hatte sich aber sofort wieder im Griff. »Sodann kochen wir die Hülsenfrüchte, abermals getrennt. Die Schalotten werden in einem Esslöffel Öl einige Minuten bei niedriger Temperatur leicht angebraten, ohne dass sie bräunen.«

»Der spinnt wohl!«

»Das bringt das Fass zum Überlaufen!«, rief MacDonald, schwang seinen hölzernen Kochlöffel und rannte Richtung Publikum. Die große Kochschürze behinderte den Gourmet beim Laufen, abgesehen davon, dass ihm schnelle Fortbewegung widerstrebte. »Haltet den Kerl!« Sein Regisseur folgte ihm auf dem Fuß. »Richtig, werft ihn nieder! Wir sind von der BBC.«

»Mister Robertson, der Kerl will zum Bahnhof flüchten.«

»Ich sehe es, Mister MacDonald. Wer ihn erwischt, hält ihn fest.«

Das Publikum starrte den drei Männern hinterher. Ein Flüchtender, der allseits bekannte Kochstar und hinter den beiden ein sehr verärgerter Regisseur. Der Verfolgte wartete kaltblütig, bis eine Lücke im Verkehr entstand. Auf der anderen Seite fuhr ein schwarzer Wagen scharf an den Gehsteig heran. Der Mann rannte über die Straße und sprang in das Auto.

»Prost Mahlzeit! Der ist uns entwischt!«

»Sehen wir es positiv, Mister Robertson. Wenigstens können wir nun in Ruhe weiterdrehen.«

»Wollen wir es hoffen!«

»Da machen Sie sich mal keine Sorgen. Wenn noch so ein Querulant auftaucht, werfe ich ihm kochend heiße Bohnen an den Kopf! Dantes Inferno wird dagegen das reinste Zuckerschlecken sein!«

»Ich würde zu gerne wissen, wer den Kerl geschickt hat. Haben Sie eine Idee, wer uns Schaden zufügen will?«

»Nur Ahnungen, Mister Robertson. Und die würden uns kaum weiterbringen, nicht wahr?«

»Ich stimme Ihnen zu. Lassen Sie uns die Sache zu Ende bringen. Wir können nicht ewig hierbleiben. Die BBC muss sparen.«

Nach den Dreharbeiten, die ohne weitere Störungen verliefen, fuhr MacDonald zu Alberto, um ihm zu berichten. Die beiden setzten sich in den schmalen, sehr langen Garten, der von einer dicken Steinmauer begrenzt wurde. »Hast du den Burschen gekannt?«, fragte Alberto.

»Aber woher denn! Ich habe ihn noch nie in meinem Leben gesehen.«

»Und Robertson?«

»Auch ihm ist er gänzlich unbekannt.«

»Komische Geschichte.«

»Das kannst du aber laut sagen.«

»Hatte er besondere Merkmale?«

»Kurze Haare und eine Sonnenbrille, Mitte Dreißig.«

»Rannte er schnell?«

»Definiere bitte schnell.«

»Ist er athletisch veranlagt?«

»Pardon?«

»Nicht so wichtig. Er hat sich über dein Gericht lustig gemacht, sagst du?«

»Über das Gericht, dessen Zutaten und die Zubereitung. So etwas habe ich in all den Jahren meiner Fernsehlaufbahn noch nie erlebt! Wenn es einreißt, können wir nicht mehr unter freiem Himmel arbeiten.«

»Mach mal keine Panik.«

»Nichts läge mir ferner. Mister Robertson sieht es aber leider wie ich.«

»Nach allem, was du mir bislang über den Mann erzählt hast, neigt er zur Hysterie. Allerdings glaube ich auch nicht, dass die Geschichte rein zufällig geschah. Bestimmt hängt sie mit unserem Fall zusammen.«

»Hast du etwas über den indischen Hungerkünstler ermitteln können, Alberto?«

»Ich bin auf etwas sehr Interessantes gestoßen. Du erinnerst dich noch an die komischen Japaner, die bei mir wohnen?«

»Die Mitglieder der terroristischen Vereinigung?«, fragte MacDonald in belustigtem Ton.

»Genau! In ihrem Zimmer habe ich unlängst eine merkwürdige Broschüre gesehen. Zu gerne hätte ich sie genauer studiert. Doch du weißt, wie sehr Maria aufpasst. Die Autorin heißt Maureen MacBeth. Ihren Namen fand ich im Internet. Sie ist das Oberhaupt einer Sekte.«

»So wie der Inder?«

»Essato.«

»Und über ihn hast du nichts ausfindig machen können?«

»No!«

»Merkwürdig. Vielleicht hat diese MacBeth Einträge zu ihm löschen lassen. Woher haben deine Japaner diese Broschüre?«

»Auf der Rückseite war ein Stempel von einem Ökoladen in Tollcross.«

»Nach dem, was du mir über ihre Verfressenheit erzählt hast, hätte ich erwartet, dass sie einen Metzger frequentieren und nicht ein Ökogeschäft.«

»Mir geht es genauso. Jedenfalls hat die Sekte ihren Sitz in Edinburgh. Das Hauptquartier befindet sich laut Broschüre auf der Howe Street. Warum kuckst du jetzt so enttäuscht?«

»Wenn sie dort ihre Zentrale haben, kann es kein großer Verein sein. Es wird nicht einfach werden, etwas über sie ans Licht zu bringen. Wie heißen sie denn?«

»Aerophiten. Und im Gegensatz zu dir bin froh, dass unser Gegner nicht allzu mächtig ist.«

»Was macht dich so sicher, dass diese Sekte unser Gegner ist? Im Prinzip suchen wir nur nach Ann Lockhart. Bislang ist uns klar, dass sie extremen Formen der Ernährung zugetan ist. Wir wissen jedoch nicht, ob sie diese Mrs MacBeth bewundert. Wahrscheinlich, aber nicht sicher hat sie bei der Anti-Völlerei-Demonstration vor Coias Geschäft mitgewirkt.«

»Angus, jetzt mach aber mal einen Punkt. Die junge Frau ist mit ihrem kleinen Kind einfach abgetaucht. Gute Eltern machen so etwas nicht.«

»Demnach hat sie kein Verantwortungsgefühl. Das ist schlimm, aber noch keine Bestätigung deiner Vermutung.«

»Der Major hat gesagt, dass sie die Kleine anbetet. Stellt sich also die Frage, warum sie überraschend so rücksichtslos geworden ist. Bei Menschen, die zu Sekten rennen, ist so ein Verhalten nicht selten. Was machen wir jetzt?«

Vor der Wohnung des Sergeants in der Alva Street stand sein schwarzer Kombi und dem Klingelschild nach zu schließen wohnte er ganz oben, in der dritten Etage. Die Vorhänge waren in allen Zimmern zugezogen. Auch hier waren die Nachbarn gute Beobachter. In den Häusern links und rechts wackelten die Gardinen. »Machen wir doch, was wir immer machen«, schlug Alberto vor. MacDonald nickte heftig, obwohl er keine Ahnung hatte, was sein Freund meinte. »Sprechen wir mit den Nachbarn. Die wissen in Edinburgh immer gut Bescheid.« Alberto eilte ins nächste Haus und klingelte. Ein sympathischer Mann in den Vierzigern öffnete die Tür, den »Guardian« in der Hand und mit halbem Blick noch darauf. Man sah ihm und seiner Kleidung an, dass er gewohnt war, nicht gestört zu werden. MacDonald tippte auf einen Beamten der städtischen Verwaltung.

»Einen wunderschönen guten Tag, mein Herr. Wie geht es Ihnen?«

»Bitte kein Zeitschriften-Abonnement. Danke.«

»Sie schätzen mich völlig falsch ein. Wir wollten Sie etwas zu einem Ihrer Nachbarn fragen.«

»Geht es um den Typ mit dem Bürstenhaarschnitt, der immer die Vorhänge zuzieht?«

Alberto lachte freundlich. »Sie sind ein aufmerksamer Mitbürger.«

»Sein Auto ist hier. Da er kaum zu Fuß geht, wird er zu Hause sein. Warum klingeln Sie nicht einfach?«

»Weil wir bereits angerufen haben und er nicht reagiert.«

»Das passt sehr gut. Der Typ ist gelinde gesagt sonderbar.«

»Er ist Sergeant, müssen Sie wissen.«

»Der Bursche ist beim Militär? Meine Frau und ich vermuten eher, dass er einer Sekte angehört.«

»Gibt es Anhaltspunkte dafür? Was macht er zum Beispiel beruflich?«

»Ich habe keine Ahnung. Aber er geht zu unregelmäßigen Zeiten aus dem Haus. Oft empfängt er Dutzende von Personen, die in schwarzen Wagen anreisen, so wie er einen besitzt. Und immer sind die Vorhänge zugezogen. Es ist alles sehr rätselhaft.«

»Wie lange wohnt er schon hier?«

»Etwa ein Jahr. Die Vormieter sind praktisch über Nacht ausgezogen. Fast so, als ob man ihnen ein Angebot gemacht hätte, das sie nicht ablehnen konnten. Sie verstehen, was ich meine?« Der Mann grinste zweideutig.

»Sehr mysteriös.«

»Kann man wohl sagen. Ich möchte nicht neugierig sein, aber in wessen Auftrag ermitteln Sie denn?«

»Leider ist das streng vertraulich, mein Herr.«

»So? Brauchen Sie mich noch? Falls nicht ...« Der Nachbar machte eine deutliche Bewegung mit seiner Zeitung zur Wohnung hin. Warum sollte er weiter seine Zeit vergeuden, wenn noch nicht einmal seine Neugierde gestillt wurde.

»Fällt Ihnen noch irgendetwas ein, das uns helfen könnte?«

»An Ihrer Stelle würde ich es mal in der Howe Street versuchen.«

»Und wo da?«

»Im Haus der Aerophiten. Der Herr Nachbar geht dort ein und aus.«

»Wie meinen Sie das?«

»Manchmal sehe ich ihn reingehen, dann wieder rausgehen. Oder er steht am Fenster und sieht nach draußen. Häufig hält er auch vor dem Gebäude Wache.«

»Er arbeitet dort?«

»Woher soll ich das wissen? Vielleicht ist er auch nur passives Mitglied. Fragen Sie ihn doch einfach.«

»So machen wir es. Herzlichen Dank für Ihre Zeit, mein Herr. Nur eine Sache noch. Wie erkennen wir Mister Lightman?«

Weil die beiden Detektive das wissen müssten, stutzte der Mann. Vielleicht waren sie nicht die, für die sie sich ausgaben? Sein Wunsch, die Lektüre fortzusetzen, besiegte alle Zweifel. »Er hat eine sehr markante Narbe auf der linken Wange. Auf Wiedersehen, Gentlemen. Viel Erfolg noch.« Ohne eine Antwort abzuwarten, ging er ins Haus zurück. »Arrivederci!«, rief Alberto ihm hinterher. »Angus, ich denke, es ist besser, wenn wir jetzt den Rückzug antreten.«

»Wie so oft sind wir wieder einmal Brüder im Geiste.«

»Prego?«

»Ich habe genau das Gleiche gedacht.«

»Kaffee?«

MacDonald erhob keinen weiteren Einwand, denn wenn Albertos Koffeinpegel zu stark sank, wurde er unleidlich. Doch zwang Angus ihm leider coffee to go auf. Sie saßen in seinem Wagen vor dem Gebäude der Areophiten und warteten. »Porca miseria! Müssen wir denn alles, was in amerikanischen Filmen vorgeführt wird, nachspielen?«

»Hm.« MacDonald nippte an seinem Capuccino und sah stur auf die andere Straßenseite.

»Angefangen hat es damit, dass plötzlich alle mit Mineralwasserfläschchen durch die Gegend rennen. Dabei ist längst nicht erwiesen, dass es gesund ist, literweise Flüssigkeit zu schlucken. Auch wenn die Wasserlobby mit dieser Ansicht permanent unsere Gehirne wäscht.«

»Wie interessant.«

»Als die Kaltgetränke nicht mehr genügten, kaufte man sich Kaffee, den man spazieren tragen kann. Ich bin Italiener und liebe Kaffee. Doch das Getränk muss gefeiert werden wie alles, was schmeckt. Man trinkt es aus einer schönen Porzellantasse.«

»Oder aus einem schönen Becher«, fügte MacDonald hinzu.

»Warum muss ich dann mit einem Pappbecher Vorlieb nehmen?«

»Unser Leben besteht aus Kompromissen.«

»Das musst du mir erklären?«

»Wir arbeiten an unserem Fall und zur gleichen Zeit trinken wir Kaffee. Das ist der Kompromiss. Meinst du, der Sergeant ist ein hohes Organ in der Sekte?«

»Ich glaube schon. Sonst würde er doch nicht so oft in dem Schuppen herumhängen.« Alberto drückte den leeren Becher angewidert zusammen. »Es ist nur eigenartig, dass er sich heute nicht blicken lässt.«

»Als ob er ahnte, dass wir kommen würden.«

»Wenn ich das gesagt hätte, wäre ich wieder wegen angeblicher Spekulationen gerügt worden.« Alberto nestelte in einer kleinen blauen Reisetasche herum.

»Was suchst du denn?«, fragte MacDonald, die Augen weiter auf das Gebäude gerichtet. Alberto drückte ihm sein Fernrohr in die Seite. MacDonald hatte ein aufdringliches Insekt im Verdacht und patschte mit der Hand nach ihm. Erst als Alberto den Druck verstärkte, geruhte er nachzusehen. »Oho, du hast dein Schmuckstück mitgebracht? Woher wusstest du, dass wir es benötigen würden?«

»Ein guter Detektiv ist immer auf alles vorbereitet. Da oben steht er.«

»Es sieht so aus, als ob er die Treppe nach unten nimmt. Wir gehen zum Angriff über. Ich wollte ohnehin einen Blick auf das Türschild werfen. Folge mir, mein Freund und Mitstreiter im Gefecht!«

Alberto mochte seinen Freund sehr gerne, aber mitunter redete er ihm zu pompös.

»Kommst du, Alberto?«, fragte MacDonald. Er knöpfte die Knöpfe seines Harris Tweed-Jacketts zu und überquerte gemessenen Schrittes die Straße. Alberto folgte ihm, die Hände lässig in den Hosentaschen vergraben. Der Sergeant stand bereits vor der Eingangstür. Die Arme vor der Brust verkreuzt, wirkte er wie eine unlängst aufgestellte Marmorstatue. Quer über seine linke Wange verlief eine Narbe. Er trug einen dunkelblauen Anzug und eine Sonnenbrille, beides sündhaft teure Designerware. Die modische Hülle konnte jedoch nicht darüber hinwegtäuschen, dass er, um seinen

Standpunkt darzulegen, vor Handgreiflichkeiten nicht zurückschrecken würde.

»Guten Tag, Sir. Heißen Sie zufällig Lightman?«

Der Sergeant machte einen Schritt nach vorne. »Was wünschen Sie?«

»Mein Name ist Angus Thinnson MacDonald, ich bin …«

»Ich weiß, wer Sie sind. Ich habe gefragt, was Sie wünschen!«

»Darf man fragen, woher Sie mich kennen?«

»Von Ihren sogenannten Artikeln, Büchern und Kochsendungen.«

»Wie nett.«

»Sie brauchen sich keine Schwachheiten darauf einzubilden. Ich habe nicht gesagt, dass ich sie gut finde.«

»Ihre durchschaubare Wortwahl ließ keinen Zweifel daran aufkommen. Wie kämen Sie auch dazu! Ich verstehe durchaus, dass ein Hungerkünstler wenig von Speis und Trank versteht.«

»Weder ich noch die anderen Mitglieder sind Hungerkünstler!«

»Wie würden Sie es denn bezeichnen, wenn jemand nicht einmal mehr einen Teller Penne isst?«, fragte Alberto. »Ich nehme an, mich kennen Sie auch schon? Mein Vergehen ist, in meinem Leben mindestens 60.000 Spiegeleier gebraten zu haben. Ich bekenne mich deshalb schuldig im Sinne der Anklage.«

»Sie können schäbige Witzchen reißen, so viele Sie möchten. Solange Sie unsere Gläubigen in Ruhe lassen.«

»Ihre Gläubigen?«

»Ganz richtig!«

»Wo ist denn Ihre Kirche bitte?«

»Heiden gegenüber muss ich mich nicht rechtfertigen!«

»Wer sagt Ihnen, dass ich ungläubig bin.«

Lightman zuckte mit den Schultern. »Oh, das sind Sie ganz gewiss.«

Die Karten waren auf dem Tisch, dachte MacDonald. Warum länger um den heißen Brei herumreden! »Wo steckt Ann Lockhart?«

»Was wünschen Sie?«

»Sind Sie eine gesprungene Schallplatte?«, sagte Alberto.

»Gegenüber Ungläubigen muss ich mich nicht rechtfertigen!«

»Selbstverständlich! Komm, Alberto, wir lassen die Gläubigen in Ruhe beten.«

»Aber ...«

»Nein, komm nur.« MacDonald zog ihn mit beiden Händen über die Straße.

»Zum Teufel noch mal! Woher weiß der Kerl so gut über uns Bescheid?«

»Vermutlich hat er uns beschattet, Alberto.«

»Aber wir sind doch die Detektive und nicht er! Das gefällt mir gar nicht. Ich habe schließlich Familie. Und wer verpasst einem heutzutage eine Narbe dieser Größe?«

»Vielleicht geriet er einmal in Gefangenschaft. Mit Menschen wie ihm wird Mrs MacBeth es noch weit bringen. Sekten sind autoritär organisiert. Da kommen beide auf ihre Kosten, die Herrin und der Diener, der den Druck nach unten weitergibt.«

»Es gibt wenig Dinge im Leben, die erfreulicher sind als ein echtes Hochlandfrühstück.«

Sir Archibald Geikie in »Reminiscences of Scottish Life and Charakter« (1904)

Full Breakfast

Als Maria die Küche betrat, war Alberto bereits mit dem Frühstück für die Gäste beschäftigt.
»Hast du gut geschlafen, Darling?«, fragte sie freundlich.
»Wie ein Murmeltier!«, verkündete ihr Mann optimistisch. Er würde einen Teufel tun und ihr von der weiteren Gefahr erzählen, die seiner Einschätzung nach von der Luftsekte ausging.
»Dein Köpfchen ist mittlerweile wieder okay?«
»Es könnte kaum besser sein«, versicherte Alberto ihr und klopfte mit dem Zeigefingerknöchel auf die Küchenanrichte.
»Du scheinst ja blendender Laune zu sein.«
»Ich habe mich selten besser gefühlt.«
»Keine Verschwörungstheorien mehr?«
»No, das Leben ist zu kurz für solche Albernheiten.«
»Dein kleiner Unfall scheint dein Weltbild gerade gerückt zu haben.«
Alberto zwang sich ein Lächeln ab und drehte die Spiegeleier um. Noch einige Stunden der Observierung und seine Ehefrau würde sich nicht mehr über ihn lustig machen. Ruhig trug er das Tablett mit dem Frühstück der Japaner aus der Küche und kam sich dabei wie James Bond in extrem außergewöhnlicher Mission vor. Auf dem Frühstückstisch lagen zwei der bunten Pillen, die er bereits auf dem Nachttisch gesehen hatte. Es war wichtig, die Verdächtigen in Sicherheit zu wiegen. Umso ungestörter konnte er später vorgehen. Mit seinem strahlendsten Lächeln sagte er: »Einen hervorragend schönen Morgen wünsche ich Ihnen allen.« Die Gäste schauten ihn verblüfft an, denn bislang war der sonderbare Mann nicht gerade höflich zu ihnen gewesen. »Genau der richtige Tag, um einen Überlandausflug zu machen. Wo das Wetter so gut ist, empfehle ich Ihnen eine

lange Fahrt nach North Queensferry. Das bietet sich förmlich an.«

Albertos Liebling, der Schnurrbärtige im Schottenrock, zeigte auf die Tabletts mit dem üppigen Frühstück. »Entschuldigung, Mister Vitiello, ist es möglich, nur Porridge zu bekommen?«

»Sie wollen kein Full Breakfast?«

»Bitte nein. Nicht mehr.«

»Natürlich. Kein Problem.« Die Gäste nickten höflich und schenkten sich eifrig Tee ein. Alberto rümpfte die Nase, drückte sich ein Nasenloch zu und machte eine Luftprobe. Sie hatten es tatsächlich gewagt, den Tisch zu desinfizieren! Er drückte sich das leere Tablett unter die Achsel und schlurfte benommen aus dem Zimmer. Das Schlimmste an der ganzen Angelegenheit war, dass er Maria keinen Ton davon erzählen konnte!

Hatte Tannahill Karen Miller bisher immer nur kurze Zeit observiert, lauerte er ihr nun bis zu acht Stunden auf, entweder vor der Praxis oder ihrem Haus in Musselburgh. Viele Parkplätze gab es in der Stadt nicht. Doch das störte ihn nicht. Erschien einer der übereifrigen Verkehrspolizisten, fuhr er den Wagen einmal um den Block und stellte ihn an einer anderen Stelle wieder ab. Früher oder später würde Karen mit ihm reden. Niemand hielt dem Druck lange stand. Am Ende war es angenehmer, den Peiniger zur Rede zu stellen, als ständig beobachtet zu werden. Vor allem die vordergründig Ruhigen drehten schnell durch. Und zu denen gehörte Karen, seine Karen. Er würde warten, bis sie am Abend aus der Praxis trat. Ihre Lunchpause verbrachte sie drinnen. Ob das bereits sein Einfluss war, konnte er nicht mit Sicherheit sagen. Doch nahm er es an. In Edinburgh hatte er sich ein neues, besonders starkes Fernglas gekauft. Bevor sie ihr Sandwich zu sich nahm, zog sie nichtsahnend die Jalousie zur Seite. Richtig glücklich war er, wenn sie kurz aus dem Fenster schaute. Er leistete ihr Gesellschaft, nahm einen Schluck von der Diätlimonade und griff in die Chipstüte. Immer wieder, maschinenhaft, bis irgendwann der gesamte Inhalt in seinem Magen gelandet war. Er musste an früher denken. Als kleiner Junge war er oft mit seinem Vater auf der Jagd gewesen. Rebhühner, Fasane und sogar Hirsche hatten sie erlegt. Mit dem dicken Kopfhörer sah er wie ein Männchen vom Mars aus. Die Nachbarn zogen ihn vor der Abfahrt immer damit auf. Doch das störte ihn nicht. Der Lärm der Flinte war für seine Ohren einfach zu stark. Die schöne Tradition fand ein Ende, als er Aberdeen ebenfalls von heute auf morgen verließ. Seine Mutter warnte ihn. Es würde ihm nicht gut bekommen, hatte sie gesagt. Aber er glaubte ihr nicht. Warum fiel ihm all das ein? Lag es daran, dass sein Gehirn neuerdings freier arbeitete? Er fühlte sich seiner Umwelt turmhoch überlegen, glaubte sogar, fliegen zu können. Unsinn oder Realität? Jedenfalls erzeugte das Beschatten dieselben Gefühle wie seinerzeit, die wehe Spannung, das leichte Kribbeln im Magen. Und Karen war das Wild, das er zur Strecke bringen würde. Er öffnete die zweite Chipstüte. Auch das erinnerte ihn an früher. Seine Mutter hatte ihren Männern immer Sandwiches, eine große Thermoskanne mit kräftigem schwarzem Tee und zwei Päckchen Chips eingepackt. Der synthetische Geschmack von Kartoffeln und Rindfleisch machte sich in seinem Mund breit. Er hasste es! Und dennoch konnte er sich nicht davon befreien, noch nicht. Mit Karen würde er die nötige Kraft finden. »Mit dir, Karen, mit dir, Karen«, sagte er wieder und immer wieder, bis ihm schwindlig wurde.

»Ich weiß nicht, wie lange mein armes Herz das noch mitmacht. Man wird schließlich nicht jünger.«

»Hm«, raunte MacDonald.

»Die Japaner haben es gewagt, den Tisch zu desinfizieren. Nicht etwa den Tisch in ihrem Zimmer, was schon schlimm genug und eine Wiederholungstat wäre. Nein, den im Frühstücksraum. Sie unterstellen demnach, dass wir nirgends ordentlich reinigen! Dann auch noch diese komischen Tabletten und das Musikinstrument.«

»Pardon?«

»Sie haben einen Dudelsack im Zimmer versteckt und der Dicke wirft bunte Pillen ein.«

»Vielleicht ist der Herr krank. Und einen Dudelsack zu besitzen, ist ja kein Verbrechen. Eher doch ein Zeichen der Sympathie für unser schönes Land und sein kulturelles Erbe«, erwiderte MacDonald.

»Es ist einfach nicht normal, dass Japaner einen Kilt tragen! Ich mache meine Lasagne ja auch nicht im Wok. Hier wird etwas vorgetäuscht. Und man muss sich fragen, warum die das machen.«

»Können wir jetzt reingehen? Dein Freund Coia wartet doch bereits auf uns.«

Alberto blickte deprimiert auf die Brandruine und nickte. »Es sieht schrecklich aus. Giuseppe hat nicht übertrieben.«

»Immerhin steht das Haus noch.«

MacDonald schob vorsichtig ein Bein durch die Öffnung, die vor dem Brand ein sympathischer Türrahmen gewesen war. Im Verkaufsraum sah es ebenso verheerend aus: Die hölzerne Theke war nur noch ein Häufchen knorriger Asche, der Spiegel dahinter geplatzt und in tausende kleine Partikel gespalten. Es roch nach überröstetem Kaffee, misshandeltem Tee und verdorbener Schokolade. Inmitten dieses Chaos saß ein Mann verloren auf einem Holzstuhl, das Gesicht in die Hände gepresst, Coia. Alberto bat MacDonald stumm, ihn vorangehen zu lassen. Umsichtig legte er seinem Freund die Hand auf die Schulter. Der fuhr vor Schreck zusammen. »Alberto! Schön, dass du hier bist.«

»Es ist das Mindeste, was ich tun kann, um einen Freund in Not zu unterstützen. Ich habe wieder Angus MacDonald mitgebracht.«

»Va bene. Ich würde euch gerne einen Espresso anbieten. Aber leider ist die Maschine explodiert. Darf es vielleicht ein Mineralwasser sein?«

»Wasser ist immer gut.«

»Auch mit den Stühlen hapert es.«

»Mach dir keine Sorgen. Wir stehen gerne.«

Für MacDonald traf das überhaupt nicht zu. Aber sein Wohlempfinden nahm im Moment nicht den ersten Platz ein. »Wie ist das bloß passiert, Signor Coia?«

Alberto seufzte. Warum denn mit der Tür ins Haus fallen. »Wir reden erst, wenn du bereit bist. Immerhin war es ein schlimmer Schock.«

»Ist schon gut. In Sizilien passiert so etwas alle Tage.«

»Nur dass wir hier in Edinburgh sind«, meinte MacDonald. »Und Schutzgeld wollte ja niemand von Ihnen. Oder hat man nach der Demonstration welches eingefordert?«

Coia schüttelte schnell den Kopf. »Nein.«

MacDonald beugte sich vor: »Sind Ihnen in der Zwischenzeit wieder komische Kunden untergekommen?«

Coia sah ihn verwundert an und lachte dann. »Wissen Sie, Mister MacDonald, wer täglich mit Menschen zu tun hat, begegnet den kuriosesten Exemplaren.«

»Aber keine weiteren Demonstranten?«, setzte MacDonald beharrlich nach.

Coia verneinte nervös.

Alberto nippte an seinem Mineralwasser. »Vielleicht haben Demonstration und Brandstiftung nichts miteinander zu schaffen.«

»Das glaube ich nicht«, sagte MacDonald. »Es ist höchst unwahrscheinlich, dass die Personen, die Signor Coia einschüchtern wollten, mit der Brandstiftung nichts zu tun haben.«

»Wie ist es denn überhaupt passiert, Giuseppe?«

»Gestern Abend habe ich mich nach Ladenschluss wie üblich mit einer schönen Tasse Kaffee an den Tisch gesetzt, um meine Tagesbilanz zu machen. Ich hörte ein Geräusch im Hof und stand auf. Und gerade als ich die Tür öffnen wollte, drückte sie mir jemand auf die Nase. Was komisch war, denn meine Tochter geht immer als Vorletzte und schließt ab. Als Hinweis, damit ich es später nicht vergesse.«

»Mit anderen Worten, der Eindringling hat die Tür geöffnet, mit einem Dietrich oder einem Zweitschlüssel?«

»So sieht es aus. Es waren übrigens zwei Eindringlinge, ein Mann und eine Frau.«

»Kannten Sie die beiden?«

»Wenn mich nicht alles täuscht, war es wieder die Dame von eurem Foto. Der Typ hat nicht lange gefackelt. Bevor ich etwas sagen konnte, hat er mich niedergeschlagen und ich fiel auf den Boden. Sie haben mir die Hände auf den Rücken gefesselt und einen Knebel in den Mund gesteckt.«

»Und dann?«, fragte Alberto, atemlos vor Spannung.

»Der Mann hatte plötzlich einen Kanister in der Hand. Er löste den Verschluss und schüttete das Benzin überall im Laden aus. Gründlich ging er vor. Es dauerte ziemlich lange.«

»Was für eine grauenhafte Situation.«

»Kann man wohl sagen. Ich rechnete bereits damit, in den Flammen zu sterben. Doch dann zerrten sie mich zur Hintertür hinaus und lösten meine Fesseln wieder. Der Mann entzündete ein Streichholz und warf es in mein Geschäft. Er drohte mir mit einer Pistole, ihnen genügend Vorsprung zu lassen und weg waren sie. Da stand ich vor meinem schönen Geschäft und rief die Feuerwehr. Was die erreicht haben, seht ihr. Das Schlimmste an allem ist, dass die Versicherung behauptet, ich hätte das Feuer selbst gelegt. Ich kann es ihnen nicht verübeln.«

»Wie bitte? Du bist doch kein Brandstifter!«

»Aber was sollen sie denn denken, wenn ich auf der Straße stehe und zusehe? Doch den Brand hätte ich alleine ohnehin nicht löschen können. Ich kann froh sein, wenn mir jemand die Überbleibsel abkauft.«

»Signor Coia, wie hat die Frau sich benommen?«

»Als ob das nicht offensichtlich wäre, Angus! Schmutzig hat sie gehandelt.«

»Unbestritten, aber auch dabei gibt es doch verschiedene Abstufungen.«

»Nein, wirklich!«

»Lass nur, Alberto, dein Freund hat gar nicht so unrecht. Vielleicht täusche ich mich, aber der jungen Dame schien das Ganze nicht ganz geheuer zu sein.«

»Vielleicht hatte sie Angst, selbst von den Flammen versengt zu werden.«

»Das ist natürlich möglich. Es ging ja auch alles sehr schnell. Habt ihr mit dem Besitzer des schwarzen Wagens geredet?«

»Wenn man das, was wir hatten, ein Gespräch nennen kann. Er ist mit der Aerophiten-Sekte verbandelt. War er der Brandstifter?«

»Nein, auf keinen Fall. Was ist das für eine Sekte?«

»Sie behaupten, sich von Luft zu ernähren.«

»Also ein Haufen Bekloppter?«

»Giuseppe hat recht!« Nachdem Alberto und MacDonald sich von Coia verabschiedet hatten, gingen sie in ein kleines Café auf der High Street. Alberto hatte einen schönen Capuccino und MacDonald eine gute Tasse Tee vor sich. In dieser Hinsicht waren beide glücklich.

»So langsam habe ich den Eindruck, deine Japaner bringen dich mehr in Rage, als du zugeben möchtest.«

»Stimmt doch gar nicht!«

»Dein rotes Köpfchen ist mir Augenschein genug.«

Alberto klappte den Mund zu. »Es ist nicht einfach, ein Hotelbesitzer zu sein.«

»Ich weiß, mein Freund. Nun, es könnte doch sein, dass die Sekte den Sündern eine einzige Chance gibt, sich zu bessern. Und wenn sie die nicht ergreifen, folgt die drakonische Bestrafung auf dem Fuß.«

»Was ist, wenn jemand Giuseppe das Geschäft einfach wegnehmen möchte?«

»Würde dieser Jemand es dann abfackeln?«

»Hast du nicht gehört, was er gesagt hat? Die Versicherung wird nichts zahlen.«

»Aber das ist nicht zu hundert Prozent sicher. Zudem hat Giuseppe auch kein Kaufangebot erhalten.«

»Vielleicht wartet man noch, um ihn weiter zu zermürben. Oder er hat bereits lange vor dem Brand eines erhalten. Was sagst du dazu, dass Ann Lockhart dabei war?«

»Bevor sich die Information bestätigt, sollten wir Stillschweigen bewahren.«

»Giuseppe hat sie doch mit eigenen Augen gesehen.«
»Er stand unter großem Stress, vielleicht sogar unter Schock. Da kann man sich schon mal täuschen. Ich möchte die Angehörigen nicht verunsichern. Und wie ich den Major mit seinem ausgeprägten Gerechtigkeitssinn kenne, würde er seine Tochter sofort bei der Polizei anzeigen.«
»Ich dachte, mit der will er nichts zu tun haben?«
»Wenn sie dabei war, hat sie eine Straftat begangen. So etwas verheimlicht ein Ehrenmann wie er nicht.«
»Ich verstehe nicht, was so schlimm daran wäre, wenn die Polizei den Fall aufklärt?«
»Sehr wahrscheinlich haben sie nicht vor, die Sekte zu zerschlagen.«
»Madonna! Und das wollen wir?«
»So wahr mein Name Angus Thinnson MacDonald ist. Niemand behauptet mir ungestraft, von Luft zu leben, wo ich und viele Menschen sich unentwegt abmühen, Gewicht zu verlieren. Das ist ein zu großes Sakrileg. Noch schlimmer: es gibt eine Milliarde Menschen in der Welt, die hungern! Jedes Jahr sterben mehrere Millionen Kinder unter zehn Jahren an schwerer Mangelernährung. Wie ekelhaft also, eine Philosophie des Hungerns zu propagieren. So abgebrüht sind ja noch nicht einmal die Vertreter des Neoliberalismus!«

»Und du meinst, wir fallen nicht auf, Alberto?«
Alberto und MacDonald saßen in einem kleinen Lieferwagen in der Howe Street, direkt gegenüber des Hauses der Aerophiten, einem massiven vierstöckigen Haus, aus dicken Steinen errichtet.
»No! Wir besitzen eine perfekte Tarnung. Das Auto gehört doch Kanal-Komet.«
»Wer ist das?«
»Ein Kumpel von Sean.«
»Der Mann arbeitet als Astrologe?«
»Sehr lustig, Angus! Nein, er reinigt Kanäle. Wo wir gerade über Freunde reden, wie geht es Doktor Miller?«

»Ich hoffe doch gut. Es ist schon einige Tage her, dass ich mit ihr gesprochen habe.«

»Gibt es Fortschritte?«

MacDonald runzelte die Stirn. »Wie darf ich das verstehen?«

»Du weißt schon …« Alberto rollte mit den Augen.

»Nein, das tue ich eben nicht.«

»Ich beziehe mich auf das Thema Nummer eins.«

»Essen?«

»Haha, das ist gut.«

MacDonald starrte ihn fassungslos an.

»Du hast gar keinen Scherz gemacht, Angus?«

»Was willst du nur von mir?«

»Schön. Wie geht es Karen also?«

»Sie wirkte etwas nervös. Eine Eigenschaft, die ich an ihr so gar nicht kenne.«

»Stress in der Praxis?«

»Vielleicht. Ihre Sprechstundenhilfe ist nicht mehr die Jüngste. Es muss sehr anstrengend sein, mit ihr zu arbeiten.«

»Das verstehe ich. Wenn ich Maria nicht an meiner Seite hätte, könnte ich mein Guest House zumachen. Sie arbeitet ebenso diszipliniert wie ich.«

»Dennoch, Karen wirkte fast ein wenig, als ob sie vor etwas Angst hätte. Bei unserem letzten Fall benahm sie sich einmal ähnlich. Es hing mit ihrer Schweigepflicht als Ärztin zusammen. Möglicherweise täusche ich mich aber auch. Würde es dich sehr belasten, wenn ich ein kleines Nickerchen mache, Alberto?«

»Du hast vielleicht Nerven!«

»Es ist also ein Problem für dich?«

»Nein, schlaf dich nur aus.«

MacDonald nickte dankbar. Als zehn Minuten später jemand »Flower of Scotland« spielte, schreckte er aus dem Tiefschlaf auf und schnappte nach Luft. »Telefon, Alberto!«

»Ich habe es gehört.«

»Willst du nicht rangehen?«

»Ich denke gar nicht daran. Es ist deines. Du benutzt es offensichtlich so selten, dass du deinen eigenen Klingelton nicht erkennst.«

MacDonald befühlte seine Brust, wo in der Tat etwas vibrierte. »MacDonald am Apparat. Guten Tag, Mrs Lockhart. Hätten Sie etwas dagegen, wenn ich den Lautsprecher einschalte. Ich sitze gerade im Auto und möchte gerne die Hände frei haben. Kein Problem? Wie schön.« Er legte das Handy auf das Armaturenbrett und gebot Alberto zu schweigen.

»Mister MacDonald, Sie fragten mich bei unserem Zusammentreffen nach dem Buch eines indischen Gurus?«

»Sie meinen Anns Buch?«

»Ja. Ich habe es leider nicht gefunden. Ann muss es mitgenommen haben. Sie war immer schon eine Leseratte. Tut mir leid. Wenn ich sonst noch etwas für Sie tun kann, zögern Sie nicht, mich anzurufen.«

»Besten Dank, Mrs Lockhart. Das mache ich. Auf Wiederhören.« Er sah bedeutungsschwer zu Alberto. »Was sagst du dazu?«

»Schau mal da drüben! Zwei schwarze Kombis fahren vor. Der Wagen Sergeant Tennants ist dabei. Da steigt er auch bereits aus. Aber wer ist der andere?«

»Mich würde mehr interessieren, was er mit der jungen Frau vorhat, die seine Kollegen aus dem Gebäude zerren. Findest du nicht auch, dass sie benommen wirkt?«

»Vielleicht wurde sie unter Drogen gesetzt. Den Sektenheinis ist alles zuzutrauen. Das sehe ich doch an den Japanern. Wie die mein Hotel mit Desinfektionsspray einnebeln! Es würde mich nicht wundern, wenn sie auch noch hier auftauchen. Ist es Ann Lockhart?«

»Schwer zu sagen, wenn jemand einen Kapuzenpulli trägt. Willst du nicht so langsam den Motor starten?«

»Lass Sie erst mal die Richtung finden. Dann nehmen wir die Verfolgung auf.«

Es ging stadtauswärts, Richtung Forth Road Bridge. Kurz vor dem Firth of Forth bremsten die beiden Kombis ab und bogen in einen Feldweg ein. Alberto fuhr auf der Straße rechts ran und stellte den Motor ab.

»Es ist wahrlich kein guter Zeitpunkt, um Benzin zu sparen.«

»Ich kann den beiden kaum auf dem staubigen Weg hinterherfahren! Das würden sie doch merken.«

Endlich setzte er den Blinker und scherte in den Feldweg ein. Nur, um den Wagen ohne Ankündigung wieder in den Stand zu bremsen.

»Was ist denn jetzt los?«

»Ich werde dem Gentleman da drüben ein paar Fragen stellen.«

Ein Farmer kam auf sie zu und schwenkte seine Kappe zum Gruß. »Haben Sie eine Reifenpanne?«, erkundigte er sich höflich.

»Danke der Nachfrage. Nein, mein Herr, wir wollten Sie nur etwas fragen.«

»Sind Sie aus Edinburgh?«

»In der Tat.«

»Das freut mich. Bei den komischen Gestalten, die hier neuerdings durchfahren, ist jeder Einheimische ein Plus.«

»Ist klar. Würden Sie uns bitte verraten, wohin die Herrschaften vor uns sich begaben?«

»In den schottischen Archipel Gulag.«

»Du wirst dich weder weiterbewegen noch den Mann berühren. Kehre sofort um.«

St. Columba (521-597), irischer christlicher Missionar in Schottland zum Ungeheuer von Loch Ness, das einen Mann verschlingen wollte.

Tunnel Vision

Tiefe Furchen hatten sich auf beiden Seiten ihres freudlosen Gesichtes einen Weg geebnet. Sie gehörte zu den Menschen, die einem inneren Plan folgten und eher tot umfielen als davon abzuweichen. Ihre feinen Glieder erweckten das Bedürfnis, sie vor der bösen Welt in Schutz zu nehmen, nicht aber die starren Augen. Jeder, der Blickkontakt mit ihr aufnahm, merkte sofort, dass sie keine Hilfe benötigte. Es war kurz nach zwölf Uhr und die Putzfrau hatte das Haus bereits verlassen. Sehen musste sie die Frau nicht. Nur anständig arbeiten sollte sie. Mit Hilfe der Checkliste, die sie erstellt hatte, würde das sogar ein Kind schaffen. Exakt 49 Punkte standen in mikroskopisch kleiner Schrift auf dem Blatt Papier. Die Vorgängerinnen hatten gedacht, sie überlisten zu können. Doch sie konnte Schmutz riechen und hatte auch ein außergewöhnlich gutes Sehvermögen. Auf dem Schrank war heute nicht richtig gereinigt worden. Sie schnappte sich einen Küchenstuhl und stellte sich darauf. Ein zweites Schnuppern brachte die Bestätigung. Ein Potpourri verschiedener Staubsorten. Widerlich! Nicht genug damit, dass dieses Subjekt die Betten falsch machte und sich immer wieder mit einem schlechten Gedächtnis herausredete. Selbst dann noch, nachdem sie es ihr mehrfach gezeigt hatte. Ein Haushalt unterschied sich nicht von einem Hospital. Alles hatte an seinem Platz und blitzblank zu sein. Jederzeit und überall. Über Sauberkeit war nicht zu diskutieren, denn es gab nur einen Grad. Sie würde sich nach einer anderen Hilfe umsehen müssen. In dieser Stadt gab es eindeutig mehr unfähige Menschen als fähige. Und die Spreu ließ sich nicht sofort vom Weizen trennen. Sie öffnete den Kühlschrank und inspizierte den Inhalt. Wenigstens hier schien alles in Ordnung zu sein. Sojaprodukte, Obst und Gemüse waren an ihrem Platz. Jeden Moment würde ihr Mann zurückkommen und gierig nach seinem Mittagessen verlangen. Er hatte die Stufe des freien Seins noch nicht erreicht und bedurfte der stofflichen Nahrung wie jedes einfache Säugetier, ja jede Ameise. Für sie war es eine Tortur, ihm das Essen zu kochen, doch weniger schlimm, als wenn er unterwegs einen Hamburger verschlang. Wie konnte ein Mensch freiwillig seinen Körper damit verletzen? Besaß denn niemand mehr genügend Rückgrat? Alle Welt machte sich über Gläubige lustig. Dass es aber eine hohe Lebensform war, nach Geboten zu leben und sich zu bescheiden, verkannte man gerne. Und selbstverständlich war es kein Widerspruch, mit der Lehre Geld zu verdienen. Sie klemmte sich eine Wäscheklammer auf die Nase, um die gebratene Nahrung nicht riechen zu müssen. Das schmerzte zwar. Doch hatten sich nicht auch viele Mönche mit Ruten gegeißelt? Aus dem Kühlschrank nahm sie eine Scheibe Tofu und ein Ei. Im Küchenschrank fand sie Sojasoße, Algenblätter und Sesamsamen. Zunächst mussten die 250 Gramm Tofu abgetupft und mariniert werden. Nicht zu lange, denn die Sojasoße war kräftig. Danach gut abtropfen lassen. Sie schmunzelte. Es war fast wie in allen Zeiten. Die Algen in etwas heißem Wasser für zehn Minuten einweichen. Besser wäre es gewesen, die Blätter eine Stunde in kaltem Wasser einzuweichen. Doch ihr Mann würde den Unterschied kaum bemerken. Er vertraute ihr bedingungslos. Durch ihre Verlässlichkeit hatte sie ihn an sich binden können. Wertschätzung und Zuneigung war etwas, das man sich erarbeiten musste. Den Tofu in die abgetupften Algen wickeln und im Ei wenden. Gut abtropfen lassen und in zwei Esslöffeln Sesam wenden. Mindestens eine halbe Stunde in den Kühlschrank stellen. Sie fasste sich an die Stirn. Das Kochen strengte sie mental wieder sehr an, mehr noch als das genaue Abwiegen der Zutaten. Alles musste stimmen, perfekt sein. Mit den Kopfschmerzen kamen die Erinnerungen an die Kindheit. Ihr Vater war ein mächtiger Mann, gut einen Kopf größer als die Mutter und immer leicht gereizt, wenn er von der anstrengenden Arbeit als Jurist nach

Hause kam und sich seinen froschgrünen Trainingsanzug überstreifte. Ein hässliches Ding, das nur selten gewaschen werden durfte. Wenn seine Kollegen ihn nur einmal in dieser weltlichen Tracht gesehen hätten! Er schnarchte genau eine Viertelstunde. Dann kam er nach unten und verlangte nach seinem Essen, das die Mutter seinen Wünschen entsprechend zubereitete. Viel musste es sein und einfach und vor allen Dingen günstig. Das bläute er seinen vier Frauen, wie er sie nannte, immer wieder ein, obwohl ihnen diese Formulierung sichtlich unangenehm war. Ihr war es fast unmöglich, in seiner Gegenwart etwas zu sich zu nehmen, so sehr schmatzte er. Als ob er die ganze Welt auffressen wollte. Und wenn er fertig war, zog er geräuschvoll die Lippen auseinander, was sich genauso wie Schmatzen anhörte. Dann zog er sich in sein Arbeitszimmer zurück, um seine geliebten Akten zu studieren. Stets musste das Haus blitzblank und geordnet sein. Dafür war allein die Mutter zuständig, denn er verdiente ja das Dach über dem Kopf der Frauen oder so ähnlich. Das Größenverhältnis der Eltern spiegelte sich in ihrer Beziehung. Ganz gleich, wie oft die kleine, schmächtige Frau aufbegehrte, stets wurde sie ignoriert und verlacht. Sie aß wie ein Spatz, kaum Fleisch, fast nur Gemüse und Obst, zum Hohn des Vielfraßes, der niemals müde wurde, seinen Spruch aufzusagen: Kartoffeln gehören in den Keller, Gemüse in den Garten und Obst auf Bäume. Irgendwann würde er für dieses sinnlose Gewäsch bezahlen. Immer gab es Streit, ob Werktag, Sonntag, Feiertag, Geburtstag. Ihre beiden Schwestern trösteten sie hin und wieder, doch mit der Volljährigkeit verließen sie das sinkende Schiff. Einmal belauschte sie ein Gespräch zwischen den Eltern. Es hieß, ihre älteste Schwester wohne in York. Als sie die Mutter danach fragte, bekam sie eine Ohrfeige. Nicht dass es die erste gewesen wäre, doch diese hatte es in sich. Blut floss, wegen der scharfen Ringe, welche die Mutter trug. Ihr Ohr klingelte noch zwei Tage später, und den Tag darauf und noch viel länger. Als das hässliche Geräusch endlich nachließ, hörte sie auf der Seite nicht mehr so gut wie früher. Natürlich musste sie das verheimlichen. Denn was hätte sie auf Nachfragen antworten sollen? Ich bin auf dem linken Ohr leicht taub, weil du mich geohrfeigt hast, liebe Mutter? Ein Kinnhaken für unverschämtes Lügen wäre ihr sicher gewesen. Also versuchte sie, ihr zu gefallen, machte sich eine Checkliste mit der Überschrift »Wie heitere ich die Mama auf?« Mein Zimmer aufräumen. Ihr das Frühstück ans Bett bringen. Nette Dinge sagen. Nicht wütend werden. Und vor allen Dingen keine Fragen stellen. Wirklich schlimm wurde es, als auch der Vater davonlief. Sie kam eines Tages von der Schule nach Hause und fand die Mutter apathisch am Küchentisch sitzend. »Dein missratener Dad hat gerade angerufen«, sagte sie. »Er hat uns verlassen, für immer und ewig. Besaß nicht einmal die Courage, uns dabei ins Gesicht zu sehen. Die Ankündigung einer Scheidung über das Telefon! Das muss man sich auf der Zunge zergehen lassen. Auf solche Ideen kommen nur Männer. Der gemeine Kerl hat heimlich nach und nach seine Sachen abtransportiert. Ich habe immer vermutet, dass er eine andere hat, das miese Schwein.« Und was ist mit meinen Schwestern, hätte sie am liebsten gefragt. Die sind Frauen und keine Männer. Trotzdem haben sie ebenfalls das Weite gesucht. Ab diesem Zeitpunkt genügte der Rotwein nicht mehr. Härtere Flüssigdrogen mussten der Mutter den tristen Alltag unkenntlich machen, ihn abtöten. Jeden Tag aufs Neue, vom Morgen bis zum Mittag, vom Nachmittag bis zum Abend, hinein in die Nacht, durch sie hindurch, bis der nächste Tag anbrach und die grausame Prozedur von Neuem begann. Der Alkohol war Tröster, Betäuber, Nahrung und Gatte in einem. Man sagte gemeinhin, dass noch das schlimmste Unglück etwas Gutes in sich berge. Und so falsch war das nicht. Sie war von klein auf gezwungen, Verantwortung zu übernehmen. In erster Linie dafür, dass kein Unglück geschah im Haushalt. Ohne Aufsicht konnte ein Toaster durchschmoren, der Herd explodieren, das Badewasser überlaufen, das Haus in Flammen aufgehen. Die Mutter kümmerte das nicht. Sie wollte nur trinken, trinken und immer weiter trinken. Kein Wunder also, dass sie selbst sich irgendwann auf das Gegenteil, aufs Essen und ganz besonders das Kochen konzentrierte. Sie sammelte alle Rezepte, die sie in die Finger bekam. Meistens stammten sie aus Zeitschriften. Die Mutter beobachtete sie misstrauisch beim Lesen. Selbst nachts, wenn sie längst hätte schlafen sollen, studierte sie noch die Küchen der Welt, mit einer Taschenlampe unter der Bettdecke. Im Fernsehen gefielen ihr die Sendungen mit Delia Smith und Keith Floyd. Sie machte alles bedächtig und erklärte mit ruhiger, sachlicher Stimme. Er dagegen war der expressive, raubeinige Typ, der schimpfte, wenn seine Assistenten eine Flasche zu fest zuschraubten. Die Prominenten machten ihr keine Vorwürfe, entführten sie in fremde Länder, unterhielten sie. In imaginären Dinnerparties behandelte sie die beiden wie Königin und Prinzgemahl, lachte mit ihnen, prostete ihnen zu. Sie half sogar in einer Eisdiele aus, um ein bisschen Geld zu verdienen und sich ihre Bücher kaufen zu können. Voller Stolz reichte sie das Ersparte über die Ladentheke. Die Verkäuferin zwinkerte ihr vertraulich zu. »Ein guter Kauf, junges Fräulein. Ich habe mir auch beide Bände zugelegt. Bücher sind doch die besten Freunde, nicht wahr?«

»Ja.«

»Geht es dir gut?«

»Warum sollte es mir schlecht gehen?«

»Ich will dir nicht zu nahe treten. Aber du hast da etwas im Gesicht.«

Sie rannte aus dem Geschäft, die Tüte ans Herz gedrückt. Auf den letzten Metern, vor dem großen Wohnblock mit der schäbigen Zweizimmerwohnung, verlangsamte sie ihren Schritt. Die Mutter sollte nicht merken, wie durcheinander sie war. Seitdem sie nur noch in ihrem Sessel saß, mit einer Buddel in der Hand, war sie gemein geworden. Es machte ihr Spaß, den Frust über den Vater, die Schwestern, die nie zu Besuch kamen und allgemein über alles in der Welt an ihrem einzigen Opfer, an der wehrlosen Tochter, auszulassen. Es gelang ihr, die Schätze unbemerkt in das Zimmer zu schmuggeln. Zwei Wochen lang verschlang sie die Fotos und jedes Wort von Delia und Keith. Dann hatte auch dieser schöne Traum ein Ende. Nach der Schule war sie zum Supermarkt gegangen, um Zutaten einzukaufen.

Sie wollte etwas flambieren. Das interessierte sie nicht sonderlich, würde aber vielleicht ihre engste Verwandte gnädig stimmen. Die Einkaufstüte unter die Schulter geklemmt, schloss sie die Wohnungstür auf, die immer klemmte und für die man zwei Hände benötigte. »Sieh einer an, die junge Dame lässt sich auch mal wieder blicken. Wie nett.« Auf dem Boden standen zwei leere Wodkaflaschen. Und sie verpestete das Wohnzimmer, in dem sie auch schlief, wieder mit ihren stinkenden Zigaretten. Als ob das Laster des Alkohols nicht genug wäre.

»Hallo Mutter, wie geht es dir?«

»Beschissen wie immer. Kannst du dir doch denken. Hast du mir den ›Daily Record‹ mitgebracht?«

»Die Zeitung?«

»Als ich sie das letzte Mal gelesen habe, hieß sie noch so. Es sei denn, sie haben inzwischen eine Fernsehsendung daraus gemacht. Das müsstest du aber besser wissen als ich. So oft, wie du vor der Glotze hockst.«

»Nein, Mutter.«

»Was nein?«

»Ich habe die Zeitung nicht.«

»Vergessen also?«

»Du hast es mir gar nicht gesagt.«

»Verdammte Lügnerin! Was hast du stattdessen gekauft? Wieder nutzlose Bücher?«

»Ich möchte uns etwas flambieren.«

»Unsere Miss Baker! Warum machst du nicht eine Ausbildung zur Köchin?«

»Vielleicht schließe ich besser vorher die Schule ab.«

»Oder du machst eine Diät. Hast du in der letzten Zeit mal in den Spiegel gesehen? Du entwickelst dich zu einer dicken, kleinen Pute. Einen Verehrer zu finden, wird dir schwer fallen.«

»Stimmt doch gar nicht! Kein Gramm habe ich zugenommen! Ich esse ja kaum etwas.«

»Vielleicht sind es die vielen Rezepte, die du verschlingst. Wenn du nicht aufpasst, wirst du noch so dick wie dein Vater.

Aber wer weiß, vielleicht kommt er ja zurück, wenn er dein fettes Essen riecht, Putchen. Mach also ruhig so weiter.«

Sie ließ die Einkaufstüte auf den Boden fallen und rannte in ihr Zimmer. Niemals mehr würde sie sich wegen ihres Gewichts verspotten lassen!

MacDonald nickte anerkennend. Zeitgenossen, die für gutes Essen sorgten, hatten seinen größten Respekt. Wenn ein Farmer sich auch noch in der Literatur auskannte, hatte man es fast schon mit einem Universalgenie zu tun. »Archipel Gulag also, mein Herr?«

»Solschenizyn. Sagt Ihnen der Name etwas?«

Alberto zuckte mit den Schultern. Doch MacDonald nickte eifrig. »Ein russischer Schriftsteller, der lange Jahre in einem Strafgefangenenlager verbringen musste.«

»So ist es.«

»Solch ein Lager vermuten Sie in der Nachbarschaft?«

»Was heißt hier vermuten! Ich kann doch die Schreie hören.«

»Von Gefangenen?«

Der Farmer sah zu Alberto. »Mann, Ihr Kollege ist aber schwer von Begriff.«

»Es war nicht meine Absicht, mich Ihnen gegenüber ungraziös zu geben! Ich versuche lediglich, die opake Information zu verarbeiten.«

»Wissen Sie nicht, dass das Haus am Ende des Weges der Sekte der Aerophiten gehört?«

»Selbstverständlich ist uns das bekannt.«

»Aber dort waren Sie noch nicht? Ich meine, sonst würden Sie mir ja wohl keine Fragen dazu stellen?«

»Sie haben uns durchschaut.«

»Es war nicht allzu schwierig.«

»Hat man Sie auch bedroht?«

»Von mir wollen die nichts. Ich bin nur ein kleiner, unbedeutender Farmer.«

»Sind die Schreie menschlich?«

»Wie man es nimmt.«

»Ich meine, werden sie von Menschen ausgestoßen?«
»Von meinen Kühen jedenfalls nicht. Die erschrecken sich eher, weil sie nicht gewohnt sind, dass Menschen so schlimm brüllen können. Wollen Sie wirklich dorthin fahren?«

Nachdem ihr Gatte gegessen hatte, ließ sie sich in der gewaltigen Mercedes-Limousine, einem Traum ihrer Jugend, zur Dienstvilla chauffieren. Im mittleren Teil des Wagens saßen zwei muskulöse Gestalten in dunklen Anzügen. Die Bodyguards begleiteten sie zwölf Stunden am Tag. Dann wurden sie von zwei Kollegen abgelöst. Missmutig legte sie die Teile des »Daily Telegraph« aufeinander. Mit Ausnahme des Wirtschaftsteils ödeten Zeitungen sie schrecklich an. Sie starrte aus dem Fenster. Wenn Blicke töten könnten, hätte sie Edinburgh heute um mindestens 50 Einwohner dezimiert. Als der tonnenschwere Wagen die breite Einfahrt passierte, knirschten die Kieselsteine vorwurfsvoll unter der Last. Der Chauffeur öffnete ihr die Tür. Einer der Leibwächter postierte sich vor dem Haus und der andere durfte in einem kleinen Zimmer im Flur Platz nehmen, wo er über Überwachungskameras die Flanken und den hinteren Teil des Hauses kontrollierte. Energisch erklomm sie die mächtige Steintreppe. Ihr Mantel aus weißer Rohseide raschelte bei jedem Schritt vorwurfsvoll. Darunter trug sie wie immer ihren asiatisch geschnittenen, weißen Hausanzug. Diese Farbe war ihr vorbehalten. Die Mitglieder der Gemeinschaft mussten innerhalb des Hauses mit gelben Kimonos vorliebnehmen. Wenn sie das Anwesen verließen, waren sie angewiesen, sich unauffällig zu kleiden. Die Außenwelt sollte nicht aufgerührt werden. Noch nicht. Sie öffnete die Tür zu ihrem Hauptraum, dessen Wände mit kostbarer thailändischer Seide bespannt waren. Gewöhnliche Lacke und Tapeten bereiteten ihr unerträgliche Kopfschmerzen. Misstrauisch betrachtete sie die Sonnenblumen auf dem Tisch. Weil sie nur absolut frische Pflanzen um sich duldete, wurde der Strauß jeden Morgen ausgewechselt. Mit einem schwarzen Filzstift markierte sie zwei der Blätter. Sie setzte sich im doppelten Lotussitz auf das Ledersofa und meditierte eine Viertelstunde. Es war bereits ihre dritte Sitzung heute. Die erste vollzog sie gleich nach dem Aufstehen. Normale Menschen gingen aus einer Meditation entspannt hervor. Sie war etwas aufgelockerter. Ohne die Übung hätte sie aber gewiss noch mehr ihrer berühmten Tobsuchtsanfälle bekommen. Und die waren schlecht für das Geschäft. Wann hatte sie die ersten Kontrollverluste gehabt? Ja, als sie in der Schule von den Jungs gehänselt wurde. »Was ist denn das da vorne? Es werden doch keine Brüste sein?« Mit ihren elf Jahren schämte sie sich in den Erdboden hinein. Am nächsten Morgen, als sie nach dem Duschen vor dem Spiegel stand, bemerkte sie die neue Rundlichkeit ihrer Formen dann selbst. Wie nur konnte sie diese grausame Entwicklung wieder rückgängig machen?

»Ich werde gleich hier parken.«
»O tempora, o mores! Alberto, es sind noch zwei Meilen bis zu dem Anwesen! Du erwartest doch nicht, dass ich die gesamte Strecke zu Fuß gehe?«
»Bewegung hat noch keinem geschadet. Kommst du mit?«
MacDonald seufzte tief und nickte. »Wohin gehst du?«
»Zum Kofferraum, die Ausrüstung holen.«
»Gehen wir auf die Jagd?«
Alberto schüttelte ruckartig den Kopf und kehrte mit zwei Stoffbündeln zurück.
»Was ist das?«
»Wolldecken.«
»Aus deiner Asservatenkammer?«, fragte MacDonald furchtsam.
»Keine Sorge. Ich habe sie ordentlich gereinigt.«
»Brauchen wir die Dinger unbedingt?«
»Wenn du lieber im Dreck liegen möchtest, tu dir keinen Zwang an.«
»Wohl kaum. Aber irgendwie habe ich ein schlechtes Gefühl bei der Sache.«
»Hast du Angst, dass dir wieder jemand eine Ladung Schrot in den Allerwertesten jagt?«

»Es ist nur komisch, wenn man es erzählt. Nicht wenn man es selbst erlebt.«

»Ist die Wunde vollständig verheilt?«

»Ja doch!«

»Bist du sicher? An deiner Stelle würde ich Frau Doktor noch mal nachsehen lassen.«

»Genug jetzt!«

Alberto presste seine Decke unter den Arm und marschierte los. Bereits nach wenigen Sekunden hatte er einen respektablen Vorsprung.

»Noch eine wichtige Frage, Alberto. Was sagen wir, wenn uns jemand auf diese Decken anspricht?«

»Molto facile, ganz einfach. In den Decken haben wir das Werkzeug, mit dem wir die Zäune reparieren.«

»Beauftragt hat uns sicherlich der Farmer?«

»Du sagst es. Jetzt leg aber mal einen Zahn zu. Ich möchte zum Abendessen wieder daheim sein. Ich habe eine schöne Tomatensuppe und Gnocchi vorbereitet.«

»Bitte quäl mich nicht noch mehr!« MacDonald trottete ihm mit gramverzerrtem Gesicht hinterher. Nach einer Stunde, fünf Pausen und ebenso vielen Schweißausbrüchen befanden sie sich etwa hundert Meter vor dem Anwesen.

»Und nun?«

»Meine Güte, dir muss man aber heute auch alles erklären!« Alberto trat auf das Feld und breitete seine Decke auf dem Boden aus. »Du machen ebenso, Angus!«

Sie mochten zwei Stunden so auf dem Boden gelegen haben, als Vitiello in der Ferne etwas Verdächtiges hörte. Vorsichtig drehte er sich zur Seite und klatschte direkt vor MacDonalds Gesicht in die Hände. Der sah erschreckt um sich. »Wir sind immer noch hier?«

»Ich fasse es nicht, dass du wieder in den Tiefschlaf gefallen bist!«

»Diese Atkins-Geschichte mit den einhergehenden Entsagungen wird mir noch die letzte Energie rauben. Ist denn etwas geschehen?«

Alberto reichte ihm wortlos den Feldstecher.
»Good Lord! Ist es das, was ich denke?«

Lightman stand breitbeinig vor seiner Chefin, die Hände hinter dem Rücken verschränkt. Eine Haltung, die ihm beim Militär zur Gewohnheit geworden war. Wenn es erforderlich war, konnte er über Stunden so ausharren. Er hatte den Eindruck, dass sie es mochte, wenn er den Soldaten raushängen ließ, denn sie ließ ihn immer etwas länger warten, als nötig gewesen wäre.

Also spielte er Theater. Den Job hatte ihm ein ehemaliger Kollege besorgt. Nach all den Jahren harter Einsätze in Krisengebieten lachte er sich ins Fäustchen darüber, wie leicht man als Zivilist sein Geld verdienen konnte. Die Idee mit dem Hungern war natürlich ein Riesenblödsinn. Bislang hatte er es aber geschafft, bis zum Feierabend zu fasten. Mit einem großen Frühstück im Bauch und dem Ausblick auf ein noch gewaltigeres Abendessen war es machbar.

»Sie können sich setzen«, sagte sie endlich. »Wie läuft unser Projekt? Alles ist wichtig. Immerhin möchten wir die Welt verändern.«

»Aber ja.« Lightman hatte keine Ahnung, wovon sie sprach. Doch mittlerweile hatte er das Improvisieren gelernt. Auch gelang es ihm, nicht mehr die ekelhaften Geschwüre auf ihren Händen anzustarren.

»Schön, dass Sie es auch so sehen. Also?«

»Ich habe besagten Herrn davon überzeugt, den Vortrag zu halten, Mam.« Wahrscheinlich meinte sie das mit ihrem verworrenen Gerede.

»Gut. Manch einen muss man zu seinem Glück zwingen.«

»Jawohl, Mam.«

»Auch wir waren vor unserer Bekehrung uneinsichtig. Drei Mal am Tag musste ein Essen auf den Tisch. Und pünktlich um fünf Uhr gab es Tee mit Sandwiches und Süßigkeiten. Vom vielen Alkohol gar nicht zu reden.«

»Es war furchtbar.«

»Das können Sie laut sagen, Sergeant. Alle haben uns verlacht. Doch wir lassen uns nicht beirren. Wir wären nicht weit gekommen, hätten wir uns von jedem kleinen Hindernis aufhalten lassen. Wie gehen Sie gegen unsere Widersacher vor?«

»Mam, bei allem nötigen Respekt, ich halte es für besser, wenn Sie nicht in die Details eingeweiht sind.«

»Das stimmt auch wieder. Ich sehe schon, mit Ihrer Einstellung habe ich keinen Fehler begangen. Gegen diesen Journalisten, Vermittler des Grauens, der er ist, muss ich die besten Kräfte aufbieten. Aber Sie werden mir sicher verraten, wann die Rede gehalten wird?«

»Übermorgen, Mam.«

»Vorzüglich. Erwarten wir Störenfriede?«

»Es liegt im Rahmen des Möglichen.«

»Und der Redner hat tatsächlich keine Schwierigkeiten gemacht?«

Lightman lachte schmutzig. »Nur am Anfang. Doch eine Wahl hatte er ja nicht.«

»Ich liebe Ihre Art, sich präzise auszudrücken.« Sie nickte zufrieden. »Und vielen Dank für den Input, Sergeant. Wären Sie jetzt so freundlich, mir den Neuzugang zu bringen?«

»Sehr gerne. Die Person wartet bereits vor der Tür.«

»Wie das?«

»Ich war so frei, das zu organisieren. Dachte mir, es könnte Ihr Wunsch sein, Mam.«

»Wunderbar. Sie können abtreten, Sergeant.«

Lightman ging in den Vorraum und kehrte mit einer eingeschüchterten, jungen Frau zurück. »Hier ist sie, Mam.«

Die Frau machte Anstalten sich zu setzen.

»Habe ich gesagt, dass du Platz nehmen darfst?« Die Adern an ihrem Hals formierten sich zu einem Spinnennetz.

»Verzeihung.«

»Was!«

»Ich bitte um Verzeihung, Mam.«

»Schon besser. Und weiter? Erkläre dich.«

»Ich bin neu hier und kenne noch nicht alle Vorgänge.«

»Das soll eine Entschuldigung sein?«
»Nein, Mam, nein. Geben Sie mir bitte eine zweite Chance.«
»Gewährt. Fahre fort.«
»Jetzt sofort, Mam?«
»Ja!«
Die Frau stand auf und ging zur Tür.
»Wohin gehst du?«
»Mich um Ihre Sachen kümmern, Mam.«
»Du Tölpel! Ich meinte eine Chance, dich zu erklären. Das Beweisstück habe ich hier in meiner Schreibtischschublade.« Sie warf der Frau ein Stoffbündel an den Kopf. »Halte dir das Gewand unter die Nase. Was riechst du?«
Die Frau drückte die Nase in den Stoff und schnupperte. »Ich fürchte nichts, Mam.«
»Du willst mich wohl auf den Arm nehmen?«
»Aber nein, Mam.«
»Meine Kleidung riecht eindeutig nach Waschmittel. Hat man dir nicht erklärt, dass ich davon Kopfschmerzen bekomme?«
»Doch, natürlich hat man das, Mam.«
»Wieso hast du das Waschmittel nicht herausgewaschen?«
»Meines Erachtens habe ich das getan.«
»Nein! Du hast maximal fünf Gänge mit klarem Wasser gemacht. Vorgeschrieben sind aber sieben! Und nur weil du so schrecklich dumm bist, hatte ich mit fürchterlichen Kopfschmerzen zu ringen!«
Die Frau betrachtete den Kimono. »Es wird nicht wieder vorkommen. Nur habe ich mir meine Veränderung auch etwas anders vorgestellt, Mam.«
»So! Hast du das? Und wie?«
»Ihre Mitarbeiter sagten, dass man sich freier fühlt.«
»Erst nachdem man den gesamten Prozess durchlaufen hat! Du aber befindest dich noch auf der untersten Stufe.«
»Ich weiß, Mam.«
»Warum plapperst du dann solchen Unsinn?«
»Vielleicht ist es der Hunger, der mich so reden lässt.«

»Alles Einbildung! Eine Schimäre der dinghaften Welt, um uns zu versklaven!«
»Natürlich, Mam. Das hatte ich kurzfristig vergessen, Mam.«
»Du hast noch einen weiten Weg vor dir! Doch lassen wir das und kehren zu deiner zweiten Untat zurück. Dir ist klar, wovon ich spreche?«
»Leider nein, Mam.«
»Du hattest ein Buch bei dir. So etwas dulden wir nicht. Ich werde dich bestrafen müssen«
Wenn die dumme Pute sich weiter so aufmüpfig benahm, musste sie sie loswerden. Störenfriede kamem meistens aus kritischen Familien. Und die nahmen es nicht einfach so hin, ein Mitglied einzubüßen. Rabatz führte wiederum zu negativer Publicity und die war schlecht für das Geschäft. So lange es genügend unbeschriebene Blätter gab, musste sie sich nicht mit den Querulanten rumärgern. Und ein Wind, der jene permanent durch die Gegend trieb und vom Denken abhielt, fand sich immer. Die Menschen hatten kein Mark mehr in den Knochen. Sie hatte mit der Pubertät begonnen, ihren Körper zu knechten und ihr eigener Tyrann zu werden. Von heute auf morgen hörte sie mit dem Kochen auf, und nach und nach auch mit dem Essen. Wie sonst hätte sie eine Figur bekommen sollen wie all die schönen Mannequins in den Glamourzeitschriften. Milchprodukte zu Beginn, dann Obst, am Ende nur noch ungesüßter Tee. Wenn man mit exakt 1.000 Kalorien am Tag auskam, reichten auch 500. Und die 500 konnte man durch 250 ersetzen. Es war die reinste Wonne, diese Kontrolle zu erlangen. Eine Flucht in eine bessere Welt, weit weg von den Beschwernissen des Alltags und dem Leben in ärmlichen Verhältnissen mit Kleidung aus zweiter Hand und Möbeln vom Sperrmüll. Natürlich hatte sie Hunger! Doch ohne den beißenden Schmerz im Magen wollte sie nicht mehr sein. Wenn sie viel Wasser trank, konnte sie das Organ täuschen. Auch ihre Spezialeiswürfel waren hilfreich. Sie stopfte ein Stück Kuchen in den Mörser und machte aus den Krümeln und Wasser Eiswürfel. Nachts schlich sie sich in die Küche und lutschte an den Din-

gern, denn schlafen konnte sie kaum noch. Ein Unbekannter hatte ihnen die Kühltruhe liefern lassen. Die Mutter verdächtigte ihren Exmann und rührte das Ding, wie sie es zu nennen pflegte, niemals an. Weil sie nicht schnell genug abnahm, joggte sie täglich. Außerdem machte sie exzessiv Gynmnastik und schwamm drei Mal in der Woche. Und dabei kollabierte sie.

»… es ist besser, ein Narr zu sein als tot.«

Robert Louis Stevenson in »Virginibus Puerisque«

Füllhorn der Region

Nachdem man in Perth 1999 den ersten schottischen Farmers' Market eingerichtet hatte, waren im ganzen Land 80 weitere entstanden. In Edinburgh fand er samstags in der Castle Terrace, unterhalb des Schlosses, statt. Die Anwohner waren vom Tumult nicht angetan, doch schätzten die Kunden die frische, regionale Ware. Kein Produkt aus dem Supermarkt konnte damit konkurrieren, denn die Konzerne benötigten Obst und Gemüse mit dicken Häuten, Ware, die unreif geerntet wurde. Die Erzeuger offerierten unter Stoffdächern ihre Produkte, erzählten aus ihrem Leben und verrieten auf Wunsch auch Rezepte. Fleisch, Fisch und Milchprodukte, Fruchtsäfte und alkoholische Getränke, Süßigkeiten und Backwaren, auch fertige Spezialitäten wie Pizza, Porridge und Pasteten konnte man erstehen. Natürlich kamen immer wieder neue Interessierte dazu. Doch die junge Dame, die wie ein Harlekin verdächtig vor und zurück tänzelte, wollte offensichtlich nichts erwerben. Landwirt MacDougall, ein kräftiger, rotgesichtiger Mann, nach eigener Aussage Spezialist für Rindviecher, und jemand, der sich vor dem Zubettgehen bereits auf das Frühstück freute, beobachtete sie bereits eine halbe Stunde. Sie führte ewas im Schilde und es war nichts Gutes. Er wollte sie gerade zur Rede stellen, als einer seiner Stammkunden eintraf. Ein Jurist, der sich auskannte und mit dem er gerne fachsimpelte. Also vergaß er die Angelegenheit. Bis er etwa eine Viertelstunde später einen Schrei hörte. Die Querulantin war vor dem Obststand schräg gegenüber zusammengebrochen und krümmte sich vor Schmerzen. Er bat seinen Nachbarn, seinen Stand im Auge zu behalten und rannte los. Die Obsthändlerin Anstruther, eine große, schlanke Dame, stand mit entgeistertem Gesicht neben der Verletzten und wusste nicht, was sie tun sollte. Noch nie war jemand an ihrem Stand zusammengebrochen. MacDougall nickte ihr zu, setzte sich in die Hocke und legte der Frau den Daumen auf den Puls. »Sie atmet noch«, sagte er beruhigend zu seiner Kollegin. Machen Sie sich keine Sorgen. Ich werde es mit Mund-zu-Mund-Beatmung probieren.« Als MacDougall sich mit ungutem Gefühl der jungen Frau näherte, fühlte er sich plötzlich selbst unwohl und kippte nach hinten.

»Mister MacDougall, ist alles in Ordnung mit Ihnen?«, fragte Mrs Anstruther besorgt.

Er hielt sich den Magen. »Jemand hat mich getreten«, sagte er matt.

»Die Frau!«

»Was?«

»Es war die junge Frau.«

»Doch nicht die, die umgekippt ist?«

»Genau die!«

Er sah sich um. »Aber wo ist sie denn nur hin?«

»Davongerannt wie eine Verrückte. Vorher warf sie noch meinen Stand um!«

»Nicht zu fassen. Kennen Sie diese Person?«

»Nein, ich sah sie heute zum ersten Mal in meinem Leben. Sie stellte mir unzählige Fragen zu meinen Äpfeln. Sie kennen doch die Sorte Kunden, die sich extrem wissbegierig gibt?«

MacDougall nickte nachdenklich. In der letzten Zeit hatte diese Spezies zugenommen und es war ihm nicht klar, warum das so war.

»Ich meine, ich gebe ja gerne Auskunft. Aber Menschen, die übermäßig viele Fragen stellen, kaufen meistens nichts. Sie halten einen nur davon ab, Geld zu verdienen.«

»Das ist auch meine Erfahrung. Wichtigtuer, die den Betrieb stören.«

»Was ist das für eine Sorte Apfel? Wann haben Sie geerntet? Fragen über Fragen. So teuer? Dann lieber doch nicht.«

»Ein Wunder, dass wir nicht jeden Samstag mit Löchern im Bauch heimfahren.«

»Extrem komisch wurde es, als sie mich fragte, warum ich überhaupt Äpfel kultiviere.«
»Einen Unfug muss man sich anhören heutzutage. Was haben Sie geantwortet?«
»Dass wir das bereits seit drei Generationen so machen und ich mir von Kindesbeinen an keinen anderen Beruf vorstellen konnte. Sie sah mich nur frech an und fragte, ob sie einen Apfel kosten dürfe.«
»Haben Sie es ihr erlaubt?«
»Ja, warum denn nicht?«
»Einen ganzen Apfel?«
»Aber nein, Mister MacDougall. Ich schnitt bloß ein Stückchen ab. Den Rest gab ich anderen Kunden.«
»Die sind aber nicht umgekippt?«
»Nein. Und wenn, würde es kaum an meinem Obst liegen.«
»So war es auch nicht gemeint. Ich frage nur, weil mir die Person schon den ganzen Vormittag verdächtig vorkam.«
»War sie auch bei Ihrem Stand?«
»Sie ist immer wieder daran vorbeimarschiert. Zunächst dachte ich, sie wolle etwas stehlen. Doch nun habe ich eine andere Vermutung. Mrs Anstruther, hatten Sie in der letzten Zeit vielleicht auch mit unangenehmen Anrufern zu tun? Solche, die Ihnen nahelegten, hier aufzuhören?«
»Ja! Die legten sich mächtig ins Zeug, meinten, dass ich meine Rente doch besser unversehrt genießen solle. Ich mag vielleicht zerbrechlich aussehen, doch Drohungen prallen gänzlich an mir an.«

»Wie lange geht das schon so?«, erkundigte MacDonald sich.
»Solange du deinen Pisolino gehalten hast. Etwa eine Viertelstunde.«
MacDonald hoffte sehr, im Schlaf keinen Fauxpas begangen zu haben, hörte sich das Wort doch verdächtig danach an. »Was habe ich getan?«
»Pisolino? Nickerchen.«
»Ah. Und sie rennen immer fort um den Fahnenmast herum?«

»Si, ein Wunder, dass sie noch keinen Drehwurm haben.«
»Haben Sie in der Zeit etwas zu sich genommen?«
»Wie zum Beispiel einen Sonntagsbraten mit Beilagen?«
»Ich dachte eher an eine flüssige Erfrischung.«
»No.«
»Es ist aber doch verhältnismäßig warm heute.«
»Ich weiß. Dennoch joggen die zwei Männer und die beiden Frauen wie die Bekloppten um diesen Fahnenmast.«
»Es sieht mir nach einer Strafaktion aus.«
»Du meinst, die vier beklagenswerten Kreaturen haben etwas ausgefressen?«
»Vielleicht ja, vielleicht nein. In einer Sekte geht es nicht unbedingt rational zu. Wichtig ist, die Mitglieder völlig gefügig zu machen. Den Körper bringt man deshalb ebenso wie den Verstand zur völligen Erschöpfung. Kann ich eine dem Homo Sapiens ähnlichere Position einnehmen, bitte?«

Alberto nickte großzügig. Es war putzig, wie sein Freund sich auf den Hosenboden setzte, ein Zirkusbär in der Freizeit. Fehlte nur noch ein großes Glas Blütenhonig, in das er die Tatze tunkte.

»Hast du den Zaun gesehen, Alberto? Abgesehen davon, dass er drei Meter hoch ist, endet er auch noch in gefährlichen Spitzen. Ich schätze, wenn jemand flüchtet und daran hängenbleibt, hat sein letztes Stündlein geschlagen:«

»Wenn Ann Lockhart zu diesem seltsamen Verein gehört, haben wir eine harte Nuss zu knacken, Angus. Die Sache gefällt mir immer weniger.«

»Hat sonst noch jemand das Haus verlassen?«
»Nein, nur die vier Dauerläufer.«
»Hörst du das auch? Es wird doch keine Rinderherde sein?«
»Warum fragst du mich das?«
»Du bist auf dem friaulanischen Lande aufgewachsen.«
»Mister MacDonald ist aber, soweit ich mich erinnere, ein renommierter Experte in allen Fragen des Essens.«
»Das Trinken nicht zu vergessen.«
»Ich finde, wir sollten zusammenpacken. Es hört sich nicht gut an.«

»Vielleicht haben wir Glück und es ist nur ein Gewitter.«

Alberto schnappte in Windeseile seine Decke und – weil Mac-Donald in Vortragslaune war – die andere gleich mit. Wie aus dem Nichts preschte eine toll gewordene Rinderherde auf sie zu. *Highland Cattles*, dachte Angus noch, mit schönen Steaks, als Alberto beide Decken durch die Luft wirbelte. Die Tiere machten links und rechts einen Bogen um sie und rannten weiter.

»Porca miseria! Das war kein Zufall. Die Viecher hat uns jemand auf den Hals gehetzt.«

»Man muss nicht lange raten, wer es war.«

»Wir haben nicht nur sie observiert, sondern sie auch wieder uns!«

»Komm, wir gehen zum Wagen, bevor noch jemand mit Flinten auftaucht.«

Eben diesen Aufbruch wollte MacDonald verzögern, denn der lange Fußmarsch steckte ihm noch in den Knochen. Gefahr hin oder her. »Nur eine Minute. Haben wir auch alles durchdacht?«

Alberto ging gutherzig auf die offensichtliche Verzögerung ein. »Sag du es mir.«

»Vielleicht wird die Vereinigung ja auch von jemandem bedroht.«

»Oh ja. Bestimmt steckt der Verband der Rinderzüchter hinter der Stampede. Und weil die Tierchen nach dem Angriff auf das Gebäude gerade so gut in Fahrt waren, haben sie uns beiden auch noch gezeigt, was eine Harke ist.«

»Eine Sache finde ich noch viel bemerkenswerter.«

»Ja?«

»Ist dir aufgefallen, dass zwei der Dauerläufer sehr dünn waren und die anderen beiden eher normal? Die beiden Dünnen haben vermutlich Magersucht. Und die äh, beiden Normalgewichtigen könnten an Bulimia nervosa, Ess-Brechsucht, leiden. Bei beiden Krankheiten kreisen sämtliche Gedanken ums Essen.«

»Ist es nicht gefährlich, sich zu überanstrengen, wenn man nichts verzehrt hat?«

»Völlig richtig, Alberto. Aber warum sollte das eine Sektenchefin kümmern? Die armen Menschen haben wahrscheinlich längst ein Testament zu ihren Gunsten gemacht.«

Als MacDonald endlich zu Hause eintraf, gönnte er sich, um das Herz zu erwärmen, ein Gläschen Portwein. Es hätte ein beschaulicher Abend werden können, wenn er nicht diese absurde Nachricht auf seinem Anrufbeantworter vorgefunden hätte. »Hier spricht Ailsa Craig. Ihre Majestät Elisabeth, die Zweite, lädt Sie und Ihren Freund aus dem Ausland ein, morgen den Afternoon Tea mit ihr zu nehmen. Wir bitten um eine fernmündliche Bestätigung bis zwölf Uhr mittags. Ende der Durchsage.« Über den Anlass der Einladung schwieg die Dame sich tunlichst aus. Eigentümlich. Und wenn er so darüber nachdachte, war Mrs Craig ebenfalls verdächtig dünn geraten.

In einer Viertelstunde hatte Karen Miller Feierabend, in der Theorie. Im täglichen Leben gab es allerdings immer wieder Verzögerungen. In regelmäßigen Abständen hatte sie zum Beispiel Bereitschaftsdienst. Oder es kam zu nicht vorhersehbaren Zwischenfällen: Jemand schnitt sich in den Finger. Ein kleines Kind verdarb sich den Magen und, und, und. Deshalb hatte sie eine Praxis gewählt, die meilenweit von ihrem Wohnort entfernt war. Bei einer Ärztin, die neben ihrem Arbeitsplatz wohnte, hatten die Menschen keine Hemmungen. Man verstand zwar, dass Schichtarbeiter und Bäcker ihren Feierabend benötigten, um sich zu erholen. Nur bei Ärzten schien jedermann davon auszugehen, dass sie über unerschöpfliche Energievorräte verfügten. Mrs Abercromby hatte sie bereits nach Hause geschickt. Wie üblich war sie erst nach ihrem Klagegesang gegangen. »Sind Sie sicher, dass Sie alleine zurechtkommen, Frau Doktor? Ich bleibe gerne noch bis zum regulären Schluss.« Doktor Miller hatte nichts gesagt, nur den Kopf geschüttelt, bis ihre Hände endlich zum Mantel griffen. Sie klappte die letzte Patientenakte zu und brachte sie zur Hängeregistratur im Vorzimmer zurück. Obwohl sie nicht wollte, zog es sie magisch zum Fenster. Natürlich stand er noch da unten! Tannahill wartete entweder hier oder vor ihrem Haus in Musselburgh. Es war beinahe niedlich, wie er an ihr hing. Schluss damit, Karen! Mehr Professionalität! Wir haben es mit einem bedauernswerten Menschen zu tun, der seine Tabletten nicht schluckt. Wenn er ihr Patient wäre, hätte sie ihn längst richtig behandelt. Vielleicht konnte sie doch herausbekommen, wer sein Arzt war und mit ihm reden. Zu verlieren hatte sie nichts. Bewegte sich im Wagen etwas? Ja, er hatte seine Zeitung auf den Beifahrersitz geworfen. Als Ärztin war sie der Logik verpflichtet. Die Polizei half ihr nicht. Und Angus konnte sie auch nicht damit behelligen, ohne ihm alles zu erzählen. Doch das war ihr zu unangenehm. Gewalt lehnte sie ab. Was konnte man tun? Klar denken, Karen! Einen kühlen Kopf bewahren. Leitsprüche ihres Vaters, die sie verinnerlicht hatte. Vielleicht eine paradoxe Intervention wagen. Ja, das war es. Sie ließ das Licht brennen, schnappte sich den großen Hut, den eine Patientin vergessen und nie abgeholt hatte, zog die Außentür zu und rannte nach unten. Den Hut drückte sie sich tief in die Stirn und in kleinen Schritten näherte sie sich unauffällig dem Wagen. Als sie mit dem Zeigefingerknöchel an die Beifahrerscheibe pochte, ging Tannahill von einer Politesse aus und startete den Motor. Erst als er hochsah, bemerkte er, wer es war. Es war schwer zu sagen, wer erschrockener war. Er, der mit diesem Überraschungsangriff nicht gerechnet hatte. Oder Dr. Miller, die ihn aus der Nähe kaum wiedererkannte mit seinen kurzen Haaren, dem verzerrten Gesicht und der Flut von leeren Chipstüten um sich herum. Und dann wunderte sich auch noch der freundliche italienische Besitzer eines Chippies um die Ecke über die gut aussehende Signorina, die neben dem fahrenden Wagen herrannte und dabei unaufhörlich an die Scheibe hämmerte. War das nicht die Bekannte des großen schottischen Feinschmeckers?

MacDonald hatte sich die »Evening News« gegönnt. Jeden Mensch gelüstete, mochte er auch noch so gebildet sein, hin und wieder nach einem Quantum Tratsch. Er schrieb für den

»Scotsman«, die Partnerzeitung der »Evening News«, und konnte seine Schwäche deshalb doppelt vor sich rechtfertigen. Doch was er las, gefiel ihm überhaupt nicht. »Skandal auf dem Farmers' Market«, brüllte ihn die Schlagzeile an. »Ist es vielleicht doch nicht gesünder, Obst direkt beim Bauern zu kaufen? Vorgestern biss eine Kundin ahnungslos in einen Apfel der Händlerin Anstruther. Der Snack blieb der Frau zwar nicht im Hals stecken, aber sie fiel in Ohnmacht. Damit nicht genug, versuchte ein liebestoller Rinderzüchter namens MacDougall ihr auch noch einen Kuss auf die Lippen zu pressen. Glücklicherweise konnte die Frau sich vor dieser Zudringlichkeit retten.« War der verkappte Romeo auf dem Boden tatsächlich Mister MacDougall? Wie Mrs Anstruther war er glücklich verheiratet. Er kannte beide seit Jahren. Unmöglich, dass sie sich etwas zu Schulde kommen ließen. Anschließend folgte der unvermeidliche Anhang über die angeblichen Vorteile gesunder Ernährung. Es war eine richtige Mode geworden, diese in Bausch und Bogen zu verdammen. Halbgebildete Kollegen schrieben sogar dünne, dumme Bücher darüber! Anhänger der biologischen Ernährung wurden als weltfremde Träumer diffamiert. Dabei bedeutete die Vorsilbe Bio letztendlich nur, dass man Nahrung zu sich nahm, die nicht vergiftet war und den Boden nicht malträtierte, früher ein völlig normaler Umstand. Er las den Artikel ein zweites Mal. Das angebliche Opfer wurde im Gegensatz zu den Händlern nicht mit Namen genannt. Natürlich! Wer Lügen verbreitete, blieb lieber anonym. Er rief MacDougall an, erreichte ihn aber nicht. Der Mann war vernünftig und lehnte es ab, ein mobiles Telefon zu besitzen. Mrs Anstruther beteuerte ihre Unschuld und die Qualität ihrer Ware. MacDonald sprach ihr sein grenzenloses Vertrauen aus, menschlich wie kulinarisch. In den Hörer schneuzend, erzählte sie ihm von den ominösen Anrufen, die sie und ihr Kollege erhalten hatten. Das Kürzel Uhu unter dem Artikel sagte MacDonald nichts. Er rief in der Redaktion an und bat den Ressortleiter, mit dem er gut bekannt war, um die Telefonnummer des komischen Vogels. Der Kollege fragte nicht lange nach dem Grund und gab ihm bereitwillig eine mobile Nummer. Wie er erfuhr, schrieb dieser Bursche normalerweise für den Wirtschaftssektor, gerne über Immobilien. Als die Verbindung aufgebaut wurde, erwartete er fast, einen vorwurfsvollen Uhu aus dem Walde zu hören. »Hallo« war nur ein schaler Ersatz und klang überhaupt nicht vogelmäßig.

»Hier spricht Angus Thinnson MacDonald!«

»Sagt mir nichts.«

»Das sollte es aber, junger Mann. Sie sind in mein Revier eingedrungen!«

»Ich schreibe nicht über die Jagd. Und wenn Sie mir nicht sofort sagen, wer Sie sind, lege ich auf. Dumme Anrufe bekomme ich zu oft!«

»Das kann ich mir gut vorstellen. Ich arbeite seit 15 Jahren für den ›Scotsman‹. Haben Sie von der Zeitung gehört?«

»Selbstverständlich habe ich das.«

»Mein Metier ist das Essen und Trinken.«

»Schön für Sie.«

»Verraten Sie mir, von wem die Fotos zu ihrem heutigen Schreibgemenge sind!«

»Das sind vertrauliche Daten.«

»Haben Sie sie gemacht?«

»Wie käme ich dazu! Ich bin Journalist und kein Fotograf. Sie stammen von einer Agentur.«

»Und die waren zufällig mit ihrer Ausrüstung vor Ort?«

»So sieht es aus!«

»Wie sind Sie zu den Aufnahmen gekommen?«

»Ganz einfach! Man hat sie mir angeboten.«

»Woher wusste die Agentur, dass Sie einen Artikel über das Thema schreiben?«

»Vielleicht hat mich jemand auf dem Markt gesehen. Ist mir doch egal! Hauptsache, ich habe gutes Material für meine Artikel.«

»Waren Sie bei dem Vorfall überhaupt zugegen?«

»Sicher war ich das. Wie können Sie mich das fragen?«

»Mrs Anstruther hat nicht mit Ihnen gesprochen. Ich wette, Mister MacDougall hat es auch nicht! Zudem haben Sie mit keiner Silbe erwähnt, dass die anonyme Frau sogar einen Stand umgeworfen hat. Nennen Sie das eine seriöse Arbeit?«

»Na, wenn schon!«

»Sie Tunichgut! Wo haben Sie denn Journalismus gelernt? Im Blätterwald?«

Als Nächstes rief MacDonald wieder den Ressortleiter an. »Hier spricht noch einmal Angus MacDonald. Leider muss ich Ihnen sagen, dass Ihr Uhu ein ausgemachter Amateur ist.«

»Mir sind leider die Hände gebunden, Mister MacDonald.«

»Was soll das bedeuten? Hält etwa jemand eine schützende Hand über ihn?«

»Hm.«

»Eintopf im Mannschaftskessel! Seit wann schmiert er seine so genannten Artikel für Sie?«

»Das ist bedaulicherweise auch eine vertrauliche Information.«

»Mein Gott. Mir wird übel. Und Sie, mein Ärmster, kann ich nur bedauern. Auf Wiederhören.«

Als Alberto kurz darauf an der Tür klingelte, war Angus hoch erfreut. »Hast du heute schon die ›Evening News‹ gelesen?«

»Nein, aber ich könnte Maria anrufen. Allerdings studiert sie nur die Artikel über Mord und Totschlag.«

»Weit sind wird nicht mehr davon entfernt. Ein gewisser Uhu hat einen Artikel über einen Vorfall auf dem Farmers' Market collagiert.«

»Uhu? Collagiert? Wovon redest du?«

»Es ist ein Mitarbeiter der Zeitung, der sehr wahrscheinlich bestochen wurde, damit er den Bericht verfasst.«

MacDonald reichte ihm die Zeitung. »Lies bitte selbst.«

Alberto befeuchtete sich die Lippen und studierte den Artikel. »Das wundert mich überhaupt nicht.«

»Wie bitte!«

»Diese Wochenmärkte werden völlig überschätzt. Bei uns in Italien gehören sie zum täglichen Leben. Niemand macht so einen Aufstand darum.«

MacDonald kannte die selektive Wahrnehmung seines Freundes nur zu gut. »Hast du den Artikel richtig gelesen?«

»Certo.«

»Niemand redet über die Installierung des Marktes in Edinburgh. Den gibt es schon seit Jahren. In dem Artikel steht, dass eine unbekannte Dame in Ohnmacht fiel, nachdem sie Stücke eines Apfels von Mrs Anstruther verspeist hatte.«

»Vielleicht hatte die Frucht einen Stich. Das gibt es immer wieder. Würmer sind keine Kostverächter. Sie essen auch lieber gesundes Obst.«

»Du glaubst ernsthaft, dass die Frau in Ohnmacht gefallen ist, weil sie einen Wurm verschluckte?«

»Ich habe schon Damen gesehen, die auf Stühle flüchteten, weil eine winzige Maus durchs Zimmer lief. Meine Oma dagegen fackelte nicht lange. Sie drängte den Nager in eine Ecke, hob ihren Besen weit über den Kopf und schlug zu. Immer nur einmal. Bamm!« Alberto klatschte in die Hände.

»Einverstanden, gehen wir einmal davon aus, dass du richtig liegst. Eine Frau kostet von einem Apfel. In dem kleinen Stück findet sie einen Wurm und fällt in Ohnmacht. Als der arme Mister MacDougall ihr helfen möchte, tritt sie ihm in den Magen, demoliert einen Stand und rennt davon.«

»Das kann doch so sein!«, erwiderte Alberto trotzig, ohne selbst daran zu glauben.

»Und wer hat bitteschön auf dem Markt fotografiert?«

»Vielleicht ein Tourist. Die knippsen alles. Ganz besonders, wenn im Hintergrund das Schloss zu sehen ist.«

»Nie im Leben! Die Aufnahmen stammen von einem Profi.«

»Ich weiß nicht, Angus. Mittlerweile hat jedes mobile Telefon eine Kamera.«

»Manch einer hat in der Schule auch schreiben gelernt. Deshalb weiß er noch lange nicht, wie man einen guten Artikel verfasst. Beweis: der überhaupt nicht recherchierte Erguss dieses Uhus. Der Lump hätte sich doch ebenso wie ich fragen müssen, was hinter der Sache steckt.«

»Heißt der Typ mit richtigem Namen Uhu?«

»Es wird ein Phantasiekürzel sein!«

»Warum gehst du mich so hart an? Hast du Ärger mit Karen?«

Allein ihren Namen zu hören, reichte, um MacDonalds Laune zu bessern. »Keinesfalls, ich bin es nur leid, dass jeder meint, er könne ohne Ausbildung fotografieren und für eine Zeitung schreiben. Und dann auch noch dieses Wikipedia, der Prototyp der Selbstüberschätzung! Wenn ich nur an unsere schöne *Encyclopedia Britannica* denke, könnte ich zu sämtlichen Küchenmessern greifen!«

Alberto wusste, dass es besser war, zu schweigen.

»Nach über 200 Jahren gibt es keine gedruckte Ausgabe mehr, weil das Gros der Menschheit denkt, nur was auf einem Bildschirm flackert, entspräche der Wahrheit! Ganz egal, wer es geschrieben hat. Was meinen die Leute denn, woher diese selbsternannten Experten ihre Informationen beziehen?«

»Der Fall, Angus …«

»Gerne. Ich denke, dass die Episode auf dem Farmers' Market von langer Hand geplant wurde. Jemand will den beiden den Aufenthalt dort verleiden.«

»Wenn du es sagst. Giuseppe hat mich übigens angerufen. Er würde gerne schnell verkaufen, um einen Schlussstrich unter die Sache zu machen. Aber leider findet er niemanden. Warum melden die Sektenleute sich nicht, wenn sie dahinterstecken?«

»Vielleicht warten sie, bis er mit dem Preis weiter runtergeht. So sparen sie Geld. Immerhin ist es eine attraktive Lage.«

»Fahren wir jetzt zu Mrs Lockhart?«, fragte Alberto.

»Du kannst es kaum erwarten, deine Freundin wieder zu sehen, nicht wahr?«

»Sehr witzig.« Wenn Alberto ein gemeiner Mensch gewesen wäre, hätte er ihm jetzt berichtet, was sein Freund Gino gesehen hatte. Karen, die kluge und rationale Ärztin, hatte mitten auf der Lothian Road einem Mann eine Szene gemacht, an seine Autoscheibe gehämmert und gebrüllt wie eine Verrückte.

»Reichlich verspätet erscheinen sie«, bellte Ailsa Craig und musterte die Besucher.

»Die Freude liegt ganz auf unserer Seite, Gnädigste«, antwortete MacDonald und sah demonstrativ auf seine Uhr. »Wir haben fünf Uhr, die perfekte Zeit für die Teatime. Wenn ich mich korrekt erinnere, war es die Teatime, zu der Mrs Lockhart uns einlud.«

»So ist es«, sagte Alberto hinter seinem Rücken.

»Dann kommen Sie eben herein.«

»Herzlichen Dank«, erwiderte er und trat als Erster über die Schwelle.

»Nicht zu fassen, diese Spaghettiesser«, murmelte sie.

»Was haben Sie gesagt?«

»Dass ich gerne Spaghetti esse.«

Alberto sah zu MacDonald. Der hob in einer salomonischen Geste die großen Hände in die Luft und blieb dabei fast im Türrahmen hängen. Es schien, als ob sein Freund in der resoluten Dame seinen Meister fand. Vor der Tür zu Mrs Lockharts Zimmer blieb sie stehen, um die Herren ins Gebet zu nehmen.

»Fragen, die sie unnötig aufregen könnten, sind tabu!«

»Würden sie uns freundlicherweise ein Beispiel nennen?«

»Aye?«

»Dinge, die Mrs Lockhart aufregen könnten?«

»Reden Sie um Himmels willen nicht vom Jubilee. Ich kann es nicht mehr hören.«

»Oho, es geht also mehr um Themen, die Sie aufreizen«, mischte Alberto sich ein.

»Was hat er gesagt?«, fragte Mrs Craig mit Blick zu MacDonald.

Genug ist genug!, dachte Alberto. »Er hat gesagt, dass ...«

MacDonald riss im Dienste der Sache das Wort an sich. »Mein guter Freund, Mister Vitiello, meint, dass wir es sehr gerne vermeiden, über das Jubiläum Mrs Lockharts, äh, ich meine natürlich der Queen, zu sprechen. Ist es uns doch allen etwas über den Kopf gewachsen. Wir würden aber gerne wissen, warum man uns hergebeten hat.«

»Woher soll ich das wissen!«

»Mrs Craig wird Ihnen doch einen Hinweis gegeben haben?«

»Mir ist nur bekannt, dass es um diese Ann geht. Sie soll hier gewesen sein.« Mrs Craig drehte auf der Höhe der Stirn den Zeigefinger »Wenn Sie verstehen, was ich meine …«

Alberto wurde ungeduldig. »Können wir jetzt endlich hineingehen?«

Mrs Craig stemmte die Hände in die Hüften und betrachtete den Italiener. Wie konnte ein derart kleiner Mensch so aufmüpfig sein? Letztlich musste man die Sache positiv sehen. Je eher sie das seltsame Paar vorsprechen ließ, desto schneller konnte sie nach Hause gehen und sich wieder ihrem Haushalt widmen. »Wegen mir«, sagte sie und klopfte drei Mal lang und zwei Mal kurz.

MacDonald nickte anerkennend. Aus seiner Lektüre der Prinz-Philip-Biografien wusste er, dass es das königliche Zeichen war.

»Herein«, rief Mrs Lockhart alias Queen Elisabeth.

Ailsa Craig öffnete die Tür und schickte die Detektive hinein.

Mrs Lockhart saß in einem sündhaft teuren weißen Kleid und passendem Hut auf ihrem Sessel.

»Philip, du hier? Und den Botschafter hast du auch wieder mitgebracht. Wie nett.«

»Warum sollte ich denn nicht hier sein, Lilibet?«

»Das fragst du noch. Weil du dir bei der Schiffsparade eine schmerzhafte Blasenentzündung zugezogen hast und man dich ins Krankenhaus brachte.«

»Viel Lärm um nichts! Ich habe mich selbst entlassen.«

»Du unvernünftiger Mensch!«

»Es ist halb so schlimm. Die Ärzte übertreiben immer schamlos, damit sie mehr Geld berechnen können.«

»Ann hat mich besucht.«

»Unsere Tochter?«

»So ist es.«

»Wann war das?«

»Gestern«, blaffte Mrs Craig. »Eure Majestät haben es mir doch selbst anvertraut. Danach trugen Sie mir auf, Mister

MacDonald zu verständigen. Was dieser Pseudo-Botschafter hier möchte, weiß ich nicht.«

Mrs Lockhart nickte. »Richtig, ich erinnere mich wieder. Ailsa, wo bleibt der Tee? Wir wollen doch unseren Gast nicht unhöflich behandeln. Was soll denn das italienische Volk über uns denken.«

Als Mrs Craig murrend das königliche Gemach verließ, atmete Alberto auf.

»Was wollte Ann?«

»Das Übliche.«

»Ein neues Pferd?«

»Ach Philip, wenn du nur einmal deine Späße lassen könntest.«

»Es ist mir bitterernst. Alles, was nicht pupst und Heu frisst, interessiert sie nicht.«

»Mein Gott! Doch nicht solche vulgären Worte in Gegenwart eines Besuchers!«

»Der Botschafter weiß, wie er es zu verstehen hat. Nicht wahr, alter Knabe?«

Alberto nickte.

»Siehst du, Lilibet.«

»Ann ging mich um etwas Kapital an.«

»Du hast ihr Geld gegeben?«

»Sehr wohl.«

»Hat sie gesagt, wofür sie es benötigt?«

»Für persönliche Zwecke.«

»Ungenauer geht es wohl nicht?«

»Das waren ihre Worte.«

»Über was für einen Betrag reden wir?«

»Nicht viel, nur 25.000 Pfund.«

»Wie bitte!«

»Ich weiß gar nicht, warum du dich so aufregst. Warum soll ich meiner einzigen Tochter nicht unter die Arme greifen, wenn ich das Geld doch habe.«

»Ist das zum ersten Mal geschehen?«

»Ich kann mich nicht mehr erinnern.«

»Lilibet!«

»Es war wohl das zweite Mal.«

»Meine Güte! Und wie viel war es zuvor?«

»Lediglich 10.000 Pfund.«

»Und damals hat sie auch nicht erzählt, wofür sie das Geld benötigt?«

»Für sich selbst, Philip. Das habe ich dir doch bereits gesagt. Vielleicht unterstützt sie auch Freunde damit. Wer kann es wissen.«

Ein Rumpeln im Flur kündigte Mrs Craigs Rückkehr an. Ohne ein Wort zu verlieren, stellte sie eine teure, geblümte Teekanne und Tassen auf den Tisch.

»Meine Gattin sagte mir gerade, dass sich Ann 35.000 Pfund von ihr geliehen hat. Wussten Sie davon?«

»Nur von den 10.000«, antwortete Mrs Craig nüchtern. »Ihre Majestät schickte mich zur Bank, den Betrag abzuheben.«

»Wann war das?«

»Vor ein paar Monaten.«

»Haben Sie denn Zugriff auf das Konto?«

»Ihre Majestät hatte mir eine Vollmacht erteilt.«

»Den zweiten Betrag über 25.000 Pfund haben Sie nicht abgehoben?«

»Nein«, antwortete sie entschieden, während Königin Elisabeth betreten zu Boden sah.

»Merkwürdig, höchst merkwürdig.«

»Philip, wirst du mich zum großen Dinner begleiten?«

»Nur wenn ich etwas Anständiges zwischen die Kiemen bekomme. Lilibet, wir haben jetzt etwas zu erledigen und kommen später wieder.«

»Ist gut. Nehmt euch nur Zeit. Ailsa, begleiten Sie meinen Mann und den Botschafter bitte nach unten.«

»Ja, Mam«, sagte Mrs Craig und entfernte sich rückwärts.

Angus und Alberto folgten ihr schweigend zum Ausgang, wo MacDonald das Wort ergriff: »Halten Sie es für eine gute Idee, dass Mrs Lockhart über derart hohe Beträge verfügen kann?«

»Wie kommen Sie darauf, dass Sie das etwas angeht, Mister?«

»Es ist eine allgemeine Überlegung, die einem der gesunde Menschenverstand eingibt. Ebenso wie die Frage, wie es Catriona und Ann geht.«

»Wissen Sie was, Ihr gesunder Menschenverstand kann mir gestohlen bleiben. Adieu!«

Die beiden Freunde gingen empört über die George Street.

»Diese Haushälterin hat kein ehrliches Gesicht«, sagte Alberto. »Wenn man wie ich mit mehreren tausend Gästen im Leben zu tun hatte, bekommt man einen Blick dafür.«

»Erstens ist sie keine Haushälterin und zweitens kann sie für ihr Äußeres nichts. Ich vermute allerdings, dass sie Mrs Lockhart schwer maßregelt, sobald niemand zugegen ist. Wenn sie sie aber unter ihrer Knute hält, ist es wiederum unverständlich, dass sie 10.000 Pfund abhebt, ohne sich um deren sachgerechte Verwendung zu scheren. Immerhin spielt sie sonst auch den Genauigkeitsapostel!«

»Vielleicht solltest du Mrs Sinclair anrufen und um Rat fragen.«

»Sie würde nicht verstehen, warum wir noch ermitteln. Außerdem möchte ich die Ärmste nicht unnötig beunruhigen.«

»Wo sie doch ein Auge auf den Major geworfen hat.«

»Woher weißt du das?«

Alberto tippte sich an die Stirn. »Köpfchen, Köpfchen, sage ich nur.«

»Es stimmt, dass sie den Mann anhimmelt. Mir fällt jedoch eine andere Person ein.«

»Als eine allgemeine Regel, sagte Holmes, kann man festhalten, dass sich die bizarrste Angelegenheit als die am wenigsten mysteriöse herausstellt. Es sind die gewöhnlichen, konturlosen Verbrechen, die einen am meisten verwirren.«

»Die Liga der Rotschöpfe« in »Die Abenteuer des Sherlock Holmes« von Arthur Conan Doyle

Ein Rätsel wird gelüftet

Um sich vor Unbefugten zu schützen, schloss sie die Tür zum Badezimmer, einem Sinnbild des Luxus in feinstem italienischem Marmor. Wieder einmal erinnerten die großen Fliesen sie ans Krankenhaus. Es war einfach nicht gerecht gewesen! Warum musste sie unmittelbar vor dem Ziel aufgehalten werden? Die dumme Bademeisterin hatte den Notarzt gerufen, nur weil sie kurz in Ohmacht gefallen war. Wen kümmerte das, wo sie doch ungefährdet neben dem Becken saß! Wenige Minuten später hätte sie sich wieder gefangen und den Rest ihrer Bahnen zurückgelegt. Stattdessen beugte sich dieser alte Mann mit Mundgeruch über sie und grabschte an ihr herum.

»Weißt du, was du da im Gesicht hast, junges Fräulein?«

Sie biss die Zähne zusammen und schüttelte den Kopf.

»Es ist ein Flaum, wie ihn Kinder bis zum sechsten, siebten Monat besitzen. Weil du so wenig gegessen hast, haben sich deine hormonellen Werte verändert. Ich könnte mir vorstellen, dass auch deine Monatsblutung ausgeblieben ist?«

Er erwartete doch nicht etwa eine Antwort! Bei all den Gaffern und Zuhörern!

»Wir werden dich ins Krankenhaus einweisen.«

»Nein!«

»Keine Widerrede. Es ist meine Pflicht. Wenn du nicht sofort regelmäßig Nahrung bekommst, wirst du draufgehen. Das willst du sicher nicht. Wo wohnen deine Eltern?«

»Warum wollen Sie das wissen?«

»Ich muss sie benachrichtigen.«

»Bitte nicht!«

Der fiese Kerl kannte keine Gnade, ließ sie mit Sirenengeheul ins Krankenhaus bringen. Die Mutter brachte der Tochter kein tröstliches Wort, nur eine neue Kaskade von Vorwürfen. »Du bist ein egoistischer Mensch! Genau wie dein missratener Vater und deine Schwestern! An mich denkst du wohl gar nicht! Soll ich etwa alleine bleiben auf der Welt?« Nachdem die Mutter gegangen war, weinte sie exakt eine halbe Stunde, bewegte den Arm zur Kanüle mit der Flüssignahrung und riss sie mit einem Ruck heraus. Der Schmerz war angenehm. Und das Schwinden der Kräfte noch viel schöner. Weg, nur weg von hier. Als sie wieder erwachte, sah eine mürrische Frau missbilligend auf sie herab. Sie nickte und verließ das Zimmer, in dem eine weitere Leidensgenossin lag. Beide waren sie ans Bett gefesselt. Fragen wurden nicht beantwortet. Wer sich querstellte, wurde bestraft und bekam die gemeinen Aufseherinnen. Alle Internierten weigerten sich, von Krankenschwestern zu sprechen. Sie weideten sich daran, den Mädchen kein bisschen Privatsphäre zu lassen. Nicht einmal auf der Toilette. Die Tür musste sperrangelweit aufstehen, während diese gemeinen Tiere zusahen! Wohl wissend, dass ihnen nichts geschehen konnte, denn sie machten ja nur ihren Job. Keine Entschuldigung für mieses Verhalten! Außer der Sondennahrung sollte sie auch noch Brote mit Marmelade zu sich nehmen. Aber das ging doch nicht! Woher sollte sie denn wissen, wie viel Kalorien das alles hatte! Sie würde wieder fett werden. Man mästete sie wie ein Schwein. Zum Schein spielte sie mit. Sie bekam mehr Freiheiten, durfte ihre Notdurft ohne Zuschauer verrichten und machte im Badezimmer Gymnastik. Die Brote wickelte sie in Servietten und spülte sie die Toilette hinunter. Weil sie nicht schnell genug zunahm, wurde der Arzt misstrauisch und ließ die Aufsicht verschärfen. Iss deine Suppe, iss dein Gemüse, trink deinen Saft! Befehle reihten sich an Befehle. Sie verlor die komplette Kontrolle über ihren Körper, musste sie an das staatliche Personal delegieren. Nach dieser Episode begann sie richtig zu essen, nicht viel, aber regelmäßig. Schon damals spürte sie, dass am Horizont etwas Neues für sie erscheinen würde. Eine frische Liebe, so wie die Weigerung, etwas zu essen, ihre jetzige war. Sie schminkte sich auffällig, um als Erwachsene durchzugehen. Bei den älteren Jungs hatte sie damit Erfolg. Sie flogen auf die kleine Punkerin. Als ihr auch das nicht mehr genügte, fing sie mit den Drogen an. Zunächst nur Alkohol, dann schwere Sachen. Solche, die viel Geld kosteten und eine große Bereitschaft erforderten, auf den Rücksitzen von Autos, auf Parkbänken und in Hauseingängen. Man schickte sie zu allen möglichen Ärzten, selbst zu einem Psychologen. Dieser Narr diagnostizierte eine Depression. Später ging sie zu Selbsthilfegruppen, vorzugsweise zu denen, die Essstörungen diskutierten und sammelte die Adressen von Leidensgenossen. Als sie merkte, dass keiner eine Lösung hatte, beschloss sie, sich selbst zu helfen. Nichts zu essen genügte nicht mehr. Die Kasteiung sollte zu einem höheren Zweck erfolgen. Nach Jahren wurde ihr klar, was es sein sollte. Wenn sie andere in großen Scharen dazu bringen konnte zu hungern – nicht nur solche, die an Magersucht und Bulimie litten – und damit den Schmerz nach und nach unzähligen Menschen zufügen konnte, hatte sie gewonnen. Und wer für einen guten Zweck hungerte, konnte schwerlich kritisiert werden. Alle fünf Sekunden verhungerte ein Kind unter zehn Jahren. Doch sie und ihre Aerophiten kämpften dagegen an. Ob es möglich war, ohne Nahrung auszukommen? Auf diese Frage musste jeder selbst eine Antwort finden. Wäre sie nicht gewaltsam gestoppt worden, hätte sie es bewiesen. Als sie in den Spiegel sah, fiel sie fast in Ohnmacht. Ihre Augen!

»Ist mir schleierhaft, warum Sie noch ermitteln! Hatte Ihnen doch erzählt, dass Ann uns einen netten Brief geschrieben hat. Es geht ihr gut.«

MacDonald hatte sich gleich gedacht, dass der Major seine Nachricht nicht positiv aufnehmen würde. Um die Imponderabilien des Lebens nicht künstlich für sich zu vermehren, hatte er ihn angerufen anstatt in persona vorzusprechen.

»Niemand möchte von einer fahnenflüchtigen Tochter hören! Schon gar nicht, wenn sie wieder aufgetaucht ist!«

»Wir wissen das nicht mit Sicherheit.«

»Und wie würden Sie es bezeichnen, dass Ann mir eine Nachricht geschickt hat und bei meiner Frau vorsprach?«

»Exfrau.«

»Wie bitte?«

»Es war doch Mrs Lockhart, die Erste, die Ihre gemeinsame Tochter vorgeblich empfangen hat, nicht wahr?«

»Wie auch immer! Sie verstehen aber doch, was ich meine?«

»Bedingt, Major. Der Besuch fand vielleicht nur in den Erzählungen Ihrer ehemaligen Gattin statt. Sie hat ja, wie darf ich es formulieren, eine sehr blühende Phantasie.«

»Wie äußert sich diese?«

Wollte der Major ihn verhohnepipeln? »Hauptsächlich darin, dass sie sich für die englische Königin hält.«

»Verstehe!«

Ehrenwürdiger Scotch! Was gab es da zu verstehen? Er wusste doch Bescheid. Im Hintergrund hörte MacDonald ein eigentümliches Geräusch. So, als ob der Major die flache Hand auf etwas klatschte? War es sein Magen?

»Wie auch immer, verlasse mich darauf, dass sie den Fall niederlegen, Mister MacDonald. Bitte schicken Sie mir eine Bilanz Ihrer Auslagen.

»Ich bin kein niedergelassener Detektiv und stelle deshalb auch keine Rechnungen, Major.«

»Aber ich ...«

MacDonald unterbrach ihn sanft. »Es ist schon in Ordnung. Ich denke aber immer noch, dass der Brief von einem guten Fälscher stammen könnte. Gibt Ihnen das nicht zu denken?«

»Wenn es so wäre, täte es das sicherlich.«

»Wie geht es Ihrer Enkelin Catriona?«

Der Major ließ sich Zeit mit seiner Antwort. »Auch sie ist wohlauf.«

»Gut.«

Der Fall wurde immer kurioser. Er musste sich dringend ablenken. Wie schön, dass die Dreharbeiten zum dritten Teil seiner Fernsehserie anstanden. Er setzte sich an seinen Schreibtisch und komponierte das passende Rezept. Doch immer wieder schweiften seine Gedanken ab. Wenn Ann das Geld bekommen hatte, war es natürlich längst in den Fängen der Aerophiten gelandet. Die Gründer von Sekten mochten behaupten, was sie wollten. Letztendlich ging es ihnen fast immer nur um den Mammon. Die »Philosophie« war eine übertünchende Soße für die armen Tröpfe, die auf sie hereinfielen. Aber wer war Maureen MacBeth?

Die Japaner dachten nicht daran, ihre Zimmer zu verlassen. Seit zehn Minuten blockierte die junge Frau bereits die Toilette im ersten Stock. Irgendwann kam sie heraus, nickte freundlich und verschwand in ihrem Zimmer. Alberto ärgerte sich wegen der verpassten Chance und ging brummend ins Erdgeschoss, als die Tür zum japanischen Sektor erneut geöffnet wurde. Flink wie ein Wiesel huschte er zurück und zog seine Tarnung, einen Staublappen, aus der Hosentasche. Der Dicke in der Toilette verhielt sich noch ruhig. Bestimmt würde er gleich ein seltenes Tier schlachten, das er durch die Zollkontrolle geschmuggelt hatte! Die Spülung lief. An dem Geräusch störte Alberto etwas. Er musste sie verhext haben. Man verzauberte Menschen, Tiere oder auch Holzpuppen. Aber eine unschuldige Toilettenspülung? Jetzt stöhnte der Kerl auch noch. Und wieder sprang die Spülung an! Am liebsten hätte er die Tür aufgesperrt, um seinen Spülkasten vor Schlimmerem zu bewahren. Als Besitzer des Hotels war das sein gutes Recht. Er drückte ein Ohr an die kühle Holztür. Nun herrschte plötzlich absolute Stille. Der Kerl wollte ihn wohl systematisch in den Wahnsinn treiben! Poing! Adieu, flüsterte Alberto. Mein schöner Klodeckel ist dahin. Er hat das arme Tier damit geköpft. Ein unschönes Scharren war zu hören. Stopfte er das geschlachtete Tier in einen großen Sack? Wenn er die Blutspuren nicht beseitigte, hätte Alberto einen triftigen Grund, ihm und seiner Sippschaft die Tür zu zeigen. Wie lange brauchte der Herr wohl noch? Schließlich hatte er, Signor Vitiello, wichtige Einkäufe zu erledigen. In einem gewaltigen Seufzer hinter der Tür fanden seine Gebete Gehör. Alberto schreckte zurück. Jetzt hieß es, in

Deckung zu gehen, denn das Ungetüm konnte jeden Moment herausstürmen. Er verschanzte sich in der Besenkammer. Gewaltvoll wurde das Schloss entriegelt. Der Hobbydetektiv traute seinen Augen nicht. Vor ihm stand der Übeltäter, in der linken Hand einen Mini-Ghettoblaster. Wenn ihm doch nur ein gewichtiges Delikt eingefallen wäre, um ihn zur Rede stellen zu können. Einen Kassettenrecorder in die Toilette zu nehmen und nicht zu benutzen, würde einem Richter nicht genügen. Doch so schnell gab ein Vitiello sich nicht geschlagen. Als er aus der Kammer eilte, fiel dem Mann das Gerät fast auf den Boden. Das sprach eindeutig für ein schlechtes Gewissen. Ein redlicher Mensch achtete besser auf sein Eigentum!

»Wie geht es Ihnen?«, fragte Alberto scheinheilig.

Der Japaner verbeugte sich höflich. »Vielen Dank, der Herr. Sehr gut. Und Ihnen?«

Alberto schaute ihm tief in die Augen, um das Unheil darin zu erkennen, so wie ein Exorzist den Teufel ausfindig macht. »Ein schönes Gerät haben Sie da.«

Der Gast verbeugte sich abermals höflich.

»Ich hoffe, Sie amüsieren sich gut in unserem Hotel – gemeinsam mit Ihrem Recorder?«

»Ja, vielen, vielen Dank. Es ist ein schottisches Gerät.«

»Hat bestimmt einen tollen Klang. Ich habe mal einen gekannt, der hat auf der Toilette ferngesehen. Jeder nach seiner Façon, sage ich immer. Ha, ha.«

»Ich gehe jetzt in mein Zimmer zurück.«

»Tun Sie das. Ich will Sie nicht länger aufhalten. Wir alle müssen tun, was zu tun ist. Nicht wahr?«

Alberto verrenkte den Kopf, um durch den Spalt der geöffneten Tür noch etwas erspähen zu können. Nichts! Doch konnte er das Ehepaar wieder sprühen hören! Teufelsbande! Als sie eine halbe Stunde später endlich das Haus verließen, roch es in ihrem Zimmer unverschämt nach einer Überdosis Frischluftspray. Fast drehte es ihm den Magen um. Auf einem der Nachttische lag neben einer Tüte Meeresalgen ein Flugblatt. Mit grellen Farben und in einer einschüchternden Schrift wurde über einen Vortrag der Aerophiten informiert. Ein steinzeitlicher Kassettenrecorder, wie ihn kein Mensch mehr benutzte, und jetzt auch noch das!

»Wenn sich in Schottland Menschen versammeln, argumentieren und debattieren sie. Auf den Orkneys erzählen sie sich Geschichten.«

George Mackay Brown (1921-1996), Schriftsteller,
in »An Orkney Tapestry«

Alles, was Sie mit Hafer kochen können – Teil 3: Orcadian Oatmeal Soup

MacDonald saß endlich wieder an seinem guten, alten Schreibtisch, hinter sich das pittoreske Domizil der Queen. *Holyrood Palace* hieß es, und nicht etwa Hollywood Palace, wie unaufmerksame auswärtige Journalisten mitunter schrieben. Die Zuschauer liebten MacDonalds antikes Möbelstück ebenso sehr wie er. Und nachdem ein Unbekannter der Presse die streng vertrauliche Information zugespielt hatte, dass man in der neuen Staffel seiner Kochsendung auf den gewaltigen Sekretär verzichten müsse, erhielt die BBC Waschkörbe voller Protestnoten. Da sollte noch mal jemand sagen, die Bevölkerung engagiere sich nicht für wichtige Dinge! Wenn Not am Mann war, konnte man auf die Briten rechnen. Also besann sich der Sender eines Besseren und engagierte wieder ein zusätzliches Möbelpackerduo, das den Schreibtisch für die restlichen Folgen vor die Kamera hievte. MacDonald beobachtete Robertson, der mit einem Gehilfen vor einem riesigen Kartenständer stand. Wie zwei Achtklässler im Geografieunterricht versuchten sie, eine Übersicht der Orkney-Inseln daran zu befestigen. In der Sendung sollte doch tatsächlich erklärt werden, wo die Inseln lagen! Als ob das nicht jeder gute Schotte wusste. Da könnte jemand ja ebenso gut fragen, was für ein Gebäude das da hinten sei! Die Drehgenehmigung war nur erteilt worden, weil die Queen gegenwärtig nicht in ihrem Schlösschen weilte. MacDonald konnte sein Glück kaum fassen und brachte seinen Regisseur beinahe aus der Fassung mit seiner fortwährenden Fragerei. Seit dessen Tochter nach Südafrika gezogen war, lebte er in ständiger Angst. »Immerhin ist die gute Lilibet doch sehr eigen mit ihrem Besitztum? Und da hat sie einfach so die Erlaubnis erteilt?«

»Wer um alles in der Welt ist denn Lilibet?«, fragte Robertson.
»Die Königin von Großbritannien.«
»Sind sie so vertraut mit der Queen, dass Sie ihr Kosenamen geben dürfen, Mister MacDonald?«
»Nein, das bin ich natürlich nicht. Diese liebevolle Bezeichnung habe ich einer Prinz-Philip-Biografie entnommen.«
»Interessant. Wenn Sie gestatten, widme ich mich wieder dieser albernen Karte.«
»Mir fällt ein Stein vom Herzen, dass Sie es endlich wie ich betrachten.«
»Aber das tue ich doch gar nicht!«
»Sie haben doch gerade von einer albernen Karte gesprochen?«
»Im Sinne von widerborstig, ja!«
»So? Dann will ich Sie nicht weiter stören.«
MacDonald inspizierte die Zutaten für seine Suppe. »Warum nicht!«, sagte er schließlich halblaut, zückte seinen Flachmann und steckte ihn gleich wieder weg. Nach diesem Disput hatte er sich zwar ein Schlückchen verdient. Doch angesichts des mysteriösen Vorfalls beim letzten Dreh musste man auf alles gefasst sein. Theoretisch konnte es sein, dass ein Paparazzo auf einem Motorrad vorbeibrauste und ihn in einer verfänglichen Pose ablichtete. Den schottischen Politikern, die die Alkoholsteuer erhöhen wollten, käme der Gourmet als Sündenbock zupass. »Landesweit bekannter Buchautor und Fernsehstar konsumiert bei Tag Hochprozentiges. Wie konnte es so weit kommen? Im Grunde war er doch ein netter Kerl.« Und MacDonald hätte dann schlecht sagen können: Ich hatte mich wegen einer Landkarte geärgert. Eigenartig, dachte er, mit einem Mal kommen aber viele ältere Herrschaften aus der Queen's Gallery spaziert. Eine bedrängende Vielzahl beiger Regenmäntel, die sich wie automatisiert bewegten. Vielleicht eine Ausflugsgesellschaft?

»So, das wäre geschafft«, sagte Robertson erleichtert. »Endlich hängt die Karte.«
»Heißt das, wir können beginnen?«, fragte er süffisant.
»So ist es, Mister MacDonald. Sind Sie bereit?«

»Aber ja.«

»Sie erinnern sich noch an unser Gespräch?«

»Hm.«

»Da Sie eine orkadische Hafermehlsuppe kochen, fände ich es gut, wenn wir den Zuschauern kurz erklären, wo die dazugehörigen Inseln liegen.«

»Ganz, wie Sie wünschen.« MacDonald erhob sich und schritt zum Kartenständer. Robertson schwenkte aufgeregt seine rote Kappe hin und her. Für einen Moment dachte MacDonald, er wolle Fliegen vertreiben. Aber offensichtlich bezog sich die volkstümliche Gebärde auf ihn. Der Mund des Regisseurs formte ein ebenso stummes wie hektisches »auf die Karte zeigen!« Viel lieber hätte MacDonald das dumme Ding abgerissen und den Zuschauern etwas über das kulinarische Leben der Inseln erzählt. Aber das war streng verboten. »In einer Sendung speziell über die Orkneys können wir das gerne einmal nachholen«, hatte Robertson ihn abgewiesen. »Oder Sie schreiben es ins Begleitbuch zur Sendung.« MacDonald hob gerade den Arm, um auf die Orkneys zu verweisen, als er im Hintergrund ein Raunen vernahm. Er ließ sich nicht beirren. »Was Sie auf dieser wunderbaren Karte sehen, meine Damen und Herren, ist eine Übersicht der wunderschönen Orkneyinseln.« Das Gebrumme wurde stärker und Robertson noch etwas blasser als gewöhnlich. Doch MacDonald redete unbeirrt weiter. »Heute möchte ich Ihnen einen Suppenklassiker aus dem hohen Norden vorstellen. Es ist nicht viel, was Sie für seine Zubereitung benötigen. Und das Schönste an diesem Rezept: Eben diese wenigen Zutaten stehen in einer guten Küche immer zur Verfügung. Folgen Sie mir bitte zu unserem Gabentisch, wenn ich so sagen darf. Was haben wir denn da? Eine Zwiebel, Staudensellerie ...«

»Sünde. Das ist Sünde«, brabbelte der Chor hinter ihm.

»Nicht schon wieder!«, schrie Robertson und warf seine Kopfbekleidung auf den Boden. »Wo bitte ist das Sicherheitspersonal, wenn man es braucht!«

»Durchaus eine berechtigte Frage«, stimmte MacDonald zu und drehte sich um. »Meine Damen, das geht aber zu weit! So beruhigen Sie sich doch. Man kann doch über alles reden. Nehmen Sie doch bitte Ihre Regenschirme wieder runter. Was sollen denn die unschuldigen Touristen denken. Sie jagen ihnen ja Angst ein! Dem Tourismusverband wird das gar nicht behagen. So stellt man sich merry old Scotland nicht vor.«

MacDonald hatte sich nach dem Terrorangriff der Rentnerbrigade den Rest des Tages freigenommen, um Körper wie Geist zu pflegen. Ein luxuriöses Schaumbad und mehrere Drams eines 18-jährigen von Talisker stellten sein Gleichgewicht soweit wieder her, dass er seinen Freund anrufen konnte.

»Du hast keine der angrifsslustigen Damen gekannt?«, fragte Alberto.

»Machst du dich lustig über mich?«

»Nein, das würde ich niemals tun.«

»Es gibt Präzedenzfälle dafür!«

»Du täuschst dich, Angus. Am Telefon kann das leicht passieren. Erzähl mir alles noch mal von Anfang an, bitte.«

»Es gibt Tage, an denen frage ich mich, ob du einem Geheimdienst angehörst.«

»Wer weiß.« Mit einem Mal schwieg Alberto.

»Bist du noch dran?«

»Ja. Wie hast du das gemeint mit dem Geheimdienst?«

»Ich spiele auf deine Fragetechnik an. Man hat den Eindruck, dass ich beim wiederholten Erzählen in Widersprüche verwickelt werden soll.«

»So ist es.«

MacDonald stöhnte. »Lassen wir das. Ich war also gerade dabei, die Zutaten für die Suppe zu präsentieren, als ... muss ich die Zutaten für dich aufzählen?«

»Si, ich meine natürlich no.«

»Jedenfalls marschierten zwei Dutzend ältere Damen auf und umringten mich und das Team wie eine Schar übermütiger Piepmätze.«

»Vielleicht hatten sie fame. Come se dice? Kohldampf.«

»Das ist mir doch Wurst! Ich muss die Möglichkeit haben, in Frieden meine Sendung zu machen. Mister Robertson denkt ebenso. In der Beziehung sind wir ein Herz und eine Seele.«

»Natürlich. Geht es ihm wieder besser?«

»Ein wenig. Seine Frau hat ihm die ganze Nacht Wadenwickel gemacht, um das Fieber zu senken.«

»Erstaunlich, dass jemand vor Aufregung erhöhte Temperatur bekommt. Hat denn vorher keiner von euch die Terroristen bemerkt?«

»Welche Terroristen denn bitte?«

»Na, die Großmütter, die euch niederknüppelten.«

»Wir haben zwei Möglichkeiten. Nummer eins: Ich erzähle die Geschichte noch ein einziges Mal, dann aber ohne Unterbrechungen.«

»Und Nummer zwei?«

»Ich sage gar nichts mehr.«

»Numero uno bitte.«

»In der Tat bemerkte ich bereits vor Beginn des Drehs einige dieser … Menschen. Da sie sich friedlich verhielten, hatte ich aber keinen Grund zur Besorgnis. Außerdem geben wir Senioren doch einen gewissen Vertrauensvorsprung. Man liest zwar hier und da von älteren Wirtschaftsverbrechern, doch wer hätte jemals etwas von einem betagten Killer gehört?«

»Im Friaul gab es einmal einen …«

»No, thank you very much! Jetzt bin ich dran. Die Art, wie sie uns bedrohten, erinnerte mich an einen Horrorfilm. Du kennst doch diese Zombiefilme? Sie umringten uns, brabbelten immer wieder ihre Slogans und am Ende schmissen sie den Tisch mit den Zutaten um. Ich glaube, das hat Robertson den Rest gegeben. Du weißt, wie sehr die BBC sparen muss.«

»Habt ihr die Polizei gerufen?«

»Natürlich, aber wie so häufig sind sie zu spät eingetroffen.«

»Kannte jemand vom Team diese Tombies?«

»Zombies! Die Antwort lautet nein.«

»Wie lauteten die Slogans der Rentner?«

»Nieder mit der Völlerei! Denkt an das Elend in der Welt.«

»Woher kenne ich diesen Käse nur?«

»Vor dem Geschäft deines Freundes Giuseppe wurde ein ähnlicher verbaler Unsinn feilgeboten.«

»Porca miseria! Stimmt! Meinst du, die Herrschaften gehören zu den Aerophiten?«

»Es könnte auch die presbyterianische Kirche sein.«

»Wieso denn das?«

»Mein Gott, Alberto. Es wäre nicht schlecht, wenn du dir hin und wieder ein paar Notizen zu unseren Ermittlungen machst. Ich hatte dir doch von meinem ersten Treffen mit dem Major erzählt.«

»Ja, und?«

»Auch John Knox war ein Radikaler. Und Lockhart ist ein überzeugter Anhänger von ihm.«

»Warum sollte ausgerechnet seine Kirche dich behindern? Wir helfen ihm doch. Nein, ich glaube nicht, dass er damit zu tun hat. Kann ich berichten, was ich ermittelt habe?«

»Sehr gerne, Alberto.«

»Erinnerst du dich an die monströsen Japaner, die bei mir wohnen?«

»Sind es jetzt schon mehrere?«

»Zwei Ehepaare. So viele waren es von Anfang an.«

»Ich dachte, nur der Dicke ist monströs?«

»No! Wer redet denn jetzt dazwischen, Angus?«

»Verzeihung. Es wird nicht wieder vorkommen.«

»Beim Reinigen ihrer Zimmer habe ich wieder ein Flugblatt von diesem Ökoschuppen entdeckt. Übermorgen findet ein Vortrag statt. Rate mal zu welchem Thema.«

»Leben von Luft?«

»Woher weißt du das!«

»So schwirig war es nicht zu erraten. Wo ist die Veranstaltung?«

»Auf der High Street. In einem privaten Haus.«

»Noch eine teure Immobilie! Und wer hält den Vortrag? Mrs MacBeth?«

»Nein.« Alberto machte eine Eindruckspause.

»Sagst du es mir? Oder soll ich wieder raten?«

»Staranwalt Carr.«

»Ein Mann des Rechts unterstützt diesen Riesenblödsinn? Wir müssen unbedingt herausbekommen, was er erzählt und wie er zur Sekte kam. Ich werde William um Hilfe bitten. Bislang wissen wir so gut wie nichts über diese sogenannte Religion. Ich habe inzwischen herausbekommen, dass fast alle Händler ekelhafte Anrufe bekamen. Irgendjemand will sie vom Farmers' Market wegekeln.«

»Meinst du nicht, dass dann andere einspringen würden?«

»Ich bezweifle es. So groß ist der Markt nicht. Es wäre sogar noch Platz für Neuzugänge. Ich habe MacDougall gefragt, wie die Querulantin aussah. Seltsamerweise konnte er wenig Sachdienliches zu unserer Ermittlung beisteuern. Nur eine Sache. Ihr stechender Blick ist ihm aufgefallen.«

»So?«

»Deine Freundin kuckt auch so.«

»Ich habe gar keine Freundin, signore.«

»Und Mrs Lockhart, die Zweite?«

»Ich denke nach wie vor, dass sie eine nette Frau ist! Außerdem, einen stechenden Blick, wie du sagst, haben viele Menschen. Nur weil sie sich pflegt und schön schlank ist, muss sie keine Verbrecherin sein. Wer geht zum Vortrag? Dank Sergeant Lightmans Observation kennen sie uns beide schon. Es müsste eine unbekannte Person sein, die aufmerksam zuhören und zugleich schweigen kann wie ein Grab.«

»Wir kennen jemanden, der beide Eigenschaften besitzt, Alberto.«

»Oh nein. Das kommt überhaupt nicht in Frage.«

»Ich fürchte, wir haben keine andere Wahl. Lass es dir durch den Kopf gehen. Wir können ja noch einmal darüber reden.«

»Du bist wohl komplett übergeschnappt!«

MacDonald rief seinen Bruder an. William war Jurist und versprach, sich über Carr zu erkundigen. Dann loggte er sich ins Internet ein. Er wollte wissen, ob MacBeth bereits ein Buch verfasst hatte. Bücher hatten Klappentexte mit biografischen Angaben, die ihnen eventuell weiterhelfen konnten. Die Chance, im weltweiten Netz ein solches Werk kaufen zu können, war gering. Sektenchefs machten aus ihrem Wissen ein Geheimnis, das nicht für die Öffentlichkeit und neugierige Journalisten bestimmt war. Nur wer teure Kurse absolvierte, Arbeit übernahm, kurz viel Zeit und Geld investierte, kam in den Genuss von Gedrucktem. Niemals fände sich auf der Seite von Amazon ein derartiges Buch. Es gab allerdings eine geringe Chance, dass ein Antiquariat eines erhalten hatte, zum Beispiel bei einer Wohnungsauflösung. Doch das Glück war MacDonald nicht hold. Kein Geschäft führte eines. Er hatte deshalb einen triftigen Grund, das Rougvie-Antiquariat aufzusuchen. Sie besaßen eine große Sektion mit vergriffenen Kochbüchern und Werken zur Ernährung. Das Management weigerte sich standhaft, die Bücher im Bestand zu katalogisieren und ins Internet zu stellen. MacDonald nahm den Bus in die Old Town. »Und Jorge Luis Borges hatte doch recht«, sagte er beim Eintreten donnernd. »Ihr Geschäft ist der lebende Beweis dafür, junger Mann.«

»Das Paradies habe ich mir immer als eine große Bibliothek vorgestellt? Sie beziehen sich sicher darauf?«, erwiderte der Verkäufer im trendigen Kapuzenpullover und mit der Frisur aus einem frühen Roman-Polanski-Film. Er grinste verschwörerisch.

»Ich für meinen Teil würde allerdings noch eine Enklave hinzufügen.«

»Und die wäre?«, fragte der Mann interessiert. »Eine Buchhandlung?«

»Auch ein schöner Ort, doch einem Antiquariat zu ähnlich. Nein, die Küche ist mir ebenso lieb.«

»Hätte ich mir denken können, Mister MacDonald. Kann ich Ihnen helfen? Oder schauen Sie sich ein bisschen um, wie immer?«

»So könnten wir es machen.«

»Wenn Sie mich brauchen, rufen Sie einfach, ja?«

MacDonald öffnete den untersten Knopf seines Jacketts, denn in dem Geschäft wurde wegen der frischen Außentemperatur stark geheizt. Gerne hätte er hier einige zweckfreie Stunden verbracht. Doch dafür war keine Zeit. Ohne Verzögerung ging er zum Regal mit den Koch- und Ernährungsbüchern. Doch entgegen aller Vorsätze kam er schon nach wenigen Minuten ins Stöbern. Ein Buch über die Küchen der Welt. Wie außerordentlich interessant, dachte er und zog den großen Band aus dem Regal. Voluminös, wie er war, wollte er nur ungern seinen Platz verlassen. Als er ein bisschen nachhalf, hörte er ein verdächtiges Knarren. »Oh nein! Schmerz, lass nach!« Der Angestellte rannte sofort los. »Aber, Mister MacDonald, wie ist das denn nur passiert? Sind sie verletzt?«

Er lag auf dem Rücken, den Weltatlas der Küchen auf den Knien und weitere Standardwerke auf seinem Körper verteilt. Als ob man ihn wegen einer Schmährede mit Büchern beworfen hätte.

»Junger Mann, ich bin untröstlich. Es war nicht meine Absicht, in Berserkermanier aufzutreten. Natürlich werde ich den Schaden begleichen.«

»Lassen Sie sich erst einmal auf die Beine helfen.« Freundlich streckte der Verkäufer ihm die Hand entgegen. »Sie sind nicht verletzt?«

MacDonald justierte seine Bekleidung und betrachtete sich von oben bis unten wie einen fremden Gegenstand. »Eigentümlicherweise nicht.«

»Soll ich eine Ambulanz rufen?«

»Aber nein. Das ist nicht nötig.«

»Sind Sie sicher?«

»Im Dienste der Kulinarik habe ich schon weitaus Schlimmeres erduldet. Das dürfen Sie mir getrost glauben.«

»Darf ich Ihnen wenigstens einen Kaffee anbieten?«

»Sehr gerne.«

»Folgen Sie mir bitte.«

»Und die Bücher?«

»Lassen Sie nur alles liegen. Ich räume nachher auf.«

»Wie Sie meinen.«

»Verraten Sie mir, was Sie suchten?«

»Ist ein Staatsgeheimnis.«

»Verzeihung.«

»Es war nur ein Spaß. Ich interessiere mich für Bücher über Luftnahrung. Entweder von einem indischen Autor oder einer Mrs MacBeth.«

»Nach solchen Werken wird stetig gefragt. Allerdings hatten wir nur einmal ein Buch von diesem Inder. Die Werke müssen in sehr geringer Auflage erschienen sein.«

MacDonald nippte an seinem Kaffee, der zu stark war und bitter schmeckte.

»Sie können mir also nicht weiterhelfen?«

»Eine Chance gäbe es noch. Wir haben ein ziemlich großes Lager, in dem die Ankäufe gelagert werden, bis sie peu à peu in den Laden kommen. Soll ich dort einmal für sie nachsehen? Übermorgen fahre ich wieder raus.«

»Das wäre geradezu famos, mein Herr.«

Er drückte dem jungen Mann eine Fünfpfundnote in die Hand. »Für Ihre Kaffeekasse«, sagte er gönnerhaft. Als er das Geschäft verließ, sah er einen Mann die Flucht ergreifen. War das etwa Sergeant Lightman? Hatte er ihn verfolgt? So was! Da der Nachmittag bereits stark angenagt war, konnte er auch gleich Oxfam und zwei andere Antiquariate ohne Buchverzeichnis aufsuchen. Doch wo er auch eintrat, das Lied war dasselbe: »Nein, wir haben keine Bücher über Luftnahrung. Sie sind auch nicht der Erste, der danach fragt. Es waren kuriose Gestalten«, hieß es anklagend, so als ob er den armen Antiquaren eine johlende und feixende Meute auf den Hals gehetzt hätte. »Man könnte meinen, die seien zuvor noch nie unter Menschen gewesen!«

»Ein dreifaches Lob auf die Freundlichkeit der Kollegen von Rougvie«, rief er beim Verlassen des letzten Geschäftes. »Manieren kosten nichts und doch sind sie so rar geworden!«

Im Wohnzimmer der Vitiellos fand eine weitere große Diskussion über den Vortrag von Staranwalt Carr statt. Der Familienvorstand hatte, sehr untypisch für ihn, auf dem organisierten Meeting bestanden. »Ich halte es immer noch für zu gefährlich«, klagte er und massierte sich mit beiden Händen das Gesicht.

»Jetzt stell dich nicht so an«, meinte seine Frau.

»Aber Maria, wir haben es hier mit knallharter Realität zu tun und nicht mit einer deiner Krimiserien am Vorabend.«

»Es geht doch nichts über einen Gatten, der einen bevormundet. Was meinst du, Angus?«

MacDonald hatte sich nach seinem Besuch der Antiquariate den einen oder anderen Gedanken zu dem Projekt gemacht. Dass Lightman ihn verfolgt hatte, stimmte ihn nicht gerade frohgemut. Deshalb hatte er ein schlechtes Gewissen, Maria zum Vortrag zu schicken. Bei ihr bestand aber zumindest eine größere Chance, dass die Aerophiten sie noch nicht ausgespäht hatten. Auch fiel ihm sonst niemand ein, der es hätte tun können. Sie stupste ihn mit dem Finger an.

»Ich denke, dein Mann hat nur Angst um dich.«

»Immerhin habe ich einen Eid geschworen.«

»Wie bitte?«, sagten Angus und Maria wie aus einem Mund.

»Ich habe feierlich versprochen, meine Frau zu achten und zu beschützen.«

»Angus, kannst du es ihm bitte noch einmal erklären«, bat Maria. »Ich war leider erfolglos.«

»Alberto, mit dem Knopf in ihrem Ohr und dem Mikro an der Bluse stehen wir die gesamte Zeit miteinander in Verbindung.«

»In der Theorie mag das stimmen, doch in der Praxis …«

»Finito«, sagte Maria bestimmt. »Ich werde mir den Vortrag anhören.«

MacDonald reichte ihr den kleinen Knopf, den sie sich ins Ohr steckte.

»Ist das richtig so?«

»Absolut.«

Alberto vergrub das Gesicht in den Händen. »Woher hast du diese James-Bond-Ausrüstung?«

»Vom Freund eines Freundes.«

»Und ich dachte schon, die Gerätschaft sei aus Versehen von einem Lastwagen gefallen. So wie das immer in den Mafiafilmen geschieht.«

Maria klopfte sich mit zwei Fingern auf das Ohr und nickte. »Wenn du in der Lautstärke weiterredest, können wir auf die Ausrüstung verzichten, Alberto.«

»Verzeihung. Es wird nicht wieder vorkommen.«

»Heißt das, wir können das Gerät nun ständig verwenden?«, fragte Alberto neugierig.

»Ich fürchte nein. Für den heutigen Abend habe ich es mir von einem Kollegen aus der Technik geliehen. Gegen eine entsprechende Bezahlung, versteht sich.«

»Teuer?«

»Ein dreigängiges Menü.«

»In welchem Restaurant?«

»Ganz was Besonderes: bei MacDonald's.«

Maria klatschte in die Hände. »Signori, die Zeit läuft uns davon.«

»Stimmt«, sagte Alberto. »Wer bedient die Anlage?«

»Du«, erwiderte MacDonald verschmitzt.

»In dem Fall nehme ich sie besser gleich an mich. Erstaunlich, dass so ein kleiner Knopf solch eine Wirkung haben kann.«

»Angus, kannst du uns chauffieren?«

MacDonald hüstelte. »Oh, wie gerne würde ich das tun. Doch ich fürchte, in meinem treuen Käfer kommen wir drei de facto nicht unter.«

Das war faustdick geschwindelt, denn drei Personen fanden durchaus Platz in seinem Gefährt. In Wahrheit hatte er auf dem Rücksitz zwei Kisten mit Delikatessen verstaut. Aber im Augenblick kam ihm partout keine bessere Antwort in den Sinn. Und die Sticheleien seines Freundes wegen seiner geplanten Diät wollte er nicht schon wieder über sich ergehen lassen.

Alberto ging zum Glück auf seine Finte ein. »Das ist ein Zeichen!«, rief er.

»Was ist los?«, fragte MacDonald erstaunt.

»Wir sollen den Vortrag nicht hören.«

»Blödsinn!«, erwiderte Maria. »Wir nehmen unseren Wagen!«

»Wer fährt?«

»Ich! Und keine Widerrede!«

Alberto nickte gehorsam und folgte seiner Frau und Angus nach draußen.

»Die Versammlung findet in einem Privathaus statt, hast du gesagt, Alberto?«

»Korrekt. Mitten auf der High Street. So können sie sich auch noch Touristen als Opfer schnappen. Maria, fahr bitte nicht so schnell«, ermahnte Alberto seine Frau beim Einsteigen.

»Bin ich etwa du?«, fragte sie entnervt.

»Ich meine es nur gut.«

Maria sagte nichts mehr und steuerte den Wagen sicher ans Ziel.

»Die Herren können ihre Sicherheitsgurte lösen. Wir sind da.«

»Alberto, wo willst du hin?«

»Aussteigen. Was denn sonst?«

»Angus, kannst du ihm bitte noch einmal den Ablauf erklären?«

»Mit dem größten Vergnügen: Maria geht in den Vortragssaal und wir warten im Wagen.«

»Eines habt ihr aber völlig vergessen, Schlaumeier.«

»Wir hören«, sagte Maria.

»Für den Fall, dass etwas schiefgeht, benötigen wir unbedingt ein Codewort! Das war schon immer so.«

»Kommst du dann mit einem Revolver angerannt?«

»Ich denke, wenn dein Gatte ein Codewort für notwendig hält, können wir uns bestimmt auf eines einigen, nicht wahr? Unsere Aktion sollte jedenfalls nicht daran scheitern.«

»Von mir aus. Mach einen Vorschlag, Alberto.«

»Kolibri.«

»Wieso denn das?«

»Weshalb nicht? Es ist ein flinker und hübscher Vogel, so wie du.«

»Danke für das Kompliment. Es wird aber ziemlich albern aussehen, wenn ich plötzlich Kolibri in meine Bluse spreche!«

»Auch hier erlaube ich mir, Albertos Partei zu ergreifen. Was auch immer du in deine Bluse sprichst, wird komisch aussehen.«

»Ihr seid mir vielleicht ein Gespann.« Maria stieg aus dem Wagen und ging unauffällig über die Straße.

»Deine Frau macht das sehr gekonnt.«

»Angus, hast du den Typ gesehen, der gerade an unserem Wagen vorbeimarschiert ist?«

»Nein.«

»Es war Sangster. Ich habe mir gleich gedacht, dass mit dem Kerl etwas nicht stimmt!«

»Vielleicht interessiert er sich einfach nur für den Vortrag.«

»Glaubst du noch an den Weihnachtsmann?«

MacDonald legte sich die Hand aufs Herz. »Aber selbstverständlich! Du etwa nicht?«

»Der Bursche hat etwas mit dem Verschwinden Anns und der Kleinen zu tun. Das liegt doch auf der Hand. Hat dein Bruder etwas über diesen Anwalt ermitteln können?«

»Nicht wirklich. Der Mann lebt sehr zurückgezogen. Jegliche Einmischung in seine Privatsphäre lehnt er strikt ab.«

»Hat er Familie?«

»William ist nichts bekannt.«

»Was ist denn damit los?« Alberto drückte sich mit beiden Händen den Kopfhörer auf die Ohren. »Ich kann überhaupt nichts hören.«

»Hast du das Gerät überhaupt eingeschaltet?« MacDonald streckte den Arm über Albertos Sitz und drückte auf einen Knopf. »So müsste es funktionieren.«

Alberto sah ihn ungläubig an. »Bist du sicher?«

»Probier es doch aus, wenn du mir nicht glaubst.«

»Mayday, Maria, Mayday.«

»Theatralischer geht es wohl nicht mehr?«

»Bist du schon drin?«

»Nein. Und wenn ich weiterreden muss, fliegen wir bestimmt auf. Zwei der Sicherheitskräfte schauen schon ganz komisch.«

MacDonald legte ihm die Hand auf die Schulter. »Du solltest dich entspannen, mein Freund. Es wird schon klappen.«
»Meine sehr verehrten Damen und Herren«, sagte Alberto.
»Wie meinst du das jetzt?«, fragte Angus verdutzt.
»Ich wiederhole nur, was ich höre.«
»Das brauchst du nicht.«
Alberto drehte sich um. »Woher hast du denn plötzlich einen zweiten Kopfhörer?«
»Gehört zur Grundausrüstung.« Weil die Gerätschaft partout nicht mit seinem Haupt harmonieren wollte, drückte er sich eine der beiden Schalen ans Ohr.
»Hörst du das Gleiche wie ich?«
»Nein, ich habe den Kanal mit den Pferderennen eingeschaltet. Ruhig! Es scheint endlich loszugehen.«
»Meine sehr verehrten Damen und Herren. Es ist mir ein besonderes Vergnügen, Ihnen heute Abend Anwalt Carr zu präsentieren. Er ist ein überzeugter Anhänger der Lehren von Maureen MacBeth.«
»Danke, Sie sind zu freundlich, mein Lieber. Ich würde allerdings nicht von Anhängerschaft sprechen. Denn diese beinhaltet eine starke Passivität. Was Mrs MacBeth mir gegeben hat, ist genau das Gegenteil. Seitdem ich nichts mehr esse, bin ich frei geworden. Verstehen Sie mich bitte nicht falsch. Ich bin weit davon entfernt, ein Vogel zu sein. Auch ich muss noch jeden Morgen aufstehen und mich zur Arbeit begeben. Irgendwoher muss schließlich das nötige Kleingeld für Kleidung, Miete, Wagen und so weiter herkommen. Schließlich besitze ich keine Ölquelle. Wenn Sie verstehen, was ich meine.«
Gedämpftes Gelächter im Saal.
»Das ist aber ein schlauer Zeitgenosse«, bemerkte MacDonald.
Alberto verzog das Gesicht und drückte die Hände auf den Kopfhörer.
»Dabei war ich zu Beginn voller Skepsis. Ein Leben ohne Essen und Trinken? Und doch ist es möglich und fassbar, meine Damen und Herren. Ich bin das beste Beispiel dafür. Ich prak-

tiziere die Lehre von Mrs MacBeth. Kein lästiges Einkaufen mehr. Ein rumorender Magen gehört der Vergangenheit an.«

»Und das soll ein Vorteil sein!«, protestierte Alberto. »Dieser komische Anwalt hat wohl noch nie ein anständiges italienisches Menü serviert bekommen, sonst würde er nicht solchen Blödsinn verzapfen!«

»Alberto, Konzentration bitte!«

»Sisi, ist ja schon gut! Was ich gesagt habe, stimmt aber.«

»Heiß!«

»Hast du etwas gesagt, Angus?«

»Das war Maria.«

»Unerträglich heiß ist es hier drin. Was die wohl damit bezwecken? Man hat alle Türen und Fenster geschlossen und wie es aussieht, ist auch die Klimaanlage abgestellt.«

»Verstehst du das, Angus? Sie hat den Kolibri gar nicht erwähnt. Demnach wird es keine Krise sein, oder?«

»Maria hat sich bestimmt nur mit den Nachbarn unterhalten.«

»Woher weißt du, dass die Japaner da drin sind?«

»Ich bezog mich auf ihre Sitznachbarn im Saal. Und du solltest tief durchatmen, Alberto.«

»Fängst du jetzt auch noch mit diesem Quatsch an?«

»Aber nein. Ich merke nur, dass du sehr nervös bist.«

»Ist das denn ein Wunder! Maria sitzt da drinnen mit einer Bande Bekloppter und keiner weiß, was sie im Schilde führen.«

»Ich möchte Sie bitten, gemeinsam mit mir tief einzuatmen und dann die Luft anzuhalten, solange sie können.«

»Um Gottes willen! Was ist das denn jetzt?«

»Etwa hundert Menschen, die zur selben Zeit einatmen.«

»Ich gehe rein!«

»Alberto, nein!«

»Schuld ist in den keltischen Ländern kein Gefühl. Es ist die Art zu leben – ein fröhlich-schmerzvolles, soziales Betäubungsmittel.«

A. L. Kennedy, Schriftstellerin, in »Also bin ich froh«

Ein Anwalt auf Abwegen

Bücher verströmen keinen Schweißgeruch. Außer ihm gab es nur noch einen Kollegen, der in die Lagerhalle kam. Und Seamus benutzte ebenfalls ein Deodorant. Auf dem Boden lagen Zigarettenkippen. Doch sein Kollege rauchte nicht. Das bedeutete, dass sich ein Unbefugter Zutritt verschafft hatte. Womöglich hielt der Dieb sich sogar noch hier auf. Er fischte sein Handy aus der Tasche. Am Körper trug er es wegen der Strahlenbelastung nur ungern. »Ja, hallo, Mam. Hier spricht Morton.«

»Wer?«

»Einer Ihrer Angestellten im Antiquariat.«

»Warum hast du das nicht gleich gesagt?«

»Entschuldigung. Wird nicht wieder vorkommen. Ich dachte, dass Sie eventuell meine Nummer auf dem Display sehen können.«

»Ich habe deinen Namen nicht eingespeichert!«

»Natürlich nicht.«

»Was willst du?«

»Ich stehe in unserer Halle.«

»In welcher, verdammt noch mal?«

»Verzeihung, in Ihrer Lagerhalle mit den Büchern meine ich.«

»Wenn du dich noch einmal entschuldigst, lege ich auf. Kapiert?«

»Ja, kapiert. Es sieht aus, als ob wir Einbrecher hätten.«

»Sind sie noch da?«

»Ich hoffe nicht.«

»Dann ruf mich an, wenn du es weißt.«

»Ja, Mam, alles klar.«

Er verstaute sein Handy wieder in der Tasche. Normalerweise interessierte sich die Chefin für jedes winzige Detail. Vielleicht hatte sie wieder Ärger mit ihrem Mann. Wie man so hörte, lag der Haussegen oft schief. Er legte seine Tasche auf den ausrangierten Bürostuhl neben der Eingangstür und sah sich um. Doch wie sollte er feststellen, was fehlte? Es musste doch irgendeinen Punkt geben, an dem man vernünftigerweise starten konnte. Natürlich! Dass er nicht gleich darauf gekommen war. Er zog die Liste der Kundenwünsche aus der Tasche und kontrollierte die einzelnen Posten. Zwei Bücher über den Zweiten Weltkrieg, beide mit dem Wort »Blitz« im Titel, das Hemingway-Buch von Michael Palin, die fiktive Autobiografie von Alan Partridge alias Steve Coogan. Und die Bestellung von Mister MacDonald. Mein Gott! Als er sich den beiden Regalen mit Werken zur Ernährung näherte, sah er die Bescherung. Die Bände in diesem Bereich lagen verstreut auf dem Boden. So als ob jemand etwas Bestimmtes gesucht hätte.

»Meditation für eine zierliche Küchenschabe.«
»Ist der Kerl vollkommen übergeschnappt?«
»Immerhin können wir ihn jetzt wieder verstehen.«
»Hast du jemals gehört, dass jemand für Ungeziefer meditiert? Wenn ich welches sehe, greife ich zum Insektenspray.«
»Meditation für die Unverwundbarkeit. Ende. Meine Damen und Herren, kommen Sie ins Haus der Luft in der Howe Street. Nehmen Sie einen unserer Coupons mit. Er garantiert Ihnen einen kleinen Discount auf das Einsteigerseminar. Helfen Sie mit, den Hunger in der Welt zu besiegen.«
»Wie haben Sie das mit der Unverwundbarkeit gemeint?«, rief jemand aus dem Publikum.
»Fragen Sie Mrs MacBeth. Besuchen Sie ihr offenes Haus in der Howe Street. Maureen hat auf alle Ihre Fragen eine Antwort. Auf Wiedersehen. Möge die gute Luft immer mit Ihnen sein.«
Nun schüttelte auch MacDonald den Kopf. »Der scheint plemplem zu sein. Erschreckend, dass er seine Tätigkeit noch ausüben darf. Schau mal, wer gerade herausspaziert. Deine Ja-

paner. Jeder von Ihnen hat einen Coupon in der Hand. Und da kommt deine Frau.«

»Na endlich. Aber wo geht sie denn noch hin?«

»Sie macht einen kleinen Umweg, damit wir nicht bemerkt werden. Ich muss schon sagen, eine gute Detektivin!«

»Wir hatten aber gesagt, dass der Einsatz heute eine Ausnahme bleibt!«

»Weiß ich doch«, antwortete MacDonald verständig.

»Sangster kommt ebenfalls raus. Bestimmt redet er mit den Japanern. Die Sektenbrüder stecken alle unter einer Decke. Ich verstehe immer noch nicht, was diese Meditationen bedeuten sollen.«

»Lass dir etwas erklären, mein Freund. Sekten müssen immer etwas Neues bieten, sonst langweilen die Menschen sich.«

»Das Konzept mit der Luftnahrung ist noch nicht verrückt genug?«

»Nach dem Plan der Erfinderin wohl nicht.«

»Plagiatorin! Erfunden hat es bestimmt der Fakir.«

»Guten Abend, Gentlemen«, sagte Maria und reichte Angus einen Coupon.

»Erzähl«, sagte Alberto.

»Anwalt Carr meint, dass wir alle unter einem erheblichen Defizit leiden, auch wenn wir es nicht wissen.«

»Was soll das für ein Defizit sein?«

»Wir können die Luft nicht lange genug anhalten.«

Alberto machte dicke Backen. »Wenn er sonst keine Sorgen hat.«

»Er meint, dass jemand, der die Luft lange anhalten kann, auch ohne Nahrung auskommt.«

»Das habe ich gar nicht gehört«, meinte Alberto.

»Konntest du auch nicht. Es wurde auf die Wand hinter ihm projiziert.«

»Maria, du wirst doch nicht solchem Unsinn aufsitzen?«

»Denkst du, deine Frau schnappt über, weil sie ein einziges Mal einem Verrückten zuhört?«

»Viel Neues haben wir nicht erfahren«, schimpfte Alberto.

»Es hätte aber durchaus sein können, dass Ann heute dabei ist«, erklärte Angus.

»Auf dem Coupon hier steht, dass der Einführungskurs 500 Pfund kostet.«

»Good Lord«, antwortete MacDonald. »Und was ist mit dem Rabatt?«

Alberto las vom Blatt ab: »Wenn Sie diesen Kurs erfolgreich abgeschlossen haben, erhalten Sie auf den Folgekurs einen Discount von fünf Prozent.«

»Nicht schlecht. Da der zweite Kurs bestimmt 1.000 Pfund kostet, spart man 50 Pfund. Damit kann man eine Menge Black Pudding kaufen.«

»Es heißt aber ausdrücklich, wenn Sie erfolgreich abgeschlossen haben. Natürlich schafft das in deren Augen niemand.«

»Ich werde es trotzdem versuchen.«

»Du hast doch nicht etwa vor, den Kurs zu besuchen, Angus?«

»Ich sehe keinen anderen Weg, um Ann Lockhart zu finden.«

»Aber wenn du jetzt dort aufkreuzt, hättest du dir doch auch den Vortrag anhören können.«

»Erstens ist man hinterher immer schlauer und zweitens werde ich mich natürlich nur verkleidet hinwagen.«

»Das hättest du doch auch heute …«

»Stopp, mein Lieber. Es gibt triftige Gründe dafür, dass ich die Hilfe meiner Maskenbildnerkollegin nicht zu oft in Anspruch nehme.«

Als er den Telefonhörer in die Hand nahm, hatte er gleich ein mulmiges Gefühl. »Mister MacDonald, hier ist Morton vom Antiquariat. Ich fürchte, ich habe schlechte Nachrichten.«

»Geht es Ihnen nicht gut?«

»Ich bin okay. Leider kann ich Ihnen aber nicht mit dem gewünschten Buch dienen.«

Musste denn alles in diesem Fall einen Haken haben! »Darf ich fragen, warum nicht?«

»Wir hatten einen Einbruch.«

»Bitte?«

»Jemand ist in unsere Lagerhalle eingedrungen.«
»Ich hoffe, Ihr Schaden ist nicht allzu groß?«
»Glücklicherweise nicht. Soweit ich es überblicken kann, fehlen aber sämtliche Werke zu außergewöhnlichen Formen der Ernährung.«
»Sie beziehen sich auf Kochbücher zu diesem Sujet?«
»Auch alle allgemeinen Werke, die sich mit dem Gebiet befassen, sind gestohlen worden.«
»Ich dachte, Sie haben kein Verzeichnis?«
»Das stimmt, aber zufällig interessiere ich mich für das Thema und immer, wenn ich ins Lager fahre ...«
»... lesen Sie ein bisschen. Keine Sorge, ich wäre der Letzte, der Sie verraten würde. Verzeihen Sie bitte die Frage, aber kommen Einbrüche öfter bei Ihnen vor?«
»Ich arbeite seit fünf Jahren hier. In meiner Zeit ist noch nie etwas passiert.«
»Was sagt denn der Eigentümer dazu?«
»Sie hat sich kein bisschen aufgeregt.«
»Müssten Sie sich nicht darüber freuen? Seit antiken Zeiten wird doch gerne der Überbringer der Botschaft geköpft.«
»Ich freue mich ja auch. Wenn man die Chefin kennt, ist es eben nur sehr ungewöhnlich.«
»So? Wer ist denn Ihre Chefin?«
»Das darf ich leider niemandem sagen.«
»Ich erzähle es auch nicht weiter.«
»Unmöglich! Wenn es rauskommt, werde ich fristlos entlassen.«
»Meine Güte, bei Ihnen herrschen aber drakonische Sitten. In dem Fall will ich Sie nicht weiter bedrängen und danke Ihnen, dass Sie mich so schnell verständigt haben.«
»Keine Ursache.«

Morton schien sich nicht zu wundern, dass nur die Bücher über kuriose Weisen der Ernährung fehlten. Ein erfahrener Detektiv allerdings glaubte nicht an Zufälle dieser Art.

Shona MacLatchie, MacDonalds Kollegin von der Maske der BBC, besaß die Gabe, Menschen völlig verwandeln zu können.

Ihm das Aussehen von Prinz Philip zu geben, war ein Kinderspiel für sie gewesen. Leider war dem Feinschmecker bei dieser Gelegenheit auch klar geworden, dass sie ein Auge auf ihn geworfen hatte. Eine nette Frau Anfang Dreißig, die dringend Anschluss suchte. Er gönnte ihr den richtigen Partner, wie das auf Neuenglisch hieß, von Herzen. MacLatchie war eine waschechte *Lassie*, ein properes schottisches Weibsbild mit respektablem Gewicht. Aber ihn zog es zu den grazilen Damen hin. Ein weitaus größeres Problem war jedoch ohne Zweifel, was er Karen sagen sollte, wenn sie plötzlich vor der Tür stand. Mein lieber Angus, Reue dieser Art kommt entschieden zu spät! Für die letzte Verwandlung hatte man sich bei MacLatchie getroffen. Doch dieses Mal wollte sie unbedingt sein Haus sehen. »Dingdongdingdongdingdong!« Die Dame klingelte so, wie sie war: unüberhörbar laut und beharrlich. Sir Robert rannte in den Garten, um dessen fliegende Bewohner in Angst und Schrecken zu versetzen. »Ich wünschte, ich könnte mit dir kommen«, sagte MacDonald und öffnete die Eingangstür.

»Haben Sie mit mir gesprochen, Angus? Ich war doch noch gar nicht da.« Sie grinste ihn an. Die karottenfarbenen, naturkrausen Haare erstreckten sich als lange Korkenzieher bis zu den Schultern. Sie hatte einen karierten Faltenrock und Wanderschuhe an. Genau genommen trug sie immer dieselbe Kleidung. Sie musste mehrere Kollektionen davon haben.

»Meine Liebe! Treten Sie ein. Wie ich sehe, haben Sie ihr Täschchen bei sich.« Was sie in der Hand hielt, war ein gigantischer Übersee-Reisekoffer.

»Habe ich mich im Datum vertan? Ich sollte Sie doch heute zu einem neuen Menschen machen, oder?«

»Aber ja.«

»Wo legen wir los?«

»Ich fürchte, dass ich nicht in Stimmung …«

»Hoho! Keine Angst. Ich möchte Ihnen nicht an die Wäsche gehen. Jedenfalls noch nicht! Wollte nur wissen, in welchem Zimmer ich Sie schminken soll.«

»Ach so, das!«, sagte MacDonald mit enormer Erleichterung. »Wir gehen am besten in die Küche. Stimmt etwas nicht? Sie schauen so verdrossen.«

»Mögen Sie mich nicht?«

»Also, äh, wie kommen Sie darauf?«

»Weil Sie Ihren Gast in die Küche führen und nicht in die gute Stube.«

»Aber ich bitte Sie! So war es nicht gemeint. Es könnte doch sein, dass Sie Wasser benötigen.«

»Hab wieder nur einen Ulk gemacht. Die Küche ist schon okay.«

MacDonald seufzte zufrieden. Das Wohnzimmer war von der Straßenseite allzu gut einsehbar. So heftig wollte er sein Schicksal nicht herausfordern.

»Kann ich den hier ablegen?« Bevor er antworten konnte, hatte sie den Überseekoffer auch schon auf den Küchentisch gewuchtet. »Was wollen Sie werden, Angus?«

»Bitteschön?« Er schwitzte jetzt bereits wie ein Schwerathlet. Wenn das so weiterging, musste er sich im Badezimmer ein Handtuch holen.

»Sie hatten gesagt, dass Prinz Philip Ihnen über ist. Was darf es also sein?«

»Vielleicht hätten Sie eine Idee?«

»Jede Menge. Aber Sie haben mir immer noch nicht verraten, wen Sie überlisten wollen. Egal, wie wäre es mit Robbie Coltrane?«

»Aber warum denn das?«

»Hat Ihnen nie jemand gesagt, dass Sie ihm ähnlich sehen?«

»Nein, bislang noch nicht.«

»Okay, dann Richard Branson.«

Beim Gründer der Virgin-Firmen war seinem Aussehen nach Schmalhans Küchenmeister. »Eher nein.«

»Oder Gordon Ramsay? Der ist doch auch Koch.«

»Schon gut! Ich werde Ihnen einen Anhaltspunkt geben.«

»Ja?«

»Ich möchte eine Art Klub aufsuchen. Und dabei soll mich niemand erkennen.«

»Warum nicht?«

»Weil diese Vereinigung nicht gerade der Völlerei huldigt.« Scheibenkleister, das war mehr, als er hatte sagen wollen!

»Sie gehen zu einem Atkins-Klub«, sagte sie altklug. »Lassen Sie mich überlegen. Menschen, die abnehmen wollen … Sie sind vom rechten Weg abgekommen und suchen das Heil. Das müssen wir irgendwie visualisieren. Nehmen Sie bitte Platz.« MacDonald ließ sich von ihr auf den Küchenstuhl drücken. Sie setzte sich breitbeinig neben ihn und studierte sein Profil. »Ich würde sagen, Sie sollten als braungebrannter Selfmademan mit langen grauen Haaren gehen.«

»Wie ein fülliger Sir Richard Branson demnach?«

»Genau! Endlich sind wir uns einig.«

»Darf ich noch kurz ins Wohnzimmer, bevor wir beginnen?«

»Wollen Sie sich auf die Couch legen? Soll ich mitkommen?«

»Das wird nicht nötig sein. Ich bin gleich wieder zurück.«

Er öffnete seine Bar und holte zwei Scotchgläschen heraus. Isle of Islay oder Isle of Skye? Laphroaig musste es sein.

»Oh, der«, sagte MacLatchie ehrfurchtsvoll, als er mit der Flasche in die Küche kam.

»Sie kennen diesen Whisky?«

»Es ist mein allerliebster.«

»Was Sie nicht sagen! Ich dachte, dass uns ein Gläschen davon die Arbeit versüßen könnte.« Vor allem würde es ihm die Anspannung nehmen.

»Nur zu. Süß ist immer gut.«

Knapp zwei Stunden später saß der korpulenteste Sir Richard Branson, den man sich nur denken konnte, auf dem Küchenstuhl und hatte einen leichten Schwips. Die Flasche war fast geleert und noch immer behauptete MacLatchie, großen Durst zu haben.

»Wie lange hält die Verkleidung?«, fragte MacDonald.

»Die Haare sind das geringste Problem, denn die Verlängerungen habe ich Ihnen angelötet.«

»Und die Farbe?«

»Ihr Teint? Sie tragen jeden Morgen von dem Mittelchen auf. Ich lasse Ihnen eine Portion hier. Klein oder groß?«

»Könnten Sie mir ein große Dose überlassen? Ich werde natürlich dafür aufkommen.«

»Ist nicht nötig, hoho. Die Dinger gehören mir nicht.«

»Lassen Sie das bloß nicht Mister Robertson hören.«

»Der alte Sparfuchs kann mir mal den Buckel runterrutschen.«

»Haha, wie spaßig. Darauf sollten wir einen trinken.«

Er schenkte beide Gläser randvoll, als es unvermittelt klingelte.

»Erwarten Sie jemanden?«, fragte MacDonald.

»Sie haben wohl einen in der Krone. Ich bin es doch nicht, der hier wohnt.«

»Stimmt. Entschuldigen Sie mich. Ich bin gleich zurück.«

Er wankte zur Küchentür und beim zweiten Versuch gelang es ihm, seinen Körper hindurch zu manövrieren. Wer konnte es sein? »Que sera, sera, whatever will be, to be«, brummte er auf dem Weg zur Haustür. Vor ihm stand eine Frau in weißem Kittel. »Guten Tag, Gnädigste. Wie kann ich Ihnen helfen?«

»Sind Sie das, Angus?«

»Scheibenkleister! Die Verkleidung taugt nichts!«

»Ich habe Sie nur an Ihrer Stimme erkannt. Haben Sie etwa Alkohol getrunken?«

»Wie kommen Sie denn darauf?«

»Es riecht hier sehr penetrant nach Whisky! Sie hatten mir doch versprochen, endlich mit Ihrer Atkins-Diät anzufangen! Und jetzt das! Bei den vielen Kalorien im Scotch.«

»Ich habe nur meinem Gast Gesellschaft geleistet. Es wäre unhöflich gewesen, die junge Frau alleine trinken zu lassen.«

»Sie haben Besuch? Eine Dame?«

»Es handelt sich quasi um ein Geschäftstrinken, hicks.«

»Was soll das denn sein?«

»Das Pendant zu einem Geschäftsessen.«

»Haben Sie das gerade erfunden?«

»Aber nein. Es ist ein bekannter Begriff.«

»Darf ich reinkommen?«

»Klarer ... Fall, Sie dürfen. Folgen Sie mir unauffällig in die Küche.«

»Karen, darf ich vorstellen, das ist Miss MacLatchie. Miss MacLatchie, das ist Doktor Karen Miller.«

Die beiden Damen reichten sich eisige Hände.

»Möchten Sie vielleicht ein Schlückchen Laphroaig, Karen?«

»Mitten am Tag!? Aber auf gar keinen Fall!«

»Sie wissen nicht, was Ihnen entgeht«, meinte MacLatchie süffisant und trank ihr Glas aus.

»Doch das tue ich!«

»Karen ist Ärztin«, erklärte MacDonald stolz.

»Und Ihre Verkleidung? Ist die für einen Kostümball?«

»Ich kann leider nicht darüber sprechen.« Wenn er ja sagte, wäre MacLatchie beleidigt, weil er ihr nichts von den Aerophiten erzählt hatte, und wenn er die Aussage verweigerte, würde Karen ihm ein Verhältnis unterstellen. »Jein«, erwiderte er zerknirscht.

»Du siehst gar nicht gut aus, Angus. Hast du die Nacht durchgemacht?«, fragte Alberto mitleidig.

»Ein frommer Wunsch. Nein, ich hatte es mit zwei tödlich beleidigten Damen zu tun.«

»Gestern war doch die Maskenbildnerin von der BBC bei dir zu Besuch. Wer war die zweite Signora?«

MacDonald sah ihn vielsagend an.

»Haha, sag bloß, Karen hat euch auf frischer Tat ertappt?«

»Ich muss doch sehr bitten! Es ist ja überhaupt nichts geschehen!«

»Wie man es nimmt. Auf deiner Spüle stehen zwei Whiskygläschen und eine fast leere Flasche Laphroaig. Da Karen tagsüber mit Patienten zu tun hat und mit Sicherheit nichts trinkt, kann es nur die BBC-Tante gewesen sein, mit der du gezecht hast.«

»Das Traurigste an der Geschichte ist, dass Karen sehr bedrückt aussah, als sie bei mir ankam. Aber nach dem Vorfall wollte sie mir partout nicht sagen warum.«

»Angus, ich habe diesen Sangster zur Rede gestellt.«
»Wieso denn das?«
»Um zu erfahren, was er bei dem Vortrag zu suchen hatte.«
»Hoffentlich hast du andere Worte benutzt.«
»Naturalmente. Er hat gesagt, dass er hoffte, Ann zu sehen.«
»Und, hat er sie getroffen?«
»Angeblich nein.«
»Ich glaube ihm. Maria hatte sich vor dem Vortrag Anns Foto genau angesehen. Sie hätte sie doch erkannt.«
»Bei den vielen Leuten kann man leicht jemanden übersehen. Ich glaube, dass Sangster seine Ex und die Tochter entführt hat und gefangen hält.«
»Wie du meinst. Könntest du mir einen Gefallen tun, während ich bei den Aerophiten bin, Alberto? Würdest du bitte mit Karen reden?«
»Aber ich bin doch verheiratet.«
»Himmel, habe ich es denn nur noch mit Komödianten zu tun! Dann lass es eben.«
»Was soll ich denn mit ihr besprechen?«
»Frag Sie bitte, was Sie auf dem Herzen hatte. Eventuell kannst du ihr helfen.«
»Va bene. Wird gemacht. Du hast dir das reiflich überlegt? Trotz deiner grandiosen Verkleidung könnte man dich erkennen.«
»Willst du es machen?«
»No!«
»Siehst du!«

»Ein tüchtiger Schluck Whisky vor dem Zubettgehen. Es ist nicht sehr wissenschaftlich, aber wirkungsvoll.«

Sir Alexander Fleming (1881-1955), Erfinder des Penicillins, auf die Frage nach einem guten Mittel gegen Erkältungen

MacDonald, der Furchtlose

Von der Wand gegenüber belästigte ihn das Bild eines unbekannten Künstlers, der bunte Luftblasen darauf verewigt hatte. »Mister Tormod!« MacDonalds Gastgeberin stand im Türrahmen und war ihm auf der Stelle unsympathisch. Sie hatte dichtes braunes Haar, aus dem man zwei Frisuren hätte drapieren können. Formvollendet erhob er sich zur Begrüßung.
»Sie müssen Mrs Snail sein, Wir hatten telefoniert. Schön, Sie zu sehen.«
Weder gab sie ihm die Hand, noch sagte sie einen Ton. Das kann ja heiter werden, dachte er, als er auf sie herabblickte, ein Mitglied der erzürnten Schweigerkaste.
»Ich werde Ihnen einige Fragen stellen«, verkündete sie gebieterisch.
Also noch nicht einmal der Versuch eines Smalltalks. Nicht jedem Menschen war eine gute Kinderstube anheimgegeben.
»Mit dem größten Vergnügen.«
»Gehen Sie oft zu Fuß?« Sie musterte ihn abschätzig.
»Aber ja. Ich muss doch auf meine Linie achten. Wenn man gerne isst ...« Er lächelte freundlich zu seinem Versuch, das Eis zu brechen. Doch das Individuum, das ihm gegenübersaß, stammte wohl aus der Antarktis. Gegen 74 Grad unter Null war man machtlos.
»Sie interessieren sich für unsere Gemeinschaft?«
»Korrekt.« Warum viele Worte verlieren, wenn keines von ihnen geschätzt wurde.
»Wo haben Sie von uns erfahren?«
»Im Ökoladen in Edinburgh.«
»Was für ein Ökoladen?«, fragte sie barsch.

»Na, derjenige, der unweit von hier zu finden ist, in Tollcross.«

»Wir reden nicht mit jedem. Das sollten Sie wissen. Unsere Einladungen liegen nur an wenigen Plätzen aus. Ich hätte eher gedacht, dass Sie kürzlich beim Vortrag von Anwalt Carr waren.«

»Nein, es war in dem Laden.«

»Haben Sie sich schon gefunden?«, fragte sie, mit einer kurzen Pause nach jeder Silbe.

»Ich weiß nicht, ob ich Ihren Vorstellungen entspreche, aber ich würde zumindest gerne …«

»Bei uns werden Sie sich selbst finden! Wir alle hier haben das entweder schon geschafft oder sind auf dem besten Weg. Gemeinsam gegen den Hunger in der Welt.«

MacDonald versuchte zu lächeln. Wieder kam es zu einer unerfreulichen Pause. Vielleicht hatte sie bislang im Leben wenig Gelegenheit zum Sprechen gehabt und musste jetzt der mangelnden Übung ihren Preis zollen. Eine Kindheit auf einer einsamen Farm?

»Wie geht es weiter?«

»Bitte?«, fragte sie streng.

»Muss ich eine Eintrittsgebühr bezahlen?«

»Wir sind hier nicht im Autokino, Mister Tormod!«

Nein, das sind wir wirklich nicht, denn dort hätte ich bedeutend mehr Spaß, als du es dir jemals wirst ausmalen können! So wie sie sich benahm, hatten ihre Eltern sie um acht Uhr abends unter die Bettdecke gesteckt und vor Tagesanbruch nicht mehr hochkommen lassen. Und er musste sich jetzt mit diesem lebensscheuen Exemplar der Gattung Mensch abgeben.

»Wir alle zahlen unseren Preis!«

»Und wie hoch ist dieser?«, fragte er zuckersüß.

»Er wird angemessen sein. Verlassen Sie sich darauf.«

»Stimmt es, dass Ihre Chefin aus Schottland stammt?«

Der Angriff hatte das gewünschte Resultat. Mrs Snail konnte nur mühsam ihre Missbilligung zurückhalten.

»Wir haben keine Chefin! Maureen MacBeth ist so gnädig, Halbfertige wie uns um sich zu dulden. Wir werden damit einer

Ehre teilhaftig, von der ich mir manchmal nicht sicher bin, ob wir sie verdienen.«

»Jedenfalls könnte ich sehr viel in ihre Gruppe einbringen«, sagte MacDonald und blickte dabei verblüfft auf Snails große Turnschuhe.

»Was sollte das sein?«, fragte sie skeptisch.

»Geld, eine Menge davon.«

Obwohl sie das Gesicht verzog, wusste er, dass sie angebissen hatte.

»Man wird sehen. Der Prozess, in dem Sie sich komplett verändern werden, körperlich wie geistig, dauert exakt sieben Tage.«

»So schnell geht das?«

»Eine Woche, nicht mehr, aber auch nicht weniger. Seien Sie felsenfest sicher, dass Sie nach innerer Leitung suchen. Und füllen Sie diesen Fragebogen ehrlich aus. Wenn Sie etwas verschweigen, betrügen Sie in erster Linie sich selbst. Das sollte Ihnen klar sein. Falls Sie geläutert aus dem Prozess hervorgehen, wird Ihnen alles im Leben leichter fallen. Das kann ich Ihnen versichern. Und noch etwas: Wir übernehmen nicht die geringste medizinische Verantwortung für den Prozess. Unser Fragebogen mag Sie verblüffen. Vielleicht wird er Sie auch begeistern. In jedem Fall müssen Sie sich entscheiden.«

MacDonald kam sich vor wie ein Patient unmittelbar vor einer Beinamputation. In diesem Stadium wollte er sozusagen nicht mehr abspringen.

»Ich lasse Sie jetzt allein. Füllen Sie den Fragebogen aus und werfen ihn in den Hausbriefkasten, bevor Sie gehen.«

»Wann höre ich von Ihnen?«

Ohne eine Antwort allein gelassen, studierte er die Unterlagen. In menschenverachtend kleiner Schriftgröße prangten MacBeths Gebote von grünem Umweltpapier: »Bist du bereit für alles, was da kommen wird?«

»Das kann man nie wissen«, sagte er in den leeren Raum hinein.

»Möchtest du auf dem Weg der Luft tänzeln?«

»Kommt darauf an, wie weit ich laufen muss.«

»Vom Beginn deiner Verwandlung bis zu ihrem Ende hast du dich einer Reihe von Regeln zu beugen. Du musst alle weltlichen Beziehungen und alle irdischen Güter ignorieren.«

Selten hatte er solch eine Häufung von Unsinn in den Händen gehalten! Er sollte zu mindestens 100 Prozent sicher sein, Luft, Einheit und innere Leitung zu wollen. Wer zum Teufel war die innere Leitung? »Alles, was im Prozess geschieht, ist Teil deines Geistes. Nie mehr wirst du derselbe sein«, hieß es weiter.

»Das halte ich für ein starkes Gerücht!«

»Harmonie, Leichtigkeit, Frieden und Freude kommen von alleine.«

»Wäre ein wohlschmeckender Eierkuchen etwa keine Konkurrenz?«

»Kannst du alle Fragen mit einem klaren ja beantworten? Dann vermagst du eine köstliche Zeit zu erleben. Das glaube mir!«

»Selbstverständlich glaube ich das! Was hätte ich auch für einen Grund, es anzuzweifeln?« Zur tadellosen Umsetzung sollte er sich innerhalb der Gemeinschaft einen Helfer suchen, einen Mann fürs Grobe, der zu Beginn in möglichen Momenten der Schwäche die Bettwäsche wechselte, beim Baden und anderen, nicht verzichtbaren Dingen des alltäglichen Lebens half. Diese Person fungierte zugleich als Bollwerk gegen weltliche Einflüsse, denn emotionale und mentale Ebene forderten alle Kräfte. MacDonald warf das Pamphlet mit spitzen Fingern von sich. »Oh, mein Gott, was für ein nervtötender, langweiliger, schlecht strukturierter, hanebüchener, lieblos gekochter Eintopf sogenannter Gedanken. Die Geister der Kulinarik mögen mir beistehen!« Doch damit hatte der Unsinn noch kein Ende gefunden. Das schlecht kopierte Machwerk enthielt auch eine Checkliste mit der Überschrift »Das brauchst du für den 7-Tage-Prozess«:

1.) Ein Bett, ein Stuhl, und viel frische Luft.

2.) Warme, bequeme und wetterfeste Kleidung, denn dein inneres Thermometer wird anders arbeiten als üblicherweise.

3.) Eiswürfel. Diese kaust du, speist sie dann aber aus.

4.) Ein Hocker für das Badezimmer, für den Fall, dass du schwächelst und dein Helfer nicht zur Stelle ist.

Erstaunlicherweise durfte man zum Prozess auch Stifte und ein Tagebuch mitbringen. Untersagt war aber alles, was zu sehr vom »reinen Sein« ablenkte. Wer die Weisungen befolgte, fand problemlos seinen inneren Schweinehund, nein seine innere Leitung, korrigierte MacDonald sich. Die Sklaverei des Geistes würde ein Ende haben. Sich treiben lassen, loslassen, lautete die Devise. »Stellt der Welpe etwa seine Entwicklung in Frage? Setzt er sich auf den Hosenboden, um zu fragen: Möchte ich überhaupt ein Hund werden? Nein, nein und abermals nein. Er tut es einfach. Da gibt es keinen Widerstand, sondern nur die pure, bedingungslose Wandlung.« Prost Mahlzeit!

»Du hast denen meine Adresse gegeben! Bist du komplett durchgedreht?« MacDonald saß an seinem Schreibtisch und betrachtete Alberto abwesend.

»Fühlst du dich unwohl?«

»Ich habe doch keinen Grund dazu. Oder? Außer vielleicht der Tatsache, dass ich jetzt diese Brüder und Schwestern auf dem Hals habe.«

»Wo gehobelt wird, fallen auch Späne.«

»Sagte der Schreiner und verabschiedete sich von zwei wichtigen Fingern.«

»Jetzt hör aber auf. Die werden dir schon kein Himmelfahrtskommando in den Frühstücksraum schicken. Offiziell komme ich aus Wales und bin einer deiner Gäste. Man verlangte eine Kontaktadresse. Auf die Schnelle ist mir nichts anderes eingefallen.«

»Es gefällt mir nicht. Die Leute sind gefährlich. Vor allem dieser Lightman. Ich hätte ihm nicht erzählen sollen, dass ich Doktor Spiegelei bin.«

»Wer bist du?«

»Dr. Spiegelei! Ich habe es satt, dass jeder einen Titel führt und ich außen vor bleibe. Jemand der putzt, ist Cleaning Manager, der Hilfsputzer schimpft sich Assistant Cleaning Manager und so weiter. Aber wer so viele Eier in seinem Leben gebraten hat wie ich, darf sich Doktor nennen. Kann ich bitte die Telefonnummer der Maskenbildnerin haben?«

»Warum?«

»Mein bester Freund hat mich in eine brenzlige Situation gebracht und ich muss mich verkleiden, damit der Feind mich nicht erkennt.«

»Du siehst das alles viel zu dramatisch.«

»Darf ich dich an die intensive Bekanntschaft mit deinem Flurfußboden während unseres letzten Falls erinnern?«

MacDonald betastete die kleine Narbe am Kinn, die ihm als unschöne Erinnerung geblieben war. Immer wieder brachte sein Freund dieses unerfreuliche Ereignis aufs Tapet.

Alberto lenkte ein. »Ich meine es nur gut mit uns. Einer muss doch den Überblick behalten.«

»Das weiß ich wohl«, erwiderte MacDonald. »Dennoch hatte ich keine Wahl.«

»Allora, wie bist du mit diesen Leuten verblieben?«

»Nächste Woche werde ich anfangen.«

»Wenn das mal gut geht! Sei bloß vorsichtig!«

»Und Sir Robert?«

»Den werde ich versorgen. So, wie ich es versprochen habe!«

»Thunfisch isst er sehr gerne.«

»Du hast es mir bereits erzählt.«

»Mit der Gabel schön zerteilt.«

»Auch das weiß ich.«

»Er hat es gerne, wenn man ihn am Bauch knuddelt.«

»Angus, ich habe auch ein Haustier.«

»Du willst doch deinen Zierfasan nicht mit meinem Kater vergleichen?«

»Ich kenne mich mit allen Vierbeinern aus. Früher hatte ich sogar mal einen Schäferhund. Aber während Marias Schwangerschaft wurde er schrecklich eifersüchtig auf das Baby.«

»Der Hund hat gewusst, dass es sich um ein Kind handelt?«

»Oh ja. Als unsere Tochter dann auf die Welt kam, musste ich ihn weggeben. Er hat ständig geknurrt, wenn er sie sah. Es war einfach zu gefährlich. Ich habe geweint vor Kummer. Vielleicht gebe ich Maria weg und hole mir einen neuen Hund. Wo findet dein Kurs statt? In der Howe Street?«
»Nein, in einer Villa in Morningside.«
»In dem Viertel treibt doch Sangster sein Unwesen.«

Sir Robert missfiel es gewaltig, dass der große Zweibeiner schon wieder das Weite suchte. Das Herrchen bemerkte nicht die Kämpfe, die in seinem Köpfchen tobten, obwohl er mehrfach in seinen Koffer sprang. Bereits nach dem Frühstück hatte MacDonald mit dem Packen begonnen. Missmutig warf er einen Blick auf die Checkliste für seinen Aufenthalt. Was war mit den Eiswürfeln? Sollte er welche mitbringen? Wenn ja, wie viele? Vergessen durfte er unter keinen Umständen seinen Beautykoffer. So nannte Alberto sein Täschchen mit den notwendigsten kosmetischen Utensilien. Er benötigte sie zum Überleben so wie andere Leute Wasser. MacDonald war Stammgast beim Body Shop. Vierteljährlich beehrte er die Filiale auf der Princess Street, um seine Vorräte aufzustocken. Er war ein treuer Kunde, der sich sehr schnell an seine Lieblingsprodukte gewöhnte, dann aber auch nicht mehr von diesen lassen wollte. Jede Änderung im Aussehen der vielen Fläschchen und Tübchen verabscheute er. Er schloss den Koffer, klappte die Metallverschlüsse zu und zog die Lederriemen fest. Die Kleidung würde ihm nicht ausreichen. So konnte er sich zwischendurch absentieren, um Nachschub zu holen. Sein Kater wurde zunehmend nervöser, was unschwer am bewegten Schweif zu erkennen war. »Jetzt reiß dich doch zusammen. Immerhin ist der Befreier Schottlands dein Namensvetter. Wo kämen wir denn hin, wenn sich jeder Schotte so ängstlich gäbe wie du? Voller Mumm und Mark, so sind wir beschaffen.« Sir Robert schwante Böses für seinen Mitbewohner.

»Gehört das alles Ihnen?«, fragte der Taxifahrer ängstlich und drückte sich die Hände auf den Rücken, um die Schmerzen zu veranschaulichen, die er schon jetzt hatte.

»Ja. Und wenn Sie mir zur Hand gehen, winkt Ihnen ein schönes Trinkgeld.«

»Irgendwoher kenne ich Sie. Sind Sie berühmt?«

»Keinesfalls. In die Canaan Lane bitte.«

»Wohin?«, fragte der Fahrer.

»Canaan Lane. Fahren Sie bitte los. Ich lotse Sie. Wir nehmen nicht den direkten Weg.«

»Sie wollen Verfolger abschütteln?«

»Wie kommen Sie denn darauf?«

»Das machen Berühmtheiten doch so.«

»Ich sehe schon, Ihnen kann man nichts vormachen.«

MacDonald sah immer wieder aus dem Fenster. Wenn ihm jemand gefolgt war, hatten sie ihn längst abgehängt.

»Donnerwetter, da haben Sie es aber gut getroffen. Arbeiten Sie hier?«, fragte der Taxifahrer vor der großen Villa.

»Nein, ich erfülle eine Art Mission.«

»Sie sind Geistlicher. Habe ich mir doch gleich gedacht.«

»Wenn Sie es genau wissen wollen: Ich halte mich hier zur Erhaltung des kulinarischen Erbes der Menschheit auf.«

»Ich verstehe«, log der Mann und war ihm beim Gepäck ohne Lamento behilflich.

Er drückte ihm das Trinkgeld in die Hand und verabschiedete sich. Auch dieses Anwesen der Luft-Sekte konnte sich sehen lassen. Es kostete mindestens 350.000 Pfund. Nicht, dass er neidisch gewesen wäre, aber durch Unsinn und die Ausbeutung Unschuldiger zu Reichtum zu gelangen, gehörte sich nicht. Vor allem, wenn man gleichermaßen Hungernde wie Feinschmecker verhöhnte. Das dreigeschossige Haus mit imposanten Türmchen hatte spitz zulaufende Fenster, die ihm einen sakralen Anstrich gaben. Die getönten Scheiben waren blitzblank und reflektieren das Licht. Von bedauernswerten Insassen, die um eine Stange rannten, war nichts zu sehen. Aber der Zaun mit seinen Spitzen sah ebenso bedrohlich aus wie der auf dem anderen Anwesen. Zwei Männer in gelben Gummistiefeln bearbeiteten die Pflanzen auf dem Anwesen mit grimmigem Gesichtsausdruck. Das Tor zum Vordereingang stand erstaunlicherweise offen und so schritt er mutig auf das Gelände. Einer der beiden Gartenschrate ging auf ihn zu. »Was wollen Sie hier? Wir abonnieren keine Zeitschriften!«

»Wie überaus betrüblich. Dabei hatte ich so sehr gehofft, in diesem Palästchen meinen heutigen Arbeitstag beschließen zu können. Übrigens, mein Name ist Tormod. Ich habe einen Termin bei Ihrer Mrs Snail.«

»Wann soll das sein?«

»Jetzt, mein Herr. Es geht um eine Mitgliedschaft in Ihrer Gemeinschaft.«

Der Mann organisierte sein Gesicht und brachte so etwas wie ein Lächeln zustande, nichts Besonderes, aber im Gesamtbild seiner Person durchaus ein kleines Meisterwerk der Mimik.

»Warum haben Sie das nicht gleich gesagt? Das ändert natürlich alles.«

»Freut mich«, antwortete MacDonald trocken. »Meinen Sie, ich könnte jetzt das Haus betreten?«

»Natürlich. Entschuldigen Sie meine Zurückhaltung, aber wir hatten gerade gestern wieder einen Beinahe-Eindringling.«

»Was hat man darunter zu verstehen?«

»Da war ein kleiner Mann, der hektisch ums Haus lief und versuchte, es zu fotografieren.« MacDonald wusste nicht, was er darauf antworten sollte und nickte nur knapp. Er stellte sein Gepäck ab, kramte sein Lieblingstaschentuch – im familieneigenen Tartan – hervor, tupfte sich den Schweiß von der Stirn und klopfte an die Tür, die sich einen Spalt öffnete. Dieser Tag glitt zusehends ins Mysteriöse ab. Im Haus war es stockdunkel. Doch er spürte, dass sich jemand näherte. Er hatte jetzt schon genug von diesen Verrückten und wollte unverzüglich zu Sir Robert zurückkehren! Ohne Vorwarnung fiel gleißendes Licht auf ihn und er drückte die Augen zu. Als er sie vorsichtig wieder öffnete, umringten ihn drei Personen, zwei Männer und eine Frau, in gelbe Kimonos gekleidet, riesige Taschenlampen in der Hand. Mrs Snail, eine der drei Gestalten, stand direkt neben ihm und hatte die Augen beängstigend weit geöffnet. Noch verstörender war, dass alle die Arme kreisen ließen.

»Möge ...«

»die ...«, ergänzte ihr Nachbar.

»Luft ...«, fügte der Dritte hinzu.

»... immer mit dir sein!«, schloss Snail den Unsinn ab.

Welch bizarre Posse, dachte MacDonald. Unmöglich konnten sie das ernst meinen. Weil er, wie die Mehrheit der britischen Bevölkerung, unstrukturierte Situationen hasste, nickte er weise: »Vielen Dank, sehr aufmerksam.« Die Chorleiterin senkte enttäuscht den Kopf. Das war wohl nicht die Antwort, die man von ihm erwartet hatte. Eventuell wurde ein sakralerer Ton gewünscht. »Guten Tag, Mister Tormod.«

»Guten Tag, Gnädigste.«

Ein schnurrbärtiger, leicht untersetzter Mann Ende Vierzig streckte ihm bedeutungsvoll die Hand entgegen. »Man nennt mich Malcolm Bell«, sagte er mit unverkennbarem *Aberdonian*-Akzent. »Ich bin der Manager der Gemeinschaft.«

»Wie interessant«, erwiderte MacDonald.

Der dritte Aerophit im Raum war schätzungsweise Mitte Dreißig und trug sein Haar sehr kurz.

»Ich bin Lightman, der Focalizer der Gemeinschaft«, sagte er. »Sie kommen mir bekannt vor.«

»Auf eine gute Zusammenarbeit«, antwortete MacDonald, ohne auf die Bemerkung einzugehen.

»Wirklich, ich habe Sie schon einmal gesehen.«

»Manch einer sagt, ich ähnele dem Duke of Edinburgh. Das ist natürlich völlig abwegig.«

»Bevor ich es vergesse, ich werde Ihre Helferin sein«, informierte Snail ihn.

Gegen zwei Uhr nachts wurde Alberto von einem unfreundlichen Rumpeln aus dem Schlaf gerissen. Maria, die sich in ihrer Nachtruhe allenfalls durch ein Erdbeben in respektabler Stärke stören ließ, schlief tief und fest. Oh, was hätte er dafür gegeben, einmal so ruhen zu können! Er schnappte sich den dicken Einbrecher-komm-nie-wieder-Stock, der neben seinem Bett stand, und ging in den Flur. Es musste eine ganze Horde Banditen sein, die sich an seinem Haustürschloss zu schaffen machte. Denen würde er eine Lektion mit blauen Flecken erteilen! Er näherte sich dem Eingang und riss die Tür auf. Natürlich! Die vier schrecklichen Japaner! Die junge Frau versteckte hinter ihrem Rücken ein großes Paket. Beide Männer umklammerten Whiskybuddeln. Da sollte noch mal einer behaupten, Japaner lebten gesund! Dieses Verhalten entsprach durchaus schottischem Standard. Der Schnurrbartmann lallte ihn an. Er hatte wohl versucht, den Schlüssel ins Schloss zu stecken und war dabei gegen die Eingangstür gefallen. Nicht einmal ein saftiges Trinkgeld bei ihrer Abreise konnte diese Schandtat wieder gut machen! Um einen Nachtportier zu mimen, war er zu alt. Der Japaner versuchte, ihn anzulächeln. Seine Augen waren vom Whisky grotesk verdreht.

»Vielleicht möchten die Herrschaften gerne ihre Zimmer aufsuchen?«, fragte Alberto süffisant. Die Frauen entrissen ihren Männern die Flaschen und stellten sie verschämt auf die Kommode im Flur. Der jungen Frau fiel dabei fast das Paket auf den Boden. Dann zogen sie die beiden Volltrunkenen an den Ärmeln nach oben. Alberto betrachtete alles wie ein schlecht unterhaltener Kinozuschauer. Es gab kaum etwas Entwürdigenderes auf der Welt als einen betrunkenen, außer Kontrolle geratenen Menschen. Um sich weitere Störungen seiner Nachtruhe zu ersparen, verriegelte er beide Eingangstüren und stellte zur Sicherheit noch die Haustürglocke ab. Es war ihm völlig egal, ob jemand im Freien übernachten musste. Sollten sie doch alle sehen, wo sie blieben!

In dem engen Kimono fühlte MacDonald sich unwirklich. Es war, als ob man einen Elefanten bekleidet hätte. In einer Besenkammer im Erdgeschoss hatte er sich umziehen müssen. Man hatte ihm noch nicht einmal seine Unterkunft gezeigt! Außer ihm befanden sich noch drei weibliche Teilnehmer im Raum.

Zunächst war er skeptisch gewesen, ob ein Mann, der Richard Branson so massiv ähnlich sah, nicht schnell auffliegen würde. Doch niemand schöpfte Verdacht. Seine Betreuerin, Mrs Snail, leitete den Kreis. »Unser Gespräch dient dazu, sich kennen zu lernen und von den bisherigen Fehlschlägen zu berichten. Versagt habt ihr alle auf die eine oder andere Art. Sonst wärt ihr nicht hier. Doch zunächst müssen wir für jeden von euch einen passenden Namen finden. Wer möchte beginnen?«

Eine hagere Frau, Ende Fünfzig, mit dunkelgrauem Haar, streckte eifrig den Arm in die Luft, als ob sie etwas abschießen wollte.

»Ja, bitte. Wie willst du heißen?«

»Ich habe keine Ahnung. Vielleicht Gwendolyn?«

»Nein, nein, nein! Dein Name muss etwas mit unserem Lebensspender zu tun haben.«

»Mit der Luft?«, fragte MacDonald eifrig.

»Genau, mit der Luft. Wie wäre es mit Luftnummer?«

»Muss das sein?«, fragte die Frau ängstlich

»Ich finde, es ist ein schöner Name, der gut zu dir passt. Also beschwer dich gefälligst nicht. Der Nächste!«

MacDonald und die anderen Delinquenten sahen betreten zu Boden. Wichtiger Schritt in der Knechtung der zukünftigen Sektenmitglieder: Nimm ihnen Namen und Identität. Doch deswegen musste man keine schlechte Broadwaynummer aufführen!

»Mister Tormod?«

»Vielleicht Luftspiegelung?«

»Gefällt mir nicht. Luftlandetruppe? Nein, besser Luftmatratze.« Sie zeigte nacheinander auf die zwei anderen Damen. »Hafen und Kampf sollen eure Namen sein.«

»Ohne die Luft davor?«, fragte MacDonald.

»Was?«

»Sollen die Damen Lufthafen und Luftkampf getauft werden?«

»Aber ja!«

»Wir waren etwas verwirrt, weil sie nur Hafen und Kampf sagten. Ohne die Luft. Verstehen Sie?«

»Das macht doch keinen Unterschied.«

»Eine bequeme Abkürzung demnach. Sagt man Lufthafen und Luftkampf oder Frau Lufthafen und Frau Luftkampf?«

»Halt endlich den Mund! Du bist hier, um zu lernen, Luftmatratze.«

Und weil ich einen Batzen Bares gezahlt habe, dachte MacDonald. Ein Glück, dass er sich um Geld keine Sorgen machen musste.

»Luftkampf, beginne du.«

Die Frau war höchstens 1,45 Meter groß und zappelte mit den Händen: »Ich habe schon alles Mögliche probiert in meinem Leben. Lange Zeit habe ich mich vegetarisch ernährt, dann folgte eine vegane Phase, später die Fruktarierzeit.« Ein wissendes Raunen ging durch das Zimmer. »Nichts hat mir geholfen. Immer blieb da diese Leere.«

»Und der Zwang, essen zu müssen«, sagte Snail. »Ist es nicht ein Terror, dass wir jeden Tag mindestens drei Mahlzeiten planen sollen, einkaufen, kochen, den Tisch decken und abräumen? Alles nur, weil die gesellschaftliche Konvention es verlangt.«

»Manch einem macht es auch Spaß, das zu tun«, erklärte MacDonald.

»Offensichtlich.«

Die Damen grinsten. »Matratze, du hast uns bereits etwas Wichtiges über dich verraten. »Warum machst du nicht gleich weiter? Isst du viel?«

»Das kommt ganz darauf an.«

»Auf was?«

»An anstrengenden Tagen schlage ich manchmal etwas über die Stränge.«

»Hört, hört. Und warum sind manche Tage anstrengender als andere?«

»Das hängt mit meinem Beruf zusammen.«

»Was machst du?«

Jetzt wurde es töricht! Er hatte es doch auf dem Fragebogen vermerkt. »Ich bin Möbelpacker.«

»Etwas Solides also?«

»Kann man sagen«, antwortete MacDonald mit gespieltem Stolz.

»Darf ich deine Hände sehen, Matratze?«

»Wozu denn das?«

»Nur so. Darf ich bitte?«

Er streckte die Hände in die Luft.

»Erstaunlich, dass du keine Schwielen an den Händen hast.«

»Warum sollte ich welche haben?«

»Ich dächte, wer jeden Tag schwere Möbel schleppt, bekommt automatisch Schwielen.«

»Das habe ich nicht behauptet.«

»Und doch bist du Möbelpacker.«

»Jawohl, aber als Professor.«

»Ein ehemaliger Hochschulprofessor? Wie aufschlussreich. Das heißt, in deinem erlernten Beruf wirst du nicht mehr gebraucht!«

»Nein, man nennt mich nur so.«

»Weshalb?«, fragte Snail, bebend vor Wut.

»Weil ich für die Logistik verantwortlich bin.«

»Meine Güte! Was heißt das jetzt wieder?«

»Die meisten Menschen denken, ein Möbelwagen könne nach dem Zufallsprinzip beladen werden. Doch dem ist nicht so. Es erfordert sehr viel Denkarbeit, Hausrat geschickt unterzubringen. Etwas Fragiles wie eine Lampe darf zum Beispiel nicht vor der Tür stehen. Sonst könnte es leicht geschehen, dass sie beim Verlassen einer Anhöhe …«

»Wir haben genug gehört. Im Grunde bewegst du dich also gar nicht.«

»Unterschätzen Sie bitte nicht, wie anstrengend die Gehirntätigkeit ist, die ich verrichte. Sie erfordert eine Menge Kalorien.«

»Was du sagst, ist völliger Blödsinn! Niemand benötigt Nahrung, um zu überleben. Über Jahrtausende wurde dieser Mythos aufrechterhalten.«

»Und warum?«, fragte MacDonald altklug.

»Drei Mal darfst du raten! Weil es eine Menge Leute gibt, die einen Haufen Geld damit verdienen. Multis noch und noch, die jährlich einen Milliardenumsatz machen, aber auch viele kleine Krämer, die sich an Unschuldigen bereichern. Und wisst ihr, wer die Schlimmsten sind? Menschen, die diesen Wahn noch verstärken. Die Macher von Kochsendungen und ganz besonders Kochbuchautoren! Sie schüren und schüren und wecken immer wieder neue künstliche Bedürfnisse.«

Luftkampf meldete sich zu Wort: »Ich kann nur bestätigen, was Sie sagen, Mrs Snail. Wenn ich denke, wie viel Geld ich früher für Kochbücher verschleudert habe.«

»Hast du die Rezepte jemals ausprobiert?«

»So gut wie nie.«

»Seht ihr. Das ist genau das, was ich meine. Der Terror der Industrie.«

»Welche Industrie?«, wollte MacDonald wissen.

»Meine Güte, Matratze, du bist aber schwer von Begriff! Die Lebensmittelindustrie natürlich. Was hast du denn gedacht? Die Schwermetallindustrie?«

Die Damen lachten vergnügt.

»Wir alle haben sie doch früher in den Supermarktregalen gesehen.«

»Wen denn?«

»Kochbücher! Es geht immer noch um Kochbücher.«

»Die gibt es aber hauptsächlich in Buchhandlungen. Während man Lebensmittel ...«

»Ruhe! Einmal möchte ich in dieser Runde ausreden dürfen. Ist das zu viel verlangt?«

»Aber nein. Fahren Sie fort.«

Snail kratzte sich mit ausgestrecktem Daumen an der Stirn. Dieser Dickwanst hatte sie völlig aus dem Konzept gebracht! »Wie auch immer. Euch ist doch klar, was ich meine?«

»Sollen wir abrupt mit dem Essen aufhören, Mrs Snail?«

»Schluss jetzt! Wir sehen uns morgen wieder! Für den Rest des Tages geht ihr auf eure Zimmer!«

»*Der presbyterianische Glaube ist eine unvergleichliche Metapher für die Einheit der Schöpfung, für den inneren Konflikt zwischen unserem Freiheitsgefühl und unserem wissenschaftlichen Verständnis, dabei verstehend, dass wir – anders gesagt – nichts von dem, was geschieht, kontrollieren können.*«

Neal Ascherson, Journalist und politischer Kommentator, in »The Observer« (1986)

Überfall in der Nacht

Während seiner Schulzeit hatte MacDonald nicht ein einziges Mal Stubenarrest bekommen. Doch im Zimmer zu sitzen war besser, als stumpfe Fragen zu beantworten. Er sah sich in seiner winzigen Klause um: ein Bett, ein Tisch, ein Schrank und ein Stuhl. Spartanischer ging es kaum. Luxuriös waren nur die von innen verspiegelten Scheiben. Über sein Einzelzimmer war er angenehm überrascht, hatte er doch erwartet, in einem großen Saal mit knarzenden Etagenbetten nächtigen zu müssen. Nach allem, was er zu Sekten ermittelt hatte, gaben sie ihren Mitgliedern keine Möglichkeit, sich zurückzuziehen. Kameras? Das könnte sein, mein lieber Angus. Um Gewissheit zu haben, würde er die Gemeinschaft unverzüglich einem Test unterziehen. Er biss in den *HobNob*-Keks, den er in seinem Jackett versteckt hatte. Weder ging eine Sirene an noch fiel ein Schleppnetz auf ihn. Da das so war, konnte er sich dem doppelten Boden seines Koffers widmen. Sein Gepäck war nicht inspiziert worden. Auch das war verwunderlich. Außer den Hobnobs hatte er noch *Garibaldis* und Shortbread mitgebracht. Die Kekswelt Großbritanniens konnte sich sehen lassen. Irgendwann würde er den kleinen Wunderwerken seine Reverenz erweisen und ein Büchlein über sie schreiben. Warum nicht noch ein Banänchen essen? Kekse und Obst konnten zwar einen properen Lunch nicht ersetzen. Sandwiches wären eine Alternative gewesen. Alberto hatte versprochen, ihm nach telefonischer Absprache Mahlzeiten an den Zaun zu bringen. Wie die Übergabe funktionieren sollte, hatte er ihm nicht erläutern können. Doch irgendetwas würde ihm noch einfallen. Tok-tok-tok! Himmel, wer klopfte denn jetzt an seine Tür! Er sammelte die Kekspackungen ein, warf sie unter die Bettdecke und öffnete. Natürlich war es die Schlange alias Mrs Snail.

»Luftmatratze!«

»Wo?«, fragte MacDonald interessiert.

»Du bist die Luftmatratze!«

»Stellen Sie sich vor, das hatte ich ganz vergessen. Wie kann ich Ihnen helfen?«

»Du kannst mir nicht helfen! Wann wirst du das endlich verstehen?«

»Schön, was haben Sie auf dem Herzen?«

»Es geht weiter!«

Weshalb nur verwandelte diese Frau jeden Satz in einen Befehl? Hasste sie Sprache ebenso sehr wie Nahrung?

»Für den Rest des Tages geht ihr auf eure Zimmer«, hatte sie klapperschlangengiftig gesagt. Wie wollte sie ihm das Essen abgewöhnen, wenn sie sich nicht klar ausdrücken konnte?

»Was geht weiter?«

»Deine Transformation, du Unwissender! In fünf Minuten, unten! Du hast doch nicht etwa gegessen?«

»Wie kommen Sie denn darauf?«

»In deinem Mundwinkel hängt ein Krümel.«

»Es muss ein Staubkorn sein.«

So brüsk, wie sie eingedrungen war, verschwand sie auch wieder. Während er noch zwei Garibaldis goutierte, dachte er nach. Geduld, Angus. Wenn er Snail boykottierte, würde sie ihn hinauswerfen und er konnte nichts über Ann und ihre kleine Tochter herausfinden. Und vielleicht waren die beiden sogar im Haus. Er ging nach unten und öffnete die Tür zum Seminarraum. »Komm rein und setz dich!«, befahl Snail.

»Wo sind denn die anderen?«

»Das spielt keine Rolle.«

»Erscheinen sie noch?«

»Setzen!«

Widerwillig nahm er auf dem Boden Platz.

»Wir nehmen Meditationspose ein und verschränken die Beine.«

»Ach, das wieder.«

»Wir lernen zu atmen!«

Bedeutete das, dass sie es ebenfalls noch nicht konnte?

»Zunächst schnappen wir nach Luft.«

»Wir tun was?«

»Nach Luft schnappen. Ich mache es vor.« Snail sog ruckartig Luft ein und sah aus wie Sir Robert, wenn er Fliegen jagte. »Keine Müdigkeit vorschützen. Nachmachen!«

MacDonald formte dicke Backen und versuchte, wie sie zu japsen.

»Falsch! Das muss viel schneller und ruckartig gehen. Schau mir genau zu, Matratze.«

Wieder sog sie hastig Luft ein. Gesund sah das nicht aus. Und wenn sie so weitermachte, musste er eine Ambulanz rufen.

»Wenn Sie sich nur nicht überanstrengen, Gnädigste.«

»Ruhe! Nun wird in einem Zug ein- und wieder ausgeatmet. Die Luft ist unser Freund. In ihr ist alles, was wir zum Leben brauchen. Und ein und aus. Und ein und aus.«

»Ein und aus«, sagte MacDonald und grinste sie an.

»Du musst es auch tun und nicht nur nachplappern!«

Er wurde das Gefühl nicht los, dass sie ihn bei diesem Test auf jeden Fall durchfallen lassen würde, ganz gleich, was er tat. Also drehte er die Reihenfolge um, pustete kräftig in den stickigen Raum hinein und atmete danach ein.

»Umgekehrt, umgekehrt! Wiederholen!«

Eine halbe Stunde ging das so, bis Snail die Flinte ins Korn warf und ihn zum zweiten Mal an diesem Tag auf sein Zimmer schickte. Fast tat sie ihm ein bisschen leid, denn die Übung sollte ihm vermutlich zu Visionen verhelfen. Wer ständig kräftig ausatmet, bekommt zu wenig Sauerstoff und ist deshalb anfällig für Trugbilder. Eine bewährte Masche vieler Sekten. Obwohl hundemüde, konnte er lange Zeit nicht einschlafen. Und nachdem es ihm dann endlich gelungen war, wurde er jäh geweckt. Zwei vermummte Gestalten standen vor seinem Bett und schüttelten ihn.

Albertos japanischen Gästen war der Vorfall in der Nacht zuvor peinlich. Die Männer saßen mit zementgrauen Gesichtern am Frühstückstisch und schwiegen. Ihre Frauen starrten kleine Kringelchen in den Teppichboden. »Immerhin scheinen sie noch ein Restgefühl von Anstand im Leib zu haben«, sagte Alberto zu Maria in der Küche. »Wenn mir so etwas passiert wäre, würde ich mich in Grund und Boden schämen!«

»Genau genommen ist dir das schon passiert, mein Lieber.«

»Ich kann mich nicht daran erinnern, jemals einen schwer arbeitenden Hotelbesitzer aus dem Schlaf gerissen zu haben!«

»Das nicht gerade. Aber von den verschiedenen Stadien der Trunkenheit kannst du auch ein Lied singen, oder?«

»Ich muss ja ein schlimmer Mensch sein!«

»Nur manchmal«, erwiderte Maria und strich ihm zärtlich über den Kopf. »Alberto, ich denke, es ist Zeit, dass du dich mit jemandem ausprichst.«

»Redest du von einem Arzt?«

»So ähnlich.«

»Wer hat denn einen ähnlichen Beruf? Doch nicht etwa ein Psychiater?«

Nachdem Tannahill von Karen überrascht worden war, ging er für zwei Tage auf Tauchstation. Es fiel ihm außerordentlich schwer, musste aber sein. Denn mit der Polizei wollte er nichts mehr zu tun haben. Gleich nach der Pause erkundete er ihre Nachbarschaft weiter. Die Straßen um die Praxis und ihre Wohnung kannte er jetzt in- und auswendig. Er hatte in Fountainbridge in einem Guest House ein Zimmer bezogen. Zu ihrem Arbeitsplatz konnte er zu Fuß gehen. Gegen vier Uhr setzte er sich in ein Deli gegenüber ihrer Praxis und wartete. Zwei Stunden später ging die wacklige Sprechstundenhilfe endlich. Noch eine halbe Stunde würde er Geduld haben müssen. Als die Kellnerin zum zweiten Mal fragte, ob er noch etwas trinken wolle, brach er auf. Wie es sich für einen gesetzestreuen Bürger gehörte, ging er zur Fußgängerampel beim King's Theatre und wartete auf grün. Die letzten Minuten der Jagd waren die schönsten und das Kribbeln im Magen durch nichts zu ersetzen. Er klingelte bei der Anwaltskanzlei im Erdgeschoss. Die Haustür wurde geöffnet. Doch die Tür zur Kanzlei war wie erwartet geschlossen. Juristen kannten sich mit menschlicher Gewalt aus und gingen auf Nummer sicher. Ein Mandant hätte ein weiteres Mal klingeln müssen. Er rannte nach oben, trat die Tür zur Praxis ein und stürmte in Karens Zimmer. Sie tippte eine Telefonnummer ein. Doch Tannahill war in zwei Schritten bei ihrem Schreibtisch und fegte den Apparat vom Tisch. Karen zitterte am ganzen Leib und war unfähig zu flüchten.

»Lange nicht gesehen.«

»Was willst du? Ich habe dir nichts zu sagen.«

»Auch wenn du mich vor den Kopf stößt, ändert das nichts an den Tatsachen.«

»Ich wollte dich nicht verletzen.«

»Zustimmung, sehr gut. Genau wie im Lehrbuch. Du hast deine Hausaufgaben gemacht. Den Patienten mit seiner Verfehlung konfrontieren. Auch nicht schlecht. Die andere Sache würde ich mir an deiner Stelle aber noch mal überlegen.«

»Wovon redest du?«

»Du fingerst schon die ganze Zeit an deiner Schreibtischschublade herum. Hast du eine Waffe darin versteckt?«

»Natürlich nicht.«

»Niemand könnte dir das verübeln. Du musst dich doch gegen Verrückte wie mich verteidigen können.«

»Ich habe nicht gesagt, dass du verrückt bist.«

»Ach Karen, du warst schon immer eine schlechte Lügnerin. Mach es dir gemütlich. Wir haben viel Zeit.«

»In einer halben Stunde geht ein Wachdienst durch das Haus.«

»Hast du sonst noch Ideen, um deinen Hals aus der Schlinge zu ziehen?«

»Sag mir endlich, was du von mir möchtest!«

»Deine Stimme klingt sehr schrill. Mache ich dich unruhig?«

»Du stellst mir seit Tagen nach und bedrohst mich! Und wie würdest du das Eintreten meiner Tür bezeichnen?«

»Hättest du mich denn freiwillig hereingelassen? Du schweigst. Das heißt nein.«

»Bist du in ärztlicher Behandlung?«

Tannahill trat mit dem Fuß gegen ihren Schreibtisch. »Entschuldige, Karen. Aber ich möchte nur mit dir reden.«

»Ich denke, dass du mit der richtigen Medikation keine Probleme mehr hättest.«

»Genug! Ihr Ärzte habt für alles die richtige Tablette. Wirst du mir endlich zuhören?«

»Sicher.«

»Du empfindest etwas für mich. Auch wenn du es abstreitest.«

»Wie kommst du darauf?«

»Die Art, wie du mich früher angesehen hast, wie du mich heute ansiehst. So etwas kann man nicht spielen.«

»Meine Güte.«

»Was!«

»Nichts, rede nur weiter.«

»Ich weiß genau, dass wir uns immer noch gut verstehen würden. Du musst uns nur eine Chance geben.«

»Wenn du meinst«, erwiderte sie in versöhnlichem Ton.

Zum ersten Mal entspannte sich sein Gesicht ein wenig. Wenn sie weiter auf ihn einginge, würde sie vielleicht halbwegs heil davonkommen.

»Was überlegst du, Karen?«

»Vielleicht sollten wir es ausprobieren.«

»Wäre deine Wohnung denn groß genug?«

MacDonald grübelte angestrengt, wie er entkommen konnte. Bewaffnet waren die Unholde nicht, hatten weder Messer noch Schlagstöcke in der Hand.

»Meine Herren, ich weiß nicht, was Sie sich von Ihrem rüden Verhalten versprechen. Ich habe meine Seminargebühr entrichtet. Es gibt also keinen Grund, mich in meinem Dormitorium aufzuscheuchen!«

»Halt die Klappe und steh auf.«

Nun war er sicher, es mit den beiden Gärtnern zu tun zu haben. Dass die Kerle nichts von der Schönheit der Natur verstanden und sich lieber durchs Leben pöbelten, hatte er gleich vermutet.

»Und wohin, wenn die Frage erlaubt ist?«

»Nach unten.«

»Großherzigen Dank für diese erschöpfende Auskunft. Gestatten Sie, dass ich vorher noch meinen Bademantel anlege?«

»Nur wenn es schnell geht!«

»Tut es, ja. Ich dachte mir schon, dass Sie etwas im Druck sind. Ihr Verhalten macht das augenscheinlich.«

Er ging zum Schrank und warf seinen grünen Bademantel über. Einer der Grobiane schob ihn aus dem Zimmer. Der andere spielte die Rückhut. »Regen Sie sich nicht so auf. Sonst verlange ich mein Geld zurück.«

»Klappe!«

Die beiden Männer führten ihn ausgerechnet in eine Küche! War das ein gutes oder ein schlechtes Omen? Man drückte ihn auf einen seltsamen Schemel, der bedrohlich knirschte. »Sie sind sicher, dass dieses Unikum sich mit mir vertragen will?«

»Wenn nicht, werden wir es merken.«

»Sie haben einen sehr bodensätzigen Sinn für Humor, mein Herr.«

»Du wartest hier! Verstanden?«

»Ich glaube schon.«

Immerhin hatte man ihn nicht gefesselt. Vielleicht wollte Mrs Snail ihn weiter unterrichten? Nach zehn Minuten wurde es ihm auf dem winzigen Hocker zu unbequem. Er stand auf und schritt durch den Raum. Der Kühlschrank und sämtliche Schrankschubladen waren mit Vorhängeschlössern gesichert. Um kostbare Luftspeisen zu sichern? Wie gerne hätte er eine Tasse Tee und eine große Portion Clootie Dumpling zu sich genommen. Unvorstellbar, dass er sich nach dem Frühstück nur von wenigen Keksen ernährt hatte. Karen wäre stolz auf ihn. Er setzte sich wieder auf den Stuhl und vor Entkräftung nickte er sofort ein. Von lautem Händeklatschen wurde er geweckt.

»Sofort aufwachen!« Die Gesichtslosen waren zurückgekehrt. Hinter ihnen stand eine dritte Person. Sie trug ein wallendes weißes Gewand und angesichts ihrer Hannibal-Lecter-Maske erhärtete sich sein Verdacht, in eine Gruppe von Amateurschaustellern geraten zu sein. Vor allem aber roch es leicht säuerlich. So als hätte sich jemand übergeben, ohne anschließend die Zähne gewissenhaft zu putzen.

»Guten Tag, die Herren. Ich freue mich auch, Sie wiederzusehen. Wie ich sehe, haben Sie Verstärkung mitgebracht.«

»Ihr könnt gehen«, sagte die verkleidete Person.

»Sind Sie sicher, Mam?«

»Absolut.«

»Wir warten vor der Tür. Wenn er frech wird, rufen Sie uns bitte.«

»Danke.«

Obwohl die Stimme vertraut klang, konnte er nicht sagen, wer es war.

»Der berühmte Angus Thinnson MacDonald!«

»Zu gütig, Gnädigste.«

»Der bedeutendste Food Journalist Großbritanniens. Gefällt es Ihnen bei uns?«

»Wie lange habe ich für die Antwort Zeit?«

»Sie kommen nicht, um Ihr Leben zu verändern, oder?«

»Jein.«

»Mrs Snail berichtete mir, dass Sie sämtliche Seminare boykottieren.«

Nur diejenigen, an denen ich teilnehme, hätte er antworten können. Doch stattdessen wählte er einen frontalen Kurs: »Niemand behauptet mir ungestraft, sich von Luft zu ernähren.«

»Ich bin nicht der erste Mensch, der das getan hat.«

»Richtig! Sie kopieren einen indischen Guru.«

»Und Sie haben die Weisheit wohl mit Löffeln gefressen?«

»Bei drei Zentnern Lebendgewicht ist das sicher keine Lüge.«

»Sie werden den Kürzeren ziehen, so oder so.«

»Und deshalb laufen Sie wie ein Mitglied des Ku-Klux-Klan durchs Haus?«

»Die Verkleidung dient mehr Ihrem Schutz als meinem.«
»Soll das heißen, Sie wollen mich gar nicht umbringen?«
»Ich versichere Ihnen, dass wir das zu keinem Zeitpunkt vorhatten. Darf ich Ihnen etwas vorschlagen?«
»Wegen mir! In diesen Stunden habe ich ohnehin nichts Besseres zu tun, als nach Luft zu schnappen.«
»Wir stellen uns Fragen, immer abwechselnd.«
»Einverstanden.«
»Der Grund für Ihre Teilnahme?«
»Ich möchte abnehmen.«
»Das könnten Sie auch mit der Atkins-Diät und Ihrer Leibärztin.«
»Woher kennen Sie Dr. Miller?«
»Wir wissen so manches über Sie und Ihre komischen Freunde.«
»Ist Doktor Miller in Gefahr?«
»Ich gehe davon aus, dass das eine weitere Frage war.«
»Ja, zum Teufel!«
»Ich werde eine Runde aussetzen und nicht antworten. Sie sind dran.«
»Glauben Sie an den Unsinn, den Sie verzapfen?«
»Ich verzapfe keinen Unsinn!«
»Sie können es mir ruhig beichten. Oder hören Ihre Leibwächter mit?«
»Was wissen Sie schon! Ein schwacher Mensch, der sich jeden Tag aufs Neue vollfrisst und eimerweise Alkohol säuft! Solch ein abschreckendes Beispiel hatten wir als Kinder tagtäglich.«
»Genau genommen ist das aber keine Frage, sondern zumindest teilweise eine unwahre Behauptung.«
»Wie naiv Sie doch sind. Sie glauben doch nicht ernsthaft, hier belastendes Material sammeln zu können?«
»Ich bin auch hier, weil Sie mit dem Verschwinden von Ann Lockhart und ihrer Tochter Catriona zu tun haben.«
»Diese Namen sind mir nicht geläufig.«
»Lügen haben kurze Beine. Welchem Zweck dient diese Küche?«

»Es ist ein Schauraum. Wenn Sie Ihren Kurs erfolgreich absolviert hätten, würde Ihnen kein Lebensmittel mehr verführerisch erscheinen.«

»Ich kann mir nicht vorstellen, dass Sie diese Villa, das Gebäude in der Howe Street und Ihr Strafgefangenenlager hätten erwerben können, wenn jeder nur einen einzigen Kurs absolviert.«

»Sie können glauben, was Sie wollen.«

»Danke vielmals. Haben Sie Coias Delikatessen abgefackelt?«

»Nein.«

»Lassen Sie mich die Frage reformulieren. Haben Sie den Auftrag dazu erteilt?«

»Selbst wenn ich ja sagen würde, wäre das nichts, das Sie in irgendeiner Form verwenden könnten, weder journalistisch noch juristisch.«

»Eben! Ich höre?«

»Der Mann macht Menschen süchtig. Er unterscheidet sich nicht im Mindesten von einem Drogenhändler!«

»Aber das ist doch nicht alles, hm?«

»Kein Kommentar.«

»Wieso lassen Sie das Buch des Inders überall verschwinden?«

»Nur weil Sie ein Werk nicht auf der Website von Amazon finden, heißt das nicht, dass es nicht existiert.«

»Wenn Sie den Hunger in der Welt bekämpfen wollen, setzen Sie sich dafür ein, dass mit Lebensmitteln nicht spekuliert werden darf und man sie nicht für sogenannte Biotreibstoffe zerstört.«

»Wer hätte gedacht, dass der wohlhabende Mister MacDonald ein Sozialist ist.«

»Verschonen Sie mich doch mit den gängigen Klischees! Ich kenne sie alle zur Genüge. Auch das von der genmanipulierten Nahrung als einzigem Hilfsmittel, um alle Erdbewohner zu ernähren. Lüge! Es geht um simple Gerechtigkeit! Warum soll ein angeblich freier Markt geschützt werden, Menschen aber ohne Grund verhungern?«

MacBeth blieb ungerührt. »Warum hat Ihr italienischer Freund Paul Sangster belästigt?«

»Er hat lediglich mit ihm geredet. Jetzt bin ich wieder dran. Weshalb haben Sie der armen Mrs Anstruther so zugesetzt?«

»Wer ist das?«

»Eine nette Dame, Obstfarmerin. Sie unterhält einen Stand auf dem Farmers' Market.«

»Jetzt erinnere ich mich wieder. Ich hatte eine alte Rechnung mit ihr zu begleichen.«

Und ich bin der König von Saba, dachte MacDonald.

»Mister MacDougall?«

»Es hat keinen Falschen getroffen.«

»Weil er Fleisch verkauft?«

»Sie haben es erfasst. Ich habe keine Frage mehr für Sie, nur einen Rat. Hören Sie auf, mir und unseren Gläubigen das Leben schwer zu machen. Wir leben in einem freien Land. Jeder darf seine Ansichten äußern und danach leben.«

»Über die freie Meinungsäußerung brauchen Sie mir nichts zu erzählen. Ich bin Journalist.«

»Nichts von dem, was Sie hier erlebt haben, dürfen Sie in einem Artikel beschreiben. Wir haben Ihre Unterschrift auf dem Seminarbogen.«

»Als Mensch der schreibenden Zunft hat man die unterschiedlichsten Möglichkeiten, sich zu äußern. Übrigens, gehört Ihnen das Antiquariat Rougvie?«

»Ich habe keine Lust mehr, Ihre Fragen zu beantworten. Sie haben nichts in der Hand gegen unsere Gemeinschaft! Das ist eine Tatsache!«

»Sie scheinen sich Ihrer Sache sehr sicher zu sein.«

»So ist es!«

»Ich möchte ihnen ebenfalls einen Vorschlag unterbreiten.«

Danila empfing ihren Vater an der Haustür. Sean saß vor dem Fernseher und sah sich einen Boxkampf an. Er rief freundlich hallo, als sein Schwiegervater eintrat. Alberto grüßte zurück. Danila führte ihn in die Küche, füllte Wasser in den Kessel und stellte zwei Tassen, Milch und Zucker auf den Tisch. »Dad, was gibt's? Du siehst besorgt aus.«

»Es geht um diese Japaner. Sie bringen mich noch um den Verstand.«

»Mum hat mir bereits davon erzählt. Du solltest die Sache nicht zu ernst nehmen. Sonst verletzt du dich vielleicht noch schlimmer.«

»Ich pass schon auf. Heute Morgen habe ich mit einem Signor Galante gesprochen.«

»Ist das der Therapeut?«

»Weiß denn mittlerweile ganz Edinburgh Bescheid?«

»Nein, nur Sean und ich.«

»Was! Sean auch? Signor Galante ist kein Therapeut. Er war früher in der japanischen Botschaft tätig.«

»In welcher Funktion?«

»Das spielt keine Rolle. Er kennt sich eben gut mit Japanern aus. Und ich konnte ihm einige Fragen zum absonderlichen Verhalten meiner Gäste stellen.«

»Bist du jetzt im Bilde?«

»Ich bin nicht sicher. Jedenfalls weiß ich, warum es für einen Japaner normal ist, in der Toilette absonderliche Geräusche zu machen.«

Danila fing an zu lachen. Alberto stand auf und reichte ihr ein Stück Küchenrolle. »Signor Galante hat mir erzählt, dass die Japaner zu Hause in ihren Toiletten Aufnahmen mit Spülungsgeräuschen einbauen, die sie im passenden Moment anstellen.«

Danila fing wieder zu lachen an. Nur mit großer Beherrschung gelang es ihr, eine Frage zu formulieren. »Weshalb tun sie das?«

»Um die natürlichen Geräusche zu übertönen.«

»Dann sei doch froh, dass du das Rätsel endlich gelöst hast.«

»Ich bin in der Tat überglücklich. Heute Abend werde ich meinem Schöpfer für dieses Geschenk danken.«

»Bete lieber, dass sich dein Staubsauger nicht wieder selbständig macht«, sagte Sean, dessen Boxkampf inzwischen zu Ende war.

»Hallo, Mister Ferrari«, sagte Alberto, um seinen Schwiegersohn zu ärgern, denn am Tag zuvor hatte das italienische Team wieder einmal das Formel-Eins-Rennen gewonnen.

Sean, als Schotte ein Fan des McLaren-Rennstalls, streckte ihm die Zunge heraus. »Hast du mal darüber nachgedacht, dir eine Kopie von dem Band zu ziehen?«

»Wozu sollte das gut sein?«

»Du könntest es deinen anderen Gästen zusammen mit einem Kassettenrecorder anbieten, bevor sie in die Toilette gehen. Oder einem esoterischen Buchladen als Entspannungskassette verkaufen.«

»Solange es Schwiegersöhne gibt, braucht man wahrlich keine Feinde.«

»Und was hat es mit dem Desinfizieren auf sich, Dad?«

»Übertriebenes Reinlichkeitsbedürfnis, sagt Galante.«

»Ich dachte, die schnupfen das Zeug wie Kokain«, meinte Sean. Alberto schluckte seine Antwort hinunter. Sein Schwiegersohn war offensichtlich darauf aus, ihn zu ärgern. Er würde ihm nicht den Gefallen tun, auf die Bemerkung einzugehen und fuhr nach Hause, ohne von den Sektenaktivitäten zu berichten. Im Hotel widmete er sich der Duschkabine im zweiten Obergeschoss. Trotz ihres jugendlichen Alters von 25 Jahren war sie an einer Stelle auf der Unterseite undicht geworden. Kleinere Reparaturen dieser Art erledigte er selbst. Nicht weil er zu geizig gewesen wäre, einen Handwerker zu beschäftigen, sondern weil es so gut wie unmöglich war, in Edinburgh einen aufzutreiben. Er rührte eine besonders haltbare Paste an und trug sie großzügig auf. Anschließend reinigte er das Badezimmer. Insgesamt verbrachte er eine angenehme Zeit, ohne zu ahnen, was noch auf ihn zukommen würde.

»Du hast ihr eine Wette vorgeschlagen?«, fragte Alberto in MacDonalds Küche.

»Wenn man es so nennen möchte.«

»Aber was hat sie davon?«

»Publicity. Mit einem Schlag eine Menge davon. Das ist etwas, was ihr noch fehlt.«

»Aber den Test kann sie doch niemals bestehen! Kein Mensch hält es solange ohne Essen und Trinken aus.«

»Mich musst du nicht überzeugen. Doch wenn sie abgelehnt hätte, wäre ihr ein Artikel über Hasenfüßigkeit sicher gewesen.«

»Die führt etwas im Schilde. Wahrscheinlich versteckt sie Vorräte, auf die sie dann zurückgreift.«

»Das dürfte schwierig werden. Der Test wird per Kamera aufgezeichnet, 24 Stunden am Tag.«

»Wo wird er zu sehen sein?«

»Auf jedem Computer mit Internet-Anschluss.«

»Prego?«

»Der Test wird per Webcam übertragen.«

»Und wo soll das Ganze stattfinden?«

»In ihrem Gebäude in der Howe Street.«

»Konntest du nicht ein Hotel vorschlagen? In dem Gebäude kennen wir niemanden. Du weißt doch, dass ich den einen oder anderen Freund im Business habe.«

»Wir können das Ganze am Computer verfolgen.«

»Kameras kann man manipulieren.«

»Ich habe bereits mit einem Bekannten gesprochen. Er wird mir die Aufzeichnung alle sechs Stunden als Datei senden, in der man zurückspulen kann.«

»Ob sie auch mit dem Diebstahl im Antiquariat zu tun hatte?«

»Davon gehe ich aus.«

»Du hast gesagt, ihre Augen seien dir bekannt vorgekommen.«

»Korrekt.«

»Auf welche Art bekannt? Ist es jemand, mit dem du geschäftlich zu tun hattest? War es erst kürzlich? Ist es schon länger her?«

»Alberto! Wenn ich mich so genau erinnern könnte, wüsste ich doch längst, wer es ist. Würdest du mich bitte kurz entschuldigen. Ich glaube, das Telefon hat geklingelt.«

»Es könnte ja Karen sein ...«
»Zum Beispiel!«
Zwei Minuten später kehrte MacDonald in die Küche zurück.
»Ann und Catriona sind aufgetaucht.«
»Leben sie noch?«
»Mehr schlecht als recht.«

»*Das Leben ist eine große Beule, ausgefüllt vom Schicksal.*«

Thomas Blacklock (1721-1791), blinder Dichter und Prediger, in seinem Gedicht »On Punch, an Epigram«

Eine unerwartete Wendung

»Wie bin ich froh, dass Sie leibhaftig erscheinen«, sagte Ailsa Craig.
Alberto betrachtete sie wie ein Mondgestein. Beim nächsten Arztbesuch würde er sich die Ohren spülen lassen.
»Immer gerne. Wo sind die beiden denn?«, fragte Angus.
»Ich habe sie im Gästezimmer untergebracht. Wissen Sie, ich helfe gerne. Doch die Bürde wird mir nunmehr zu groß, kann ich doch nicht drei Personen zur selben Zeit pflegen. Noch dazu aus unterschiedlichen Generationen.«
»Die Queen, ihre Tochter und Enkeltochter«, sagte Alberto. »Wenn es so weitergeht, können Sie für ein königliches Bed and Breakfast inserieren.«
»Eben!«, blaffte Mrs Craig.
»Weiß der Major schon Bescheid?«
»Nein.«
»Darf man fragen, warum nicht?«
»Ihre Majestät wollte damit noch warten. Sie kann ihre Nachfolgerin nicht ausstehen und wollte ihre Tochter erst einmal für sich haben. Müssen wir das verwunderlich finden?«
Das Gästezimmer befand sich direkt neben Mrs Lockharts Raum.
»Ist das schon immer das Zimmer für Gäste?«, erkundigte Alberto sich.
»Was sagt Ihr Bekannter, Mister MacDonald?«
»Er hat gefragt, ob das traditionell der Gästeraum ist.«
»Früher einmal. In der letzten Zeit haben wir ihn mehr als Abstellkammer benutzt. Ihre Hoheit wollte unbedingt, dass die beiden neben ihr einquartiert werden.« Sie trat ein, ohne anzuklopfen. »Mam, Sie haben Besuch.«

Alberto drückte Angus vor Schreck den Arm. Ann und Catriona schliefen in Straßenkleidung auf einem schmalen Bett und sahen bemitleidenswert krank aus, wie ausgezehrt von einem seltenen Fieber, mit grauer Haut und Haaren, die schon einige Tage nicht mehr gewaschen worden waren. Mrs Lockhart saß daneben und fächelte ihnen mit einer Zeitung fachmännisch Luft zu. Sie schien verändert zu sein. Die Rolle des königlichen Staatsoberhauptes tritt hinter ihre Instinkte als Mutter zurück, dachte MacDonald. »Warum haben Sie denn keinen Krankenwagen gerufen?«

»Sparen Sie sich Ihre Vorwürfe für Menschen, die ihre Pflicht verletzt haben! Der Hausarzt ist bereits unterwegs.«

»Reist er von den Orkney-Inseln an?«

»Das ist kein guter Kalauer.«

»Sollte es auch nicht sein. Es wäre besser gewesen, die Notrufnummer zu wählen.«

»Bereden Sie dies mit Ihrer königlichen Hoheit, Elisabeth, der Zweiten.«

Mrs Lockhart drehte den Kopf zu ihnen. »Was ist denn das für ein Gezeter? Wir befinden uns in einem Krankenzimmer! Manche Leute haben doch vor nichts Ehrfurcht.«

»Verzeih bitte, Lilibet«, sagte MacDonald. »Ruhen die beiden?«

»Es ist der Schlaf der Schönen.«

»Darf ich ihnen den Puls fühlen?«

»Meine Güte, Philip, es sind deine Tochter und die kleine Catriona. Du musst mich doch nicht um Erlaubnis fragen, wenn du sie berühren möchtest.«

Die Queen hatte gesprochen. MacDonald trat ans Bett und legte erst Ann und dann Catriona die Hand auf die Stirn. Keine der beiden reagierte. »Fieber scheinen sie nicht zu haben.«

»Ich dachte, Sie wollten Ihnen den Puls messen?«, sagte Mrs Craig.

»Auch in der Beziehung scheinen sie in Ordnung zu sein.«

»Na wunderbar!«

»Ich fürchte, Ihre Euphorie kann ich nicht teilen. Mutter und Kind sehen völlig dehydriert und unterernährt aus. Haben sie etwas gesagt, seit sie hier sind?«

»Überhaupt nichts. Die Kleine weinte und Ann sah mich nur an. Musste die beiden halb die Treppe hochziehen. Heilfroh war ich, als sie endlich im Bette lagen, bin ich doch nicht mehr die Jüngste!«

»Nichtsdestotrotz denke ich, dass die beiden dringend in ärztliche Behandlung gehören.«

»Ich kann den Arzt auch nicht herbeizaubern.«

»Rufen Sie einen Krankenwagen! Sofort«, sagte Alberto laut.

»Sie haben mir überhaupt nichts zu sagen!«

»Ailsa, bitte machen Sie, was der Botschafter verlangt.«

»Ich bin ja schon unterwegs! Meine Güte, was für ein Tohuwabohu.«

MacDonald wartete noch ein Weilchen, bis er sicher sein konnte, dass sich Mrs Craig nicht mehr in Hörweite befand.

»Lilibet, hat Ann nichts gesagt?«

»Nie mehr.«

»Wie bitte?«

»Sie hat ›nie mehr‹ gesagt.«

»Sonst nichts?«

»Mein Gott, Philip, du bist heute aber schwer von Begriff. Sind das Sirenen?«

Ailsa Craig kam wieder ins Zimmer. »Es ist mir jemand zuvorgekommen.«

»Könnten Sie das bitte erläutern?«

»Ich hatte gerade den Hörer in die Hand genommen, als ich die Sirenen hörte. Dachte mir, gehe mal ans Fenster und sehe, was los ist. Und da hält die Ambulanz direkt vor dem Haus.«

»Sie haben sie demnach nicht verständigt?«, wollte Alberto wissen.

»Er hat es auf Anhieb erfasst!«

»Wäre es nicht besser, Sie öffnen die Tür?!«

Im selben Moment klopfte jemand. »Das werden sie sein«, meinte die Nachbarin.

»Incredibile«, rief Alberto und rannte nach unten.

»Haben Sie hier einen Notfall?«, fragte einer der beiden Sanitäter.

»Sogar zwei.«

»Warum machen Sie dann nicht auf?«

»Das fragen Sie lieber die Haushälterin. Ich bin der italienische Botschafter und nur zu Besuch hier.«

Die Männer schüttelten den Kopf. »Schnell! Wo sind sie?«

Die Scotch Malt Whisky Society besaß in Edinburgh außer dem historischen Gebäude in Leith schon seit einigen Jahren ein zweites Haus in der Queen Street. MacDonald behagte vor allem die gut ausgestattete Bar. Heute wollte er allerdings einen klaren Kopf bewahren und trank nur ein stilles schottisches Wasser. Alberto nippte an seinem Kaffee und lehnte sich zurück. »Glaubst du Mrs Lockhart?«

»Also, ich denke, Ann und Catriona waren Mitglieder in der Sekte.«

»Und warum tauchen sie gerade jetzt wieder auf?«

»Entweder ist ihr das Geld ausgegangen. Oder MacBeth hat sie aus anderen Gründen rausgeworfen.«

»Wie zum Beispiel vorlautes Benehmen? Ein gewisser MacDonald soll sich ja ähnlich verhalten haben.«

»Sozusagen. Die Sekte ist noch im Aufbau. Die Gefahr durch schlechte Publicity ist größer als der Gewinn durch ein neues Mitglied.«

»Wer wohl den Krankenwagen verständigt hat? Kann mir kaum vorstellen, dass es ein Nachbar war.«

»Ich auch nicht.«

»Also? Was meinst du?«

»Der Major oder seine reizende Frau. Am besten, wir warten, bis sich die beiden ein wenig erholt haben und besuchen sie dann im Krankenhaus. Mich würde aber viel mehr interessieren, wo Karen steckt. Unter ihrer privaten Nummer kann ich sie nicht erreichen.«

»Was ist mit der Praxis?«

»Dort rufe ich sie nur ungern an. Du weißt, dass sie immer viel zu tun hat. Es ist schwierig, auch nur ein kurzes Gespräch zu führen.«

»Capito.« Alberto sah betreten zu Boden.

»Welche Laus ist dir denn über die Leber gelaufen?«

»Ich habe dir etwas verschwiegen.«

»Hast du ein uneheliches Kind?«

»Angus! Das geht jetzt aber zu weit!«

»Ich versuche nur, mich deiner Art von Humor anzupassen. Was ist es?«

»Man hat Karen mit einem fremden Herrn gesehen.«

»Wer ist man?«

»Das möchte ich lieber nicht sagen.«

»War dieser fremde Mann ein Patient?«

»Könnte sein.«

»Himmel, Alberto. Jetzt erzähl schon, was geschehen ist.«

»Sie hat auf der Straße einen Mann hysterisch angeschrien.«

»Mein Gott! Wann denn?«

»Vor ein paar Tagen.«

»Schwarzverkohlter Käsekuchen im Backofen! Das hätte ich früher erfahren sollen!«

»Du hast deinen besten Freund alleine gelassen?«, fragte Maria.

»Genau genommen hat er mich sitzen lassen«, erwiderte Alberto. »Macht aber nichts, denn Eheprobleme regelt man unter sich.«

»Die beiden sind doch gar nicht verheiratet.«

»Das Prinzip ist dasselbe. Was gibt es hier Neues?«

»Deine japanischen Freunde reisen morgen früh ab.«

»Unglaublich! Dass auch mal etwas Erfreuliches geschieht im Leben.«

»Wir sollten eine Flasche Champagner öffnen.«

»Meinst du?«

»Nein.«

»Richtig, man soll den Tag nicht vor dem Abend loben. Vielleicht überlegen sie es sich noch anders.

»Ich habe lange mit ihnen geredet, Alberto und ...«

»Mister Vitiello! Hallo, Mister Vitiello«, rief der Älteste der Sippschaft vor der Küchentür.

»Das sind sie«, flüsterte Alberto und ging in den Flur. »Prego. Was kann ich für Sie tun?«

Der Gast kam einen Schritt auf ihn zu und reichte ihm ein Paket.

»Für mich?«, fragte Alberto irritiert, denn es sah aus wie dasjenige, das die Japanerin vor ihm verborgen gehalten hatte.

Der Mann nickte.

»Was mag da drin sein?«

»Bitte öffnen und schauen.«

Er zog langsam an der Schnur. Das Geschenk hatte erschreckende Ähnlichkeit mit dem Ding, das der Schnurrbart in der Toilette benutzt hatte. Sein Gast betrachtete ihn verstohlen.

»Darf ich fragen, wozu ...«

»Ist ein schönes Gerät, beste schottische Qualität, der Herr. Wir haben beobachtet, dass Sie unseren Kassettenrecorder schätzen. Gefällt Ihnen das Geschenk?«

»Ob es mir gefällt? Aber ja. So einen habe ich mir schon immer gewünscht.«

Sein Gast reichte ihm ein großes Blatt Papier. »Und hier das Zertifikat.«

»Prego?«

»Es bescheinigt, dass es sich um eine schottische Rarität handelt. Der Mann auf dem Flohmarkt hat sich von dem zweiten Gerät nur schwer trennen können.« Sein Gast nickte erneut, beglich die Rechnung und gab ein großzügiges Trinkgeld.

Alberto brachte seinen Ghettoblaster in die Küche. »Weißt du«, sagte er zu Maria, »wenn ich es mir überlege, sind die Leute gar nicht so übel.«

»Da ist eine Kassette drin.«

»Meinst du?«

»Aber ja. Schalt doch mal ein.«

Alberto drückte den Knopf. »Ist es das, was ich denke, Maria?«

»Für mich hört es sich wie eine Toilettenspülung an.«

»So sieht mein Dank aus?«

»Ich finde, es ist ein sehr schönes Geschenk. Sean hatte auch nicht so unrecht mit seinem Vorschlag.«

»Wie?«

»Er hat doch gemeint, dass du den Gästen so ein Band als zusätzlichen Service anbieten könntest.«

»Der soll mich bloß in Frieden lassen! Und dürfte man nicht erwarten, dass technikversessene Japaner kleinere Geräte mit auf die Toilette nehmen?«

»Wie ich eben herausgehört habe, hängen sie sehr an ihrem neuen Apparat, weil er aus Schottland stammt. Vermutlich haben sie einfach vergessen, ein moderneres Gerät mitzubringen.«

»Bei dem Dicken würde mich das nicht wundern.«

»Na, siehst du.«

»No, es bleiben noch eine Menge Fragen offen. Numero uno: Wieso frisst er erst wie ein Scheunendrescher und verlangt dann nur noch Haferflocken, Numero due: Was haben sie mit der Sekte zu tun?«

»Ich wollte es dir vorhin bereits sagen. Der etwas fülligere Herr leidet unter Verdauungsproblemen.«

Alberto holte tief Luft.

»Lass mich bitte weiter erzählen. Sie sind deshalb mehrfach zum Ökoladen gegangen, um Meeresalgen, Tabletten und diverse Pülverchen zu kaufen. Dabei entdeckten sie das Werbeblatt von dieser MacBeth. Weil der Name so toll klang und sie alles Schottische lieben, schöpften sie Vertrauen. Als dann der Vortrag angekündigt wurde, gingen sie spontan hin, weil sie sich Hilfe beim Abnehmen versprachen.«

»Das ist alles?«, fragte Alberto.

»Certo.«

»Ich glaube nicht, dass ich jemals wieder fernöstliche Gäste ins Haus lassen werde.«

»Ein Guest House-Besitzer darf nicht wählerisch sein, hat mir ein weiser Mann einst gesagt.«

»Ich gehe nach oben und sehe mir die Räume an! Drück mir die Daumen. Wer weiß, was mich dort erwartet.«

In der Toilette drang ein merkwürdiger Geruch in seine Nase. Ein unbekanntes Reinigungsmittel! Man musste nicht lange raten, wer diese Schandtat auf dem Kerbholz hatte. Er rannte in die Abstellkammer und holte den vorschriftsmäßigen Reiniger. Vorsichtig öffnete er die Packung und schüttete eine großzügige Portion in die Toilette. Dann hörte Maria ihn schreien.

MacDonald raste ohne Rücksicht auf Geschwindigkeitsbegrenzungen zu Karen. Er hatte ein sehr schlechtes Gefühl und das ließ er, in harschem Kontrast zu seinem üblichen Verhalten, an den anderen Verkehrsteilnehmern aus. Waren denn heute nur Fahrschüler unterwegs! Durch das heruntergekurbelte Fenster kommentierte er lautstark das Treiben. Fahr schneller! Aus dem Weg! Wird das noch etwas! In der Praxis brannte kein Licht. Er ließ das Auto in zweiter Reihe auf der Straße stehen und klingelte. Niemand öffnete. Karens neue Assistentin hörte nicht mehr so gut und so läutete er ein zweites Mal. Wieder keine Resonanz. Beim Anwalt reagierte man sofort. Die Sekretärin kam herausgerannt und zeterte. »Hören Sie, wir sind eine renommierte Kanzlei und Sie können hier nicht Sturm läuten wie ein …«

»Halten Sie den Mund!«

Die Frau war so verblüfft über den Kontrast, dass sie schwieg: Ein überaus vornehm gekleideter Herr, der sich rüde benahm. Was war hier los?

»Ist Dr. Miller heute hier vorbeigekommen?«

»Ich kann doch nicht jeden, der …«

»Ein einfaches ja oder nein würde mir genügen!«

»Es entzieht sich meiner Kenntnis.«

»Und ihre Sprechstundenhilfe?«

»Die alte Dame, die hier immer vorbeiwankt? Nein, das wäre mir aufgefallen.«

»Sind Sie sicher?«

»Absolut. Sie hat die irritierende Angewohnheit, vor meiner Tür einen Niesanfall zu bekommen.«

»Immer, wenn sie vorbeigeht?«
»Ja. Wie ein Uhrwerk.«
»In der Tat enervierend. Wenn ich in fünf Minuten nicht zurückkehre, rufen Sie bitte die Polizei.«
»Aber das geht doch nicht.«
»Schön, dann lassen Sie es eben!« MacDonald öffnete alle drei Knöpfe seines Harris Tweed-Jacketts und stampfte nach oben.
»Karen«, rief er bereits auf der vorletzten Stufe, »sind Sie da?« Als er die beschädigte Tür sah, verstummte er. Möglicherweise hielt sich der Täter noch hier auf. Wenn allerdings Mrs Abercromby Dienst hatte, konnte sie ebenso gut dafür verantwortlich sein. Sie liebte es, Türen offen stehen zu lassen. Er trat ein und als Nächstes sah er zwei riesige Bände eines medizinischen Lexikons auf seine Ohren zuschnellen. Nicht schon wieder, wollte er noch sagen, fiel aber bereits auf den Boden. Als er erwachte, fand er sich, die Hände auf den Rücken gefesselt, auf einem viel zu engen Bürostuhl. »Was denken Sie sich, mich einfach niederzuschlagen, Sie Flegel«, beschimpfte er den Mann, der vor ihm stand und ihn beobachtete. Erst jetzt bemerkte er, dass sich Karen neben ihm befand, ebenfalls an einen Bürostuhl gefesselt.

»Hallo, meine Liebe, geht es Ihnen gut?«

Sie nickte tapfer.

»So ist das also. Ihr beiden seid Turteltäubchen?«, sagte Tannahill.

»Ich verbitte mir Ihr unqualifiziertes Gerede! Es ist schon schlimm genug, dass Sie mich verletzt und uns beide gefesselt haben! Zivilisiertes Benehmen sieht anders aus.«

»Alles hängt mit allem zusammen.«

»Du liebe Güte! Wo sind Sie denn ausgebrochen?«

Tannahill hob die beiden Bücher vom Boden auf und hielt sie MacDonald über den Kopf.

»Ich verstehe völlig, was Sie mir damit sagen wollen. Wenn ich Ihnen missfalle, knüppeln Sie dem Gefesselten die Bände wieder aufs Haupt. Nicht gerade sportlich, mein Herr.«

»Karen, wo hast du den bloß aufgetrieben?«

»Wie können Sie es wagen, so über mich …«

Klack. Erneut fanden sich die telefonbuchgroßen Keulen auf MacDonalds Kopf ein. »Das werden Sie mir büßen!«

»Spuck nicht so große Töne, Dickerchen. Sonst landen die Dinger das nächste Mal in weicheren Teilen.«

Was für ein unsäglicher Rüpel! Was sollte man tun? Er würde ihn reden lassen und indessen versuchen, die Vorhangschnur um seine Hände zu lockern. »Sie haben gewonnen.«

»Gibt der Klügere etwa nach?«

»Wie auch immer Sie es formulieren wollen. Darf ich Ihnen eine Frage stellen?«

»Was?«

»Sind Sie ein Anhänger von Maureen MacBeth?«

»Ein Anhänger?«

»Nennen Sie es, wie Sie wollen, von mir aus auch ein Mitglied ihrer Gemeinschaft.«

Tannahill schwieg.

MacDonald sah wieder zu Dr. Miller, die den Kopf schüttelte. »Was wollen Sie von uns?«

»Jetzt kommen wir der Sache näher! Erzähl's ihm, Karen.«

Sie sah beschämt zu Boden.

»Wenn du dich weigerst, geht es dem Fettwanst schlecht.«

»Ist ja schon gut. Mister Tannahill und ich waren als Jugendliche befreundet.«

»So kann man es auch nennen!«

»Wir waren ein Paar.«

»Und was ist mit der Abtreibung, verdammt noch mal!«

»Es gab keine Abtreibung. Ich habe das Kind nach kurzer Zeit verloren.«

»Lüge! Wir wären eine richtige kleine Familie gewesen! Ein Glück, um das du mich gebracht hast.«

»Die Abtreibung existiert nur in deiner Phantasie. Deshalb musstest du auch zum Psychiater.«

»Während Madame einfach abgehauen ist!«

»Nein, ich hätte Aberdeen ohnehin verlassen.«

MacDonald löste seine Fesseln und stürzte sich auf den Eindringling. Tannahill wollte ihn erneut mit den stattlichen Teilen der Enzyklopädie drangsalieren. Doch MacDonald verpasste ihm einen Kinnhaken. Als der Unhold am Boden lag, nickte er zufrieden, befreite Karen und drückte sie an sich. »Ich muss schon sagen, einen bizarren Bekannten haben Sie da.«

»Angus, ich bin ja so froh, dass Sie gekommen sind.«

»Ich hatte so eine komische Ahnung.«

»Er ist ein Psychopath. Sie dürfen ihm nichts glauben.«

MacDonalds mobiles Telefon läutete. »Würden Sie mich entschuldigen. Ich weiß, es ist sehr ungalant, aber ich erwarte einen Anruf.«

»Nehmen Sie ruhig ab. Ich behalte Tannahill solange im Auge.«

»Wen?«

Sie zeigte auf den Flegel am Boden.

»Komischer Name. Passt zu ihm. Wenn er sich rührt, hauen Sie ihm bitte die Folianten über die Hirnschale. Maria, ist alles in Ordnung? Was? Du meine Güte!«

»Sind Sie sicher, dass Sie nicht gleich nach Hause wollen, Karen?«

»Ich bitte Sie. Wenn Ihr Freund in Not ist, helfe ich ihm. Das ist doch selbstverständlich.«

»Nicht dass Sie unter Schock stehen.«

»Angus, ich bin Ärztin. Haben Sie das vergessen?«

»Nur für einen kleinen Augenblick. Und Karen, wenn Sie wieder einmal von jemandem bedrängt werden, sagen Sie mir Bescheid, ja?«

»Es war mir sehr unangenehm und ich hatte große Angst, dass Sie es schlecht verdauen würden.«

»Sie waren sehr jung. Zudem bin ich nicht so konservativ, wie ich vielleicht wirke.«

»Es fällt mir ein Stein vom Herzen, dass Sie so denken. Und Ihr Wagen?«

»Halb so schlimm. Ich werde ihn morgen auslösen. Ich kann es der Politesse nicht verübeln, dass sie ihn hat abschleppen lassen, so wie er den Verkehr behinderte.«

»Darf ich für den Schaden aufkommen?«

»Aber auf gar keinen Fall. Ich bin froh, dass die Polizei diesen Tannahill mitgenommen hat. Sie werden ja sicher als Zeugin aussagen. Dann können Sie zu einer Zwangseinweisung raten. Wenn wir bei Alberto fertig sind, bringe ich Sie mit Ihrem Wagen nach Hause und nehme für den Rückweg ein Taxi. In Ordnung?«

»Das muss doch nicht sein.«

»Keine Widerrede, der Retter in der Not bleibt das den gesamten Tag.«

»Vielen Dank. Was hat Maria gesagt?«

»Nicht viel. Nur dass Alberto aus einem der Gästebadezimmer rannte und ›Giftgasanschlag, Giftgasanschlag, ich hab's gewusst!‹ rief.«

»Hat er Beschwerden?«

»Seine Augen brennen.«

»Vorhin hatten Sie von einem Anruf erzählt, den Sie erwarten?«

»Keine Sorge, es ist keine andere Frau. Stimmt nicht, genau genommen ist es eine andere Frau. Aber es ist nicht so, wie Sie denken.«

»Sagen Sie bloß, Sie haben doch etwas mit dieser jungen Dame?«

»Nein, es geht um meinen aktuellen Fall.«

»Hatte die Schminkaktion ebenfalls damit zu tun?«

»Sicher, das hatte ich Ihnen doch bereits zu erläutern versucht. Wir sind da.« Er stieg aus und hielt Karen galant die Tür auf. »Darf ich Ihnen Ihre Arzttasche tragen?«

»Ein richtiger Doktor gibt sie nie aus der Hand.«

»Verzeihung, das wusste ich nicht.«

»Es ist kein Problem, Angus. Ich bin das Gewicht gewohnt.«

»Aber in Ihrem Zustand …«

»Sie reden, als ob ich schwanger wäre.«

»Meine Güte! So war es doch nicht gemeint.« MacDonald errötete und war heilfroh, dass Maria bereits die Tür öffnete. »Liegt er noch im Bett?«

Sie nickte.
»Du hast gesagt, dass er von einem Giftgasanschlag sprach?«
»Gebrüllt hat er. Wie am Spieß.«
»Was geschah dann?«
»Ich bin nach oben gerannt, um zu sehen, was ihm fehlt.«
»Er hat im Badezimmer geputzt?«
»Ja, gleich nachdem die Japaner das Haus verließen.«
»Und was für ein Mittel benutzte er?«
»Nichts Spezielles. Man bekommt es in jedem Supermarkt.«
»Lassen Sie uns zu ihm gehen, Maria«, schlug Karen vor.
Alberto lag auf dem Bett, ein riesiges Badehandtuch auf Gesicht und Oberkörper, und stöhnte.
»Wer ist das?«
»Deine Freunde Angus und Karen.«
»Geht es euch gut?«
»Uns ja. Aber dir wohl nicht?«
»Meine Augen. Sie brennen so fürchterlich.«
»Darf ich es mir mal ansehen?«, fragte Karen.
»Ach, ich weiß nicht.«
»Alberto! Jetzt mach aber mal einen Punkt!«, sagte Maria. »Karen ist doch Ärztin.«
Unter dem Handtuch zuckte sein Kopf hin und her. »Also gut.«
Karen setzte sich mit ihrer Tasche auf den Bettrand und zog behutsam das Handtuch weg.
»Werde ich erblinden?«
»Nein, Ihre Augen sind nur etwas strapaziert. Maria sagte, sie hätten einen WC-Reiniger benutzt?«
»Ich musste doch den komischen Geruch des japanischen Mittels bekämpfen.«
»Heißt das, in der Toilette wurden kurz hintereinander zwei Reinigungsmittel benutzt?«
»Was hätte ich denn sonst machen sollen?«
»Sie haben sehr wahrscheinlich eine chemische Reaktion verursacht. Die Rötung in Ihren Augen ist nicht so schlimm. Sie wird von alleine verheilen.«

»Ich danke Ihnen. Kann ich jetzt wieder das Handtuch aufs Gesicht legen?«

»Es ist zwar nicht nötig. Aber wenn Sie sich besser fühlen, machen Sie ruhig.«

Von Karens Wohnung nahm er ein Taxi nach Hause. Sein Anrufbeantworter blinkte wie wild. Er drückte das Knöpfchen, um die Nachricht abzuhören. Eine weibliche Stimme sagte: »Ich rufe im Auftrag von Mrs Maureen MacBeth an. Die Offenbarung wird übermorgen um 12 Uhr mittags beginnen. Eine Live-Übertragung sehen Sie auf der Website www.luftmeineinundalles.com.« Ohne Sir Roberts Miauen zu beachten, ging er in sein Arbeitszimmer und loggte sich im Internet ein. Auf der Website war bislang nur eine Uhr zu sehen, die rückwärts lief, mit der Überschrift »Der Countdown bis zum Beginn der Offenbarung«. Jetzt musste auch noch die Bibel herhalten! Und was hieß überhaupt Offenbarung? Viel treffender wäre Enthüllung, Bloßlegung oder Entzauberung gewesen!

*»Ich habe so viele Lügen über mein Alter erzählt, dass ich meine
Kinder praktisch unehelich gemacht habe.«*

Jessie Kesson (1916-1994), Autorin

Lug oder Trug?

Gleich nach dem Frühstück rief MacDonald im Krankenhaus an, um sich nach Ann und Catriona zu erkundigen.
»Sind Sie ein Angehöriger?«
»Jawohl, das bin ich.« Notlügen für einen guten Zweck würden ihm seinen Platz im Himmel nicht nehmen.
»Vater, Bruder?«
»Ich bin ein Cousin.«
»Die beiden wurden heute Morgen entlassen. Sie sollten das wissen.«
»Aber sie sind doch erst eingeliefert worden!«
»Deshalb müssen Sie nicht laut werden!«
»Entschuldigen Sie bitte. Es war nicht so gemeint. Wohin wurden Ann und die Kleine gebracht?«
»Wenn Sie ein Familienmitglied sind, müssten Sie das ebenfalls wissen.«
»Auf Wiederhören! Und vielen Dank für Ihre Mühen!« Wo konnte Ann sein? »Es gibt zwei Möglichkeiten, Sir Robert, entweder wieder bei ihrer Mutter oder beim Vater. Wir, ich meine ich, werde mit dem leichteren Teil des Rätsels beginnen. Du bleibst hier und hältst die Stellung.«

Mrs Ailsa Craig, die Erste, war von seinem Besuch erwartungsgemäß nicht angetan. »Nein, die beiden sind nicht hier. Obwohl es besser für sie wäre. Das sage ich trotz der vielen zusätzlichen Arbeit, die ich hätte.«
»Dann werden sie beim Major sein?«
»Woher soll ich das wissen! Ihre Majestät haben mich heute Morgen gebeten, im Krankenhaus anzurufen und mich nach dem Befinden der beiden zu erkundigen.«

»Ja?«

»Nichts! Absolut nichts haben die mir gesagt. Und jetzt kommen Sie und erzählen mir, dass sie bereits entlassen wurden. Bestimmt steckt die Schnepfe dahinter.«

»Würden Sie das bitte erläutern?«

»Mit Vergnügen. Die junge Mrs Lockhart hat Ann und die Kleine nie leiden können. Wenn Sie mich fragen, ist sie an allem schuld.«

»Der Major hat mir das Gegenteil versichert.«

»Weil sie eine berechnende Person ist, die den Alten um den kleinen Finger wickelt.«

»Gut, bestellen Sie Mrs Lockhart senior bitte meine Grüße.«

»Ihrer Majestät? Ich wüsste nicht, was ich lieber täte. Soll ich die Grüße von Ihnen ausrichten?«

»Von wem denn sonst?«

»Dem Duke of Edinburgh.«

»Das meinen Sie doch nicht ernst?« Mrs Lockhart, die Zweite, hatte sich dazu herabgelassen, vor die Haustür zu treten, von wo sie MacDonald abwimmeln wollte.

»Durchaus.«

»Ann und Catriona benötigen in erster Linie Ruhe.«

»Es war nicht meine Absicht, sie aufzuregen.«

»Ihre nervtötende Fragerei bekommt keinem gut!«

»Jetzt übertreiben Sie aber! Wenn ich Fragen stelle, dann immer nur im Dienste der guten Sache.«

»Das meinen Sie!«

»Ja, ich! Oder sehen Sie hier sonst noch jemanden?«

»Sie genügen völlig! Glauben Sie mir!«

»Soll das etwa eine ungefällige Äußerung über mein Gewicht sein?«

»Glauben Sie, was Sie wollen! Ist mir doch völlig egal.«

»Meine Dame, Sie haben einen Ton an sich, der mir nicht gefällt.«

»Was ist denn das für ein Radau?« Der Major drückte sich an seiner Frau vorbei.

»Frag das lieber deinen Möchtegerndetektiv.«
»Sie haben keinen Grund, mich zu beleidigen!«
»Ausreichend sogar!«
»Schatz, ich bin sicher, Mister MacDonald meint es nur gut.«
»Eine blöde Phrase, die ich nicht mehr hören kann.«
»Denke, es ist besser, wenn Sie jetzt gehen, MacDonald.«
»Haben Sie Mrs Sinclair informiert?«
»Ist das deine Freundin?«
Undank war wahrhaft der Welt Lohn, dachte MacDonald und ging zu seinem Wagen. Er wollte gerade losfahren, als sein Handy klingelte. Es war Major Lockhart.
»Der Vorfall tut mir sehr leid.«
»Beziehen Sie sich auf Ihre krakelende, zweite Frau?«
»Sie hat es nicht so gemeint.«
»Mrs Craig sagt, Ihre Gattin könne Ann und die Kleine nicht ausstehen.«
»Auf ihre Lügen würde ich nicht allzu viel geben.«
»Wissen Sie, Major, Ihre Ehe geht mich nichts an. Aber ich muss erfahren, ob Ann und Catriona Mitglieder der Sekte waren.«
»Und warum müssen Sie das wissen?«
»Je mehr Material ich habe, umso größer ist die Chance, dass ich der Verbrecherin das Handwerk legen kann. Ann und Catriona wurden doch bei den Aerophiten so zugerichtet, nicht wahr?«
»Sieht schlimmer aus, als es ist.«
»Kommt Ihnen die schnelle Entlassung aus dem Krankenhaus nicht komisch vor?«
»Meine Frau hat gesagt, dass es in Ordnung sei.«
»Sie ist keine Ärztin!«
»Nein, aber sie ist heute Morgen, als ich mein Training machte, schnell ins Spital gefahren und hat sich um alles gekümmert.«
Wieder hörte MacDonald das seltsame Klatschen im Hintergrund. Was der Major sich wohl davon versprach?
»Ohne Ihnen etwas zu sagen?«
»Wir führen eine moderne Ehe, Mister MacDonald, und legen uns nicht über jede Minute des Tages Rechenschaft ab.«

»Sicher nicht. Aber, dass Ihre Frau ohne sie ins Krankenhaus fährt, finde ich absonderlich.«

»Bleibt Ihnen unbenommen.«

»Dafür, dass das gesundheitliche Wohl Ihrer Tochter und Enkelin auf dem Spiel steht, sind das aber eine Menge Unwägbarkeiten.«

»Schade, dass Sie es so sehen. War sonst noch etwas?«

»Darf ich Sie daran erinnern, dass Sie mich eben angerufen haben?«

»Um mich zu entschuldigen, ja.«

»Ich bedanke mich dafür und möchte Ihnen noch einen Rat geben.«

»Ob der Major sich mittlerweile im Krankenhaus erkundigt hat, Angus?« Alberto hatte seine Augenverletzung auskuriert und darauf bestanden, sich die Übertragung mit anzusehen.

»Darüber könnte ich nur spekulieren.«

»Wann beginnt die Offenbarung?«

»In zehn Minuten.«

MacDonald tippte die Adresse ein. Der Countdown lag bei neun Minuten und zehn Sekunden.

»Siehst du. Wir haben noch Zeit.«

»Lieber zu früh als zu spät. Sag mal, Angus, woher wissen wir, dass es diese Mrs MacBeth ist? Du hast sie doch auch nur mit Kapuze gesehen.«

»Ein Double anzustellen, würde ihr wenig helfen, oder? Das müsste ja ebenfalls eine begnadete Hungerkünstlerin sein.«

»Berichten deine Kollegen über das Experiment?«

»Das entzieht sich leider meiner Kenntnis. Ich weiß ja selbst noch nicht, was ich zu Papier bringen werde.«

»Bestimmt hat die Frau alle wichtigen Redaktionen kontaktiert.«

»Wenn ja, wäre es sehr kurzfristig gewesen. Doch warum nicht den Dingen auf den Grund gehen? Ich werde ein paar Telefonate machen.«

»Aber es geht doch gleich los!«

»Erst in acht Minuten und fünf Sekunden. So ein Countdown hat einen gewissen Unterhaltungswert.«

»Findest du?«

»Jedenfalls für einen Höhlenmenschen.«

Während Angus telefonierte, starrte Alberto wie gebannt die Uhr an.

»Nein? Okay, danke«, sagte MacDonald und legte wieder auf.

»Will keiner etwas machen?«, fragte der Italiener, ohne den Bildschirm aus den Augen zu lassen.

»Momentan nicht. Das heißt, sie hat das Duell nur angenommen, um sich keine Blöße zu geben.«

»Und falls sie ausreichend schummeln kann, wird sie den Film später verwenden.«

»So ist es. Ich gehe nach unten und mache uns eine Kanne Tee. Ein paar Shortbread könnten auch nicht schaden. Hast du gefrühstückt?«

»Angus, ich bin Italiener.«

»Stimmt, ihr nehmt ja am Morgen nichts zu euch.«

»Jedenfalls nicht so viel wie die Briten. Man könnte meinen, ihr würdet alle unter Tage arbeiten.«

»Aber du isst doch normalerweise um halb eins zu Mittag. Du wirst also bald Hunger bekommen. Soll ich dir ein paar Sandwiches machen?«

»Lieber nicht. Mir ist etwas flau im Magen.«

MacDonald nickte und ging in die Küche. Er warf drei Scottish Blend-Teebeutel in seine große schwarze Teekanne und füllte den Wasserkessel. Wenn während der Live-Übertragung nichts Interessantes passierte, würde er Karen besuchen. Es klingelte an der Haustür. Wer immer es war, musste sich in Geduld üben! Oder das nächste Mal vorher anrufen. Er wartete, bis der Kessel abschaltete und goss das Wasser in die Kanne. Es klingelte noch einmal, viel wilder. Der Kerl konnte etwas erleben. »Major!«

»Komme ich ungelegen?«

»Nein, ich hatte nur nicht mit Ihnen gerechnet.«

»Es macht mir nichts aus, später wieder zu kommen.«
»Treten Sie bitte ein.«
An diesem Tag sah man Lockhart sein Alter an.
»Haben Sie schlecht geschlafen?«
»Ja, aber das ist nicht wichtig.«
»Wie geht es Ann und der Kleinen?«
»Etwas besser. Sie waren auf der richtigen Spur, MacDonald.«
»Bitteschön?«
»Die Entlassung aus dem Krankenhaus war voreilig.«
»Waren Sie dort?«
»Heute Morgen. Der Doktor sagte mir, dass er davon abgeraten hat. Doch meine Frau bestand darauf.«
»Aber sie ist doch keine leibliche Verwandte Anns. Trotzdem hat der Arzt nachgegeben?«
»Meine Frau kann sehr überzeugend auftreten.«
»Die Frage ist nur, als was sie sich ausgab. Sicher nicht als Anns Mutter. Vielleicht als ihre Schwester.«
»Wie auch immer. Der Doktor nahm ihr das Versprechen ab, eine professionelle Pflegekraft zu beschäftigen.«
»Hat sie das getan?«
»Nein.«
»Und sie hat Ihnen auch nichts davon erzählt?«
»Natürlich nicht! Sonst hätte ich doch längst jemanden engagiert. Nachdem ich das Krankenhaus verließ, kümmerte ich mich gleich darum.«
»Ist Ihre Frau jetzt auch bei Ann und Catriona?«
»Nein, in ihrer Firma. Die ganze Sache gibt mir schwer zu denken.«
»Haben Sie ihr denn bislang blind vertraut?«
»Würde sagen vertraut, nicht blind, aber vertraut. Doch, wenn ich es mir überlege, hat ihr Verhalten in den letzten Monaten einige Eigentümlichkeiten aufgewiesen.«
»Haben Sie nie nachgefragt?«
»Sicher habe ich das. Als sie kaum noch zu Hause war, wurde ich auch beharrlicher … diese verdammte Firma nimmt sie einfach zu sehr in Anspruch.«

»Stress demnach?«
»Ich hoffe es. Jedenfalls wird sie nun leicht aufbrausend, hört nicht richtig zu, solche Dinge.«
»Früher war sie nicht so?«
»Ich weiß genau, was sie denken. Wenn man mit einer dreißig Jahre jüngeren Frau verheiratet ist, bekommt man solche Blicke häufig. Das können Sie mir glauben.«
»Seit wann betreibt Ihre Frau die Firma?«
»Drei Jahre.«
»Eine Personalvermittlung, nicht wahr?«
»Exakt. Das Gebäude ist in Stockbridge. Sehr markant. Man kann es kaum übersehen.«
»Macht ihr die Arbeit denn Spaß?«
»Am Anfang schätzte sie die vielen verschiedenen Menschen, mit denen sie zu tun hatte. Aber jetzt klagt sie nur noch über die Unbestimmtheit unserer Zeitgenossen. Keiner habe mehr ein Ziel vor Augen. All das geht mir durch den Kopf. Dann noch die Sorge um Ann und Catriona ... falls ich Sie vor den Kopf gestoßen haben sollte, täte mir das jedenfalls sehr leid.«
»Halb so schlimm. Übrigens, ist Ihre Frau Mitglied der presbyterianischen Kirche?«
»Ihre Privatsache! Aber das, was sie sich im Krankenhaus geleistet hat, wird Konsequenzen haben.«
»Major, neulich im Ocean Terminal, haben Sie mich da gesehen?«
»Nein.«
»Und warum hauen Sie sich so oft Faust und Hand auf den Magen?«
»Es ist Ihnen aufgefallen? Alter Militärtrick. Den Feind ablenken.«
»Erklären Sie mir das bitte.«
»Ich leide unter chronischen Rückenschmerzen. Wenn ich mir in den Magen schlage, tut das noch mehr weh und ich vergesse meine Bandscheiben für einen Moment.«
»So.«
»Nicht gerade logisch, ich weiß.«

MacDonald verabschiedete den Major und balancierte das Tablett mit dem Teegeschirr nach oben.

»Ist dein Wasserkocher kaputt?«, fragte Alberto.

»Nein, ich hatte Besuch.«

»Wer war es denn?«

»Der Major.«

»Lockhart?«

»Kennst du noch andere Majors?«

»Nur John Major.«

»Aber nicht persönlich, oder?«

»Zum Glück nicht. Was wollte der alte Haudegen denn?«

»Er war im Krankenhaus. Seine Frau hat Ann und Catriona mitgenommen. Lockhart hat nichts davon gewusst.«

»Ist ja ein starkes Stück«, sagte Alberto und zeigte auf den Computer. »Bevor sie Platz nahm, verbeugte sie sich.«

»Und seitdem meditiert sie mit geschlossenen Augen?«

»Si. Ist das die Kapuzenfrau, Angus?«

»Könnte sein. Ich frage mich, ob sie eine Perücke trägt. Niemand hat in dem Alter bereits derart weißes Haar.«

»Gisueppe hat mich angerufen. Es gibt einen Interessenten.«

»Ist das Angebot ordentlich?«

»Nein, sehr niedrig. Aber die Versicherung stellt sich immer noch quer. Deshalb wird er es zähneknirschend akzeptieren.«

»Der Käufer hat damit ein absolutes Schnäppchen gemacht.«

»Noch etwas: Er erhielt seit Monaten Drohanrufe, dass man seinen Laden zerstören werde, wenn er nicht verkauft.«

Einer Eingebung folgend fuhr MacDonald nach Portobello. Mrs Sinclair musste unbedingt erfahren, dass Ann und Catriona wieder aufgetaucht waren. Sie würde zu schüchtern sein, um sich bei ihm zu melden. Und dass sie den Major anrief, konnte er sich auch nicht vorstellen. Er parkte den Wagen vor dem Haus. Die Gardinen links und rechts wackelten im Takt. Von allen Lastern war doch die Neugier das schlimmste, weitaus schlimmer als die Völlerei. Aus dem Haus strömte ein aparter Geruch nach Backwerk. War es das, was er hoffte? Mrs Sinclair musste ebenfalls am Fenster gestanden haben, denn sie öffnete sofort die Tür. »Mister MacDonald, da sind Sie ja endlich«, sagte sie so laut, dass man es auch am Ende der Straße noch hören konnte.

»Ich?«, fragte er und zeigte auf sich. »Haben Sie mich erwartet?«

»Aber ja. Haben Sie die Unterlagen dabei?«

»Welche Unterlagen? Leider kann ich Ihnen nicht folgen, Mrs Sinclair.«

»Sie sind heute schon der zweite Herrenbesuch, den ich habe«, wisperte sie ihm zu.

»Jetzt ist der Groschen bei mir gefallen. Sie haben wieder Angst, dass die Nachbarn Ihnen ein flatterhaftes Wesen unterstellen?«

»Man kann nicht vorsichtig genug sein. Folgen Sie mir bitte ins Wohnzimmer. Sie kommen gerade richtig. Ich habe gebacken. Und zwar …«

»Einen Selkirk Bannock!«

»Woher wissen Sie das?«

»Sein Geruch ist einzigartig.«

»Sie haben eine gute Nase, mein Guter. Stellen Sie sich vor, der Major war hier. Er hat mir gesagt, dass er endlich wieder Tochter und Enkeltochter bei sich hat. Wenn Sie mich fragen, ist diese Mrs Lockhart junior ein Satansbraten.«

»Mrs Sinclair, solche Worte haben Sie noch nie in den Mund genommen.«

»Doch, aber Sie waren nicht dabei. Gott sei Dank haben Sie den Mann auf den rechten Weg gebracht.«

»Habe ich das?«

»Ganz ohne Zweifel. Der Major ist dermaßen außer sich, dass er sogar an Scheidung denkt.«

»Das tut mir leid.«

»Braucht es nicht. Diese … eiskalte Person hat nie zu ihm gepasst! Sie hat auch so eine komische Firma.«

»Ich wusste bislang nur von einer Personalvermittlung.«
»Die meine ich ja. Ständig diese vielen Leute, mit denen sie zu tun hat. Irgendetwas stimmt da nicht.«
»Betrügt sie die Steuer?«
»Zum Wohle des Majors hoffe ich das Gegenteil. Nein, nach unserem Telefonat habe ich gründlich nachgedacht. Ich denke eher, dass sie Menschen in Abgründe führt.«
»Könnten Sie das bitte etwas präzisieren?«
»Was wäre, wenn Sie Bewerber zu Sekten vermittelt?«
»Wie zum Beispiel die von Maureen MacBeth?«
»Ja.«
»Ein interessanter Gedanke. Haben Sie Beweise dafür?«
»Es ist, wie gesagt, nur ein Verdacht. Nach allem, was mir der Major in den letzten Jahren erzählt hat, würde es mich nicht wundern, wenn sie auch ihre Familienmitglieder ins Verderben gestürzt hätte.«
»Mrs Sinclair, verzeihen Sie die Frage. Aber woher …«
»… weiß ich solche Dinge? Meine Nachbarn nehmen doch immer großen Anteil an allem. Deshalb habe ich Mrs Kippen zur Linken ganz spontan gefragt, was sie über Sekten weiß. Und wie sich herausstellte, wanderte eine gute Freundin von ihr vor ein paar Jahren zu einer indischen Sekte ab. Merkwürdig war, dass diese Freundin vor ihrem Verschwinden ein vielversprechendes Bewerbungsgespäch hatte.«

Zu Hause dachte MacDonald nach. So langsam kam ein Mosaik zum anderen. Aber warum sollte der Wochenmarkt den Platz räumen? Zum zweiten Mal rief er einen Bekannten bei der Stadtverwaltung an, der ihm noch einen Gefallen schuldig war. Dieser entschuldigte sich und versprach, sich gleich darum zu kümmern. Und in der Tat meldete er sich eine Stunde später. Auf dem Platz wollte jemand Parkplätze einrichten und das Marktamt wurde deshalb permanent unter Druck gesetzt. Natürlich nicht von MacBeth direkt. Dafür hatte sie ihre Leute. Einer der Mittelsmänner war ein Anwalt namens Carr. In den Häusern gegenüber sollten Luxusappartements gebaut werden. Parkplätze waren ein zusätzliches Verkaufsargument. Und dann sollte es auch den einen oder anderen Reichen geben, der am Wochenende aus England anreiste und seine Ruhe haben wollte. Lärmende Kunden und Händler, die ihre Stände auf- und abbauten, störten da nur. Am Abend schickte er Alberto noch ein E-Mail mit den ersten Stunden der Übertragung. Man durfte gespannt sein, ob es Unregelmäßigkeiten gab. Was Mrs Sinclair über Mrs Lockhart, die Zweite, sagte, leuchtete ihm ein. Über ihre Firma konnte sie neue Mitglieder für die Aerophiten rekrutieren. Eine Personalvermittlung erfuhr nicht nur die Adresse eines Bewerbers, sondern auch dessen Lebenslauf, Hobbies etc. Außerdem wurde ein ausführliches Gespräch geführt. Dabei konnte man ein gutes Gefühl dafür bekommen, ob eine Person für absurde Vorstellungen anfällig war. Wenn sie aber auf dieser Ebene operierte, nahm sie in der Sekte einen hohen Rang ein. Ständig neue Opfer heranzuschleppen, war das Salz dieser Vereinigungen. Konnte es sein, dass sie früher Personen an diesen indischen Guru vermittelte und dabei auf die Idee kam, selbst eine Sekte aufzuziehen?

MacDonald biss genussvoll in ein Stück Malzbrot. Am Abend zuvor hatte er einen großen Laib gebacken. Warum knausern, Angus, sagte er sich und strich noch eine Schicht seiner selbstgemachten Grapefruitmarmelade darauf. Auf seinem Frühstückstisch fanden sich immer mindestens drei Fruchtaufstriche. Als er durch den Flur gelaufen war, hatte das Lämpchen des Anrufbeantworters geblinkt. Doch vor dem Frühstück hörte er prinzipiell weder Nachrichten ab noch las er seine E-Mails. Das war eine in Stein gemeißelte Regel im MacDonald'schen Haushalt. Und dann näherte sich sein mobiles Telefon brummend dem Tischrand. Er schob es in die Mitte zurück. Keine Minute später bewegte das Biest sich erneut. Zum Kuckuck noch mal! Lasst mich doch in Frieden. »MacDonald! Wer stört?«

»Angus, ich habe mir das Band angesehen.«

»Bist du schon so lange auf?«

»Das habe ich bereits gestern Abend getan. Ein Guest House-Besitzer ist immer im Dienst. Es gibt eine Unregelmäßigkeit.«

»Welcher Art?«

»Ich vermute, sie hat den Raum verlassen. Nach vier Uhr hatte sie plötzlich einen kleinen Fleck am Mundwinkel. Er könnte vom Schminken sein.«

»Wann ist sie deiner Meinung nach aufgebrochen?«

»Davor natürlich. Das Bild flackerte etwas, nicht sehr, doch so, dass ein aufmerksamer Beobachter es bemerkt.«

»Aber man hätte es doch an der Uhrzeit merken müssen, dass sie die Übertragung unterbrechen.«

»Uhren lassen sich wie alles andere auch computertechnisch manipulieren. Vielleicht ist die gesamte Übertragung eine Aufzeichnung. Mittlerweile denke ich, dass sie doch ein Double eingesetzt hat. Und wenn sie derart größenwahnsinnig ist, wird sie auch bald irgendwo zu sehen sein.«

»Das Ziel eines Bildes ist nicht, eine Theorie oder eine Tatsache zu demonstrieren, sondern ein sensorisches Vergnügen hervorzurufen.«

James Craig Annan (1864-1946), Fotograf

Showdown auf dem Leith Walk

»Ich kann es kaum glauben, Angus. So dumm kann sie doch nicht sein!«
»Noch wissen wir es nicht mit Sicherheit, mein Freund.«
»Die Frau, die gerade ins Auto gestiegen ist, sieht aber genauso aus wie die Tante im Internetkanal.«
»Leider muss ich dich korrigieren. Die Dame hier trägt ebenfalls einen dieser mönchisch anmutenden Kapuzenpullover und eine Sonnenbrille, die das halbe Gesicht verdeckt. Das ist alles.«
»No! Das ist sie. Davon lasse ich mich nicht abbringen.«
»Wenn du meinst. Sollen wir losfahren?«
Alberto leckte sich mit der Zunge die Oberlippe und scherte aus der Parklücke.
»Ich bin gespannt, wohin uns die Reise führt«, meinte Angus.
»Welche Reise denn?«, fragte Alberto, ohne den Blick von der Straße zu nehmen.
»Vielleicht nach Lourdes.«
»Prego?«
»Es ist nicht so wichtig. Fahr nur weiter.«
»Würde ich gerne, wenn du mich nicht ständig ablenken würdest.«
»Ich bitte vielmals um Entschuldigung.«
»Sie fahren zum Leith Walk. Bestimmt haut sie jetzt eine Riesenportion Fast Food in sich rein.«
»Der Herr beherrscht die Sprache der Jugend.«
»Sean sagt das oft.«
»Und er kommt von Leith. Womit wir die Brücke geschlagen hätten. Leith, Straße der Imbissbuden, Freuden des einfachen Mannes.«

»Hast du auch etwas gegen Imbissbuden?«

»Solange sie gepflegt sind nicht. Zur *Concorde Fish Bar* beim King's Theatre gehe ich zum Beispiel gerne. Schau, sie fahren in eine Seitenstraße. Was machst du?«

Vitiello hielt mitten auf der Straße und ignorierte hupende Autos wie Busse. »Weiterfahren«, sagte er, die Hände ans Lenkrad geklammert. Etwa fünf Minuten später kamen MacBeth und ihre beiden Leibwächter zu Fuß aus der Seitenstraße. »Genauso habe ich es mir gedacht«, sagte Alberto jubelnd. »Verstehst du, Angus?«

»Also, wenn ich ehrlich bin …«

»Es ist doch sonnenklar. Sie geht in das *Chippie* da vorne.«

»Das Geschäft ist aber geschlossen. An der Tür hängen zwei Hinweise, eventuell Informationen über den Verkaufspreis und die neue Adresse.«

»Einer der Bodyguards hat die Tür geöffnet. Da brat mir einer einen Storch!«

»Denkst du, sie isst da drinnen? In einem geschlossenen Shop?«

»Vermutlich kochen sie illegal weiter. Du wirst schon sehen.« Alberto schnappte sich seine Digitalkamera und öffnete die Wagentür.

»Was machst du denn?«

»Fotos natürlich.«

»Und der Wagen? Der kann doch unmöglich hier stehenbleiben!«

»Natürlich nicht. Wenn eine Politesse kommt, rutschst du schnell rüber und fährst um den Block.«

»Meinst du nicht, dein Plan ist zu gefährlich?«

Alberto schüttelte den Kopf, stieg aus und kniete sich neben den linken Vorderreifen. Fachmännisch haute er die Faust dagegen, um den Luftdruck zu testen. Dann erhob er sich und ging zum rechten Rad. Der Leibwächter schaute wieder zu ihm, als er das klatschende Geräusch hörte, schöpfte aber keinen Verdacht. Ja, glotz du nur, dachte Alberto. Gerade als er sich den Hinterreifen widmen wollte, stieg Angus aus und machte ein entschuldigendes Gesicht. »Ich habe ein ungutes Gefühl und setze mich deshalb lieber gleich hinters Steuer.«

»Mach nur, aber vorher führst du bitte zur Tarnung ein wichtiges Gespräch«, flüsterte Alberto. »Sonst tritt uns der Muskelmann auf die Füße.«

»Nichts leichter als das.« MacDonald grapschte in der Jacketttasche nach seinem Handy: »Aber auf gar keinen Fall. Sie hatten mir versprochen, das Gewächshaus heute zu liefern. Nein, halten Sie Ihren Mund. In dem Fall möchte ich mein Geld zurück.«

»Das reicht, Angus!« MacDonald zuckte mit den Schultern, drückte eine Taste auf seinem mobilen Telefon und stieg wieder ein. Als Alberto zum letzten Reifen ging, kam Maureen MacBeth aus dem Chippie. Es war buchstäblich zu schön, um wahr zu sein. In der linken Hand trug sie eine Zeitung, in der offensichtlich Fish and Chips eingewickelt waren. Die Rechte umklammerte eine Zweiliterflasche Irn Bru. Alberto sprang blitzschnell auf und zückte im Rennen die Kamera. Einer der Männer schritt auf ihn zu, der zweite postierte sich vor MacBeth. Doch Alberto war schneller, riss ihr Kapuze und Sonnenbrille vom Kopf und fotografierte wie der beste Paparazzo. MacBeth fielen vor Schreck die Fish and Chips herunter. Vier, fünf Mal drückte Alberto noch den Auslöser, rannte zum Wagen zurück und bedeutete Angus, den Zündschlüssel zu drehen. Der verstand die Geste völlig richtig und preschte los, noch bevor Vitiello alle Extremitäten im Wagen hatte. Die Leibwächter waren so verdutzt, dass sie verzögert reagierten. Einer der beiden rannte ihnen auf der Straße hinterher, gab aber bereits nach wenigen Metern auf. »Ein übertriebener Körperkult macht sich einfach nicht bezahlt«, sagte MacDonald spöttisch. »Wer im Unverstand Muskeln ausbildet, kann sich am Ende kaum noch bewegen. Hast du gute Aufnahmen?«

»Man kann sich keine besseren wünschen! Ihr verdutztes Gesicht und die Fish and Chips auf dem schmutzigen Gehweg sind Gold wert.«

»Wir müssen noch einmal zurück.«
»Was! Bist du lebensmüde?«
»Überhaupt nicht. Vertrau mir einfach.«
»Aber sie werden doch auf uns warten.«
»Nein, die haben längst Fersengeld gegeben. Aber wenn du möchtest, können wir gerne eine halbe Stunde warten.«

Als sie vor dem Chippie ankamen, waren Maureen Mac-Beth, ihre Begleiter und die Fish and Chips verschwunden. Man konnte noch einen Fettfleck auf dem Boden erkennen, und direkt daneben eine Lache Erbrochenes. Der Italiener stellte sich vor das Schaufenster und fotografierte beide Plakate. Pfeifend kehrte er zum Auto zurück.

»Und?«, fragte MacDonald.

Alberto grinste nur.

»Du willst doch die Betreiber nicht etwa an ihrem neuen Standort besuchen?«

»Haha, nein, das bestimmt nicht.«

»Aber du willst mir auch nicht verraten, was du fotografiert hast?«

»Noch nicht. Aber sowie ich daheim bin, werde ich dir alle Fotos mailen. Hast du gesehen, dass MacBeth sich übergeben hat? Kein Wunder bei einem geschlossenen Chippie.«

»Ich denke nicht, dass es der Grund war. Das Übergeben passt sehr gut zu ihren Augen.«

»Wie?«

»Sag bloß, du hast nicht bemerkt, dass das Weiße unter ihren Augen rot war.«

Die Zeit war reif, seine gute, alte Schreibmaschine einzusetzen. Wenn er den Artikel auf seinem Computer tippte, würde er anschließend eine neue Tastatur kaufen müssen. Ohne Pause schrieb er alles Negative auf, was er über Maureen Mac-Beth wusste. Am nächsten Tag rief er Alberto an und schlug vor, die Personalvermittlung von Mrs Lockhart, der Zweiten, zu beobachten. Alberto fehlte ein wenig der Elan und er sah auch nicht ein, wohin das führen sollte. Sein Freund schlug am Telefon ein verbales Rad. »Aber wir haben gesagt, dass wir dieser Sekte das Handwerk legen wollen, oder etwa nicht?«

»Du hast das gesagt, nicht wir«, erwiderte Alberto.

»Heißt das, du kommst nicht mit?«

Zwei Stunden saßen sie im Wagen vor dem Gebäude der Personalvermittlung, als endlich etwas Interessantes geschah. Lightman parkte seinen Wagen vor dem Haus und ging hinein.

»Der Fall ist klar, Alberto. Wir können fahren.«

»Warum sind wir noch mal hierhergekommen?«

»Um unseren Verdacht bestätigt zu sehen und das Bild abzurunden.«

»Du denkst, dass dein Artikel morgen erscheint?«

»Oh ja, der Chefredakteur hat es mir heute versichert. Zuerst wollte er mich auf kommende Woche vertrösten. Aber als ich ihn auf das absurde Experiment der Dame als Aufhänger aufmerksam machte, war er Feuer und Flamme.«

»Ich bin sehr gespannt auf deinen Bericht.«

»Das glaube ich.«

»Wie meinst du das?«

»Ich habe dir noch nicht gesagt, wer die Dame ist, oder?«

»MacBeth? Nein, hast du nicht! Also? Ich höre …«

»Hm, wer hat mir denn verschwiegen, was in den Fenstern des Chippies stand?«

»Aber das kannst du doch nicht miteinander vergleichen.«

»Ich denke schon, dass ich das kann. Nun fahre ich zum Major. Leider muss ich ihm seinen schlimmen Verdacht bestätigen.«

»Was ist, wenn die Lockhart dazu kommt? Man könnte sich vorstellen, dass die Frau dich nicht besonders gut leiden kann.«

»Ihr Gatte hat sie bereits vor die Tür gesetzt. Außerdem hat er in mehreren Zeitungen Anzeigen geschaltet, um weitere Opfer der Sekte zu finden.«

»Sehr gut! So ein Satansbraten, diese Frau!«

»Sprich bitte nicht über Braten.«

»Signor Atkins?«

MacDonald nickte leidvoll. »Gestern habe ich wieder damit angefangen.«

»Hihi, demnach geht es Karen besser?«

»Durchaus«, antwortete MacDonald verschnupft. »Ihr Verfolger, dieser Tannahill, wird wohl in eine psychiatrische Anstalt eingewiesen.«

»Gab es denn schon eine Verhandlung?«

»Nein, aber mein Bruder meint, die Chancen stehen gut. Auch zu MacBeth habe ich ihn interviewt. Er hält die Sache mit den Anzeigen für eine gute Idee. Außerdem meint er, dass sich mein Artikel erst einmal setzen soll. Dann könne man weitersehen.«

»Und die Identität der MacBeth?«

»Du gibst nicht auf, was?«

»Niemals.«

»Schau dir die Photos zu Hause noch einmal genau an. Dann frage dich, ob die Frau mit jemandem, den wir kennen, Ähnlichkeit hat.«

»Verrat mir wenigstens, warum sie rote Augen hatte.«

»Wenn man sich zu oft übergibt, platzen die Äderchen an dieser Stelle.«

Alberto rannte zwei Stunden vor der Frühstückszeit aus dem Haus, um sich den »Scotsman« zu kaufen. Bereits auf dem Rückweg zum Guest House begann er zu lesen. »Dicke Luft in der Küche« lautete die Headline. Als guter Journalist beschränkte Angus sich auf die Fakten. Was er nicht mit Sicherheit beweisen konnte, versah er mit einem Fragezeichen. »Ist die Dame, die sich in einem Chippie auf dem Leith Walk kalorienreiche Fish and Chips und eine Zweiliterflasche Irn Bru kaufte, diejenige Person, die bei einer Internetübertragung außer Luft angeblich nichts zu sich nahm?« Die Episoden mit Coias Delikatessen und auf dem Farmers' Market wurden erwähnt und auch die Tatsache, dass es bislang nur ein Buch über Luftnahrung gab und dieses von einem indischen Guru stammte. Ingesamt ließ er nichts aus, um die Frau lächerlich zu machen. Alberto rief ihn auf dem Handy an. »Ja, Angus, ich bin es. Ich lese gerade deinen Artikel. Er ist sehr gut geschrieben. Kompliment auch zu den schönen Fotos.«

»Die von dir sind, meinst du? Danke nochmals, dass du so geistesgegenwärtig reagiert hast.«

»Welche der Aufnahmen gefällt dir am besten?«

»Der handgeschriebene Hinweis im Fenster des Geschäftes.«

»Mir auch. Der Kommentar ist doch zu schön.«

Im Schaufenster des Shops prangte auf der rechten Seite eine Bekanntmachung des Gesundheitsamtes, dass man das Chippie wegen akuten Mausbefalls geschlossen hatte. Auf der anderen Seite hatte ein früherer Kunde seinen Unmut in Schottisch bekundet: »WHAE GEEZ A DAMN ABOOT MICE!??! I DINNAE GO TAE A CHIPPIE TAE GET HEALTHY; YA IDIOTS! HEALTH INSPECTORS PLEASE GO AWAY, T.«

»Weißt du, wer dieser T. ist, Angus?«

»Ich habe keine Ahnung. Aber sein Standpunkt ist doch drollig, nicht wahr? Den Inspektoren vom Gesundheitsamt zu raten, das Weite zu suchen. Denn er kümmere sich nicht um Mäuse und sei auch nicht zum Chippie gekommen, um gesund zu werden.«

»Sehr viel höflicher ausgedrückt.«

»Du hast doch nicht etwa erwartet, dass ich die rüden Worte wiederhole? Es reicht ja, dass das Foto gedruckt wurde.«

»Wer ist denn nun diese MacBeth?«

»Die Schwester von Mrs Lockhart, der Zweiten.«

»Immer musst du auf der Frau herumhacken!«

»Fakten, Alberto, Fakten. Du himmelst sie immer noch zu sehr an. Deshalb ist dein Urteilsvermögen beeinträchtigt. Zunächst einmal hat sie die Personalvermittlung und nimmt also eine wichtige Stellung in der Sekte ein, weil sie neue Opfer beschafft. Bei ein oder zwei langen Jobgesprächen kann man einen guten Eindruck davon bekommen, in was für einer Situation sich jemand befindet. Bei unserem ersten Gespräch habe ich Lockhart gefragt, ob sie Familie in Edinburgh habe. Das hat sie ein wenig zu entschieden verneint. Der Major sagte mir auf meine Nachfrage dann, dass es in der Tat noch eine Schwester gibt. Zuletzt sah er sie bei seiner Hochzeit. Sie litt wie seine Frau erst an Magersucht, dann an Bulimie, verbrachte sogar ein Jahr in einer psychiatrischen Anstalt. Eine dritte Schwester starb an den Folgen der Magersucht. Er hat das alles verdrängt. Zumal auch seine Frau immer abblockte, wenn er Fragen zu ihrer Familie stellte.«

»Das ist noch kein Beweis dafür, dass MacBeth ihre Schwester ist.«

»Okay, Watson. Nachdem die Gattin des Majors sich so schäbig gegenüber seiner Tocher benahm, schöpfte er Verdacht. Immerhin führte die Frau sich schon eine Weile sehr komisch auf. Er durchsuchte ihren Schreibtisch und fand mehrere Unterlagen, die es bestätigen. Außerdem darf man sich fragen, was dieser Lightman mit ihr zu tun hat.«

»Die Schwestern litten beide erst an Magersucht, dann an Bulimie?«

»So ist es. Wir haben erhärtende Indizien. Lockhart betreibt beispielsweise Extremsportarten und ist immer sehr unrast. Beides typisch für Magersüchtige. Sie ist selbst für eine Frau sehr klein. Das Hungern in den Jahren der Entwicklung stoppte bestimmt ihr Wachstum. Bei MacBeth fiel mir bei meiner Begegnung ein säuerlicher Geruch auf. Sie hatte sich wohl kurz zuvor übergeben. Und die Fish and Chips hat sie runtergeschlungen und sogleich wieder von sich gegeben.«

»Warum hat sie sich vor eurem Gespräch nicht die Zähne geputzt?«

»Erfahrene Bulimiker wissen, dass man damit eine Stunde warten soll, weil die Zähne noch unter der Magensäure leiden.«

»Wenn beide Frauen typisch für Essgestörte sind, wundert mich, dass vor ihnen niemand auf die Idee mit der Sekte kam.«

»Wir sollten uns vor Verallgemeinerungen hüten. Wer wie MacBeth unter Anorexie oder Bulimie leidet, hat zwar eine obsessive Haltung zum Essen. Es sind Zwänge, denen sich die Betroffenen kaum entziehen können. Bei ihr kommen aber offensichtlich noch andere Probleme hinzu. Und wegen dieser wurde sie auch ein Jahr eingesperrt.«

»Ich kann es immer noch nicht glauben.«

»Dann stell dir MacBeth einfach mit derselben Haarfarbe wie Lockhart und noch etwas kleiner vor. Die Ähnlichkeit ist verblüffend.«

»Molte bene. Und warum hat sie Giuseppe und die Marktleute attackieren lassen?«

»Der Major sagte, dass seine Schwägerin nach der Scheidung der Eltern mit der Mutter in sehr ärmlichen Verhältnissen lebte. Vielleicht sammelt sie deshalb Häuser. So niedrig wie die Immobilienpreise sind, ist es gewiss auch eine gute Art, finanzielle Werte zu horten.«

»Sie hätte ebenso gut irgendwelche anderen Immobilien kaufen und verkaufen können.«

»Vielleicht hat sie das ja. Vergiss aber nicht, dass ihre Jünger eine perfekte Armee sind, um die Ziele umzusetzen. Alles, was mit Essen und Trinken zu tun hat, ist ihnen verleidet. Es ist nicht schwierig, solche Stoßtrupps zu animieren.«

»Und wer nicht spurt, muss um einen Fahnenmast rennen, bis er in Ohnmacht fällt. Doch an ihren Unsinn wird sie selbst doch nicht glauben, oder?«

»Wer kann es wissen. Frage irgendeinen Sektenführer zu seinem Motto. Selbst wenn er sich insgeheim schief lacht über all die Menschen, die ihm Geld in die Taschen stopfen, niemals wird er es öffentlich zugeben.«

Der »Scotsman« druckte bereits zwei Tage später MacBeths Sicht der Dinge. Sie ging in die Offensive. Die beiden Detektive hatten sich in Albertos Gewächshaus gesetzt und studierten den Artikel, jeder mit einer Zeitung in der Hand. Sie behauptete, ihr Körper benötige etwa alle fünf Jahre fettiges Essen, um richtig schwingen zu können. Und auch dann nur, wenn die Luft verpestet sei, so wie in Edinburgh mit seinen grauenhaften Abgasen. In dieser lebensbedrohlichen Situation sei sie in das nächstbeste Chippie geflüchtet, um das Gleichgewicht ihres Körpers wiederherzustellen. Als Oberhaupt der Aerophiten trage sie immerhin eine große Verantwortung. Natürlich rate sie niemandem, es ihr gleich zu tun. Das war alles. Kein Wort über die getürkten Internet-Aufnahmen. Raffinierterweise hatte sie die Übertragung nach dem Vorfall vor dem Chippie abgebrochen. Was jedoch dieser zügellose Journalist über sie geschrieben habe, zeuge nur von großem Neid. Im Gegensatz zu ihm sei sie völlig frei von jeglicher Nahrung, Notfälle ausgenommen. Alberto hatte den Artikel zuerst zu Ende gelesen und starrte seinen Freund an. »Sie glaubt doch nicht etwa, damit durchzukommen?«

»Es kommt darauf an, bei wem, Alberto. Ihre Anhänger sind ihr hörig. Denen kann sie erzählen, was sie möchte.«

»Warum hat sie sich dann überhaupt von der Zeitung interviewen lassen?«

»Ich schätze aus verletzter Eitelkeit. Und auch, um potenzielle neue Anhänger nicht abzuschrecken.«

»Ich kann mir nicht vorstellen, dass in Edinburgh noch jemand auf sie hereinfällt.«

»Das Gedächtnis der Menschen ist kurz.«

»Nicht im Internet.«

»Es sieht aber so aus, als ob sie negative Einträge ständig löschen lasse.«

»Und wenn wir sie immer wieder reinstellen?«

»Ein mühsamer Weg. Ich denke, juristisch kann man sie eher zu Fall bringen. Der Major hat mich angerufen. Es haben sich bereits drei Personen bei ihm gemeldet. Man wird wohl eine Klage anstrengen können wegen Misshandlung, Nötigung, Raub etc.«

»Hat der Mann keine Angst, dass man ihn bedroht? Dich wollten Sie während deiner Dreharbeiten doch auch einschüchtern.«

»Lockhart fürchtet den Herrgott und sonst niemanden.«

»Ich glaube immer noch, dass Sangster Dreck am Stecken hat. Es könnte doch sein, dass er sich bei den Aerophiten anmeldete, um vom Trinken weg zu kommen und dann Ann die Sache schmackhaft machte.«

»Möglich, aber unwahrscheinlich, denn er scheint ja bereits länger trocken zu sein. Ich denke allerdings, dass es Mrs Lockhart, die Zweite, war. Wie ihrer Schwester ist ihr jegliches Familienglück zuwider. Deshalb hat sie Ann und Catriona auch die medizinische Betreuung verweigert. Abgesehen davon, dass sie später den Major alleine beerben würde. Mein Freund, ich muss leider aufbrechen.«

»Was hast du denn vor?«

»Darüber möchte ich lieber nicht sprechen.«

»Ich hätte schwören können, dass es um den Termin mit der persönlichen Ernährungsberaterin geht, den Karen dir aufgebrummt hat.«

»Woher weißt du davon?«

»Ich habe mit ihr telefoniert.«

»Sie hat dir davon erzählt?«

»Jawohl, und es sieht so aus, als ob sie deiner Disziplin nicht allzu viel zutraut.«

MacDonald verabschiedete sich hastig und ging zu seinem Wagen. Zwei Minuten später klingelte sein Telefon. »Maria, was gibt es denn? Ja, was er gesagt hat, fand ich auch ein wenig ungestüm. Gerne, das machen wir!« Nachdem er aufgelegt hatte, klingelte das Telefon erneut. »Alberto, was ist denn los? Meine Güte, ja, ich kehre sofort zurück!«

Sein Freund war kalkweiß im Gesicht. »Maria spricht nicht mehr.«

»Seit wann?«

»Gleich nachdem du gegangen bist, hat sie damit angefangen.«

»Wo ist sie denn?«

»Im Wohnzimmer. Kannst du sie bitte zur Vernunft bringen?«

»Ich wüsste nicht, was ich lieber täte. Aber es ist besser, wenn ich mit ihr alleine bin.«

Maria saß auf der bequemen Couch und lachte stumm in sich hinein. Angus setzte sich neben sie und sagte mit tiefer Stimme: »Yesh, Mam, am besten sagt mir bei einem älteren Herrn ein markantes Gesicht zu, so wie Hitchcock oder auch Picasso eines hatten. Sie wussten, dass das Leben kein Popularitätswettbewerb ist.«

Wie erwartet sprang Alberto ins Zimmer. Maria sah zu Boden. »Mit wem habt ihr da eben geredet?«

Angus legte ihm den Arm auf die Schulter. »Es ist nicht so schlimm, wie du dachtest. Deine Frau reagiert immerhin noch auf eine Person.«

»Wer ist es?«

»Sir Sean Connery.«

»Aber das ist ja eine Katastrophe! Wenn ich den imitiere, hänselt sie mich doch immer.«

»Es wird dir nichts anderes übrig bleiben, als dein Glück zu versuchen.«

»Und was soll ich sagen?«

»Wie wäre es mit dem Satz, den ich gerade gesagt habe?«

»Picasso und so?«

»Genau.«

MacDonald stellte sich hinter Alberto, damit er ungestört lachen konnte. Der legte sich die Hand auf die Brust und sagte: »Meine Damen und Herren …«

»Aber nein«, korrigierte Angus, »das war nicht richtig. Noch einmal von vorne bitte.«

»Ja, Mam …«

»Nein, yesh, Mam.«

»Von mir aus! Yesh, Mam, am meisten …«

»Am besten.«

»Eines verstehe ich nicht. Wenn ich kein Theaterstück probe, ist doch der genaue Wortlaut nicht so wichtig. Entscheidender sind Tonfall, Gestik und Mimik.«

»Aber du siehst doch, dass deine Frau noch immer auf den Boden schaut.«

»Mam, yesh …«

Maria schluckte wie wild und Alberto war verzweifelt. »Ist sie jetzt völlig übergeschnappt?«

»Das glaube ich nicht.«

»Ich auch nicht«, sagte Maria und nahm ihren Mann in die Arme. »Ich war nur der Ansicht, dass ich mir nach den Aufregungen mit den japanischen Gästen und euren Ermittlungen auch etwas Spaß verdient habe.«
»Spaß nennst du das? Mir ist das Herz vor Schreck in die Hose gerutscht. Diese Mrs Lockhart hat doch den gleichen Spleen. Ich wusste ja nicht, ob er wieder weggeht!«
»Beruhige dich. Mir geht es besser.«
»Meine Mission hier ist erfüllt«, sagte MacDonald.
»Gehen Sie nur, Mister Bond«, erwiderte Alberto. »Ihre Diät wartet. Von heute an keine Martinis mehr, weder shaken noch stirred!«

Alle Versuche MacDonalds, den Termin zum Verschwinden zu bringen, waren schmählich gescheitert. Um zehn Uhr am Morgen würden sie kommen, hatte Karen gesagt, sie und Miss Armour, die Ernährungsberaterin von den Inseln. Er hatte gefragt, von welchen Inseln, aber Karen war sehr kurz angebunden und meinte, das sei nicht von Bedeutung, Atkins bleibe Atkins. Um sieben Uhr, einer absolut grässlichen Zeit, ließ er sich ein Bad ein. Eine halbe Stunde verbrachte er in der Wanne, als sein Magen merklich knurrte. Ein weiterer Grund, nicht so früh aufzustehen! Der Schock, in den sein gesamter Organismus versetzt wurde, verlangte nach einer Unmenge Kalorien. Stand er indessen zu einer menschenfreundlichen Zeit – etwa um zehn Uhr auf – war alles im Lot. Sir Robert war auf der Jagd. Auch gut, so blieb ihm mehr Zeit für das eigene Frühstück. Full Scottish Breakfast musste es natürlich sein. Doch selbst das machte ihm an diesem Tag keine große Freude. Zu hastig schlang er es hinunter, immer mit dem Unbehagen, dass Karen früher auftauchen könnte. Es wäre nicht das erste Mal gewesen. Und heute hätte sie sogar ein triftiges Motiv gehabt: zu sehen, wie er ernährungstechnisch den Tag begann. Was für ein grässliches Wort. Technik sollte nicht mit Essen in Verbindung gebracht werden! Er streckte die Beine unter dem Küchentisch aus. Und als er wieder aufwachte, war es halb zehn.

Das durfte doch nicht wahr sein! »Warum hat mich denn niemand geweckt?«, rief er vorwurfsvoll und brachte den Teller zum Ausguss. Nein, das dauerte alles zu lange. Er warf ihn mit den Resten in einen großen Müllsack, rannte vors Haus und stopfte ihn in die Tonne. Sir Robert stand in der Küche und schimpfte, weil er auf seinen Thunfisch warten musste. »Du hättest eben früher erscheinen sollen. Jetzt habe ich überhaupt keine Zeit für dich. Geh mir besser aus dem Weg, sonst trete ich dir versehentlich noch auf eine Pfote!« Was zu viel war, war zu viel. Der Kater verpasste ihm einen Krallenhieb. »Au«, schrie MacDonald. Der perfide Angriff hatte ihn völlig unvorbereitet getroffen, denn der letzte Kratzer, den er sich eingefangen hatte, lag fünf Jahre zurück. »Ich schlage vor, du verlässt den Küchenbereich! Mir die Wade blutig zu kratzen! Gehört sich das vielleicht?« Der Kater war längst durch seine Luke ins Freie geflüchtet. MacDonald öffnete die Tür zum Garten, damit der verräterische Geruch von Schinken, Speck und Eiern abzog. Den Tee ließ er auf dem Tisch stehen. Gegen den würde ja wohl keine der beiden Damen etwas einzuwenden haben. Als es an der Haustür schellte, überlegte er, toter Mann zu spielen und nicht aufzumachen. Doch außer einem kleinen Aufschub würde es ihm nichts einbringen. Ganz zu schweigen von den moralischen Ergüssen beider Damen. Also schritt er mit gutsherrlicher Miene in den Flur.

»Guten Morgen, die, äh, Damen.« Neben Karen stand eine eigentümliche Person, mutmaßlich die Ernährungsberaterin. Sicher konnte er nicht sein, denn die Dame sah aus wie ein Mann.

»Morgen, Angus, das hier ist Miss Armour, Ihre persönliche Ökotrophologin.«

»Meine Öko … was bitte?«

»Ökotrophologin«, antwortete die überaus kompakte Person mit dem Damenbart und dem gerippten blauen Polyacrylpullover.

»Äh, angenehm, MacDonald.«

»Weiß ich bereits! Wo ist die Küche?«

»Immer den Flur entlang. Sie können es nicht verfehlen. Wenn Sie Hunger haben, koche ich Ihnen gerne etwas.«
»Hunger, ich, haha, das ist gut!«
Sie schob ihn mit der Hand zur Seite und ging in die Küche. Ein freundliches Lächeln zur Begrüßung fiel manchem Zeitgenossen schwerer als das Erlernen einer Fremdsprache!
»Fühlen Sie sich wie zu Hause! Hören Sie Karen, ich bin ja zu vielem bereit, um abzunehmen, aber das geht zu weit.«
»Miss Armour meint es nicht so.«
»So! Das macht mich schon viel ruhiger.«
»Wo wollen Sie denn hin, Angus?«
»In die Küche natürlich. Wer weiß, was diese Person dort anstellt.«
»Sie untersucht Ihren Kühlschrank. Alles, was zu viele Kohlenhydrate enthält, wandert in die Tonne.«
»In meine Tonne?«
»Wollen Sie, dass ich es mitnehme?«
»Lieber wäre es mir, denn ich vergeude ungern Lebensmittel. Oder möchte Miss Armour sie eventuell haben?«
»Schwerlich, denn sie wird für eine Weile bei Ihnen wohnen.«
»Bitte was?«
»Sie haben richtig gehört. Und wissen Sie, wie ich darauf gekommen bin?«
»Hm?«
»Durch die Erzählungen von Ihrem Aufenthalt in der schrecklichen Villa. Wissen Sie, im Grunde ihres Wesens ist sie sehr nett.«
»Aber warum soll sie denn hier einziehen?«
»Wie soll ich es fomulieren, ohne verletzend zu sein? Mir scheint, Ihnen fehlt die nötige Disziplin zum Abnehmen.«
Er griff zum letzten Strohhalm in verzwickten Situationen, der Notlüge. »Bedauerlicherweise werde ich mir das nicht leisten können.«
»Es entstehen keinerlei Kosten für Sie. Miss Armour gehört zu einem Forschungsteam der Universität.
»Im Projekt ›Wie quäle ich Feinschmecker‹?«

»Jetzt übertreiben Sie aber. Nein, die Wissenschaftler untersuchen den Einfluss der Atkins-Diät auf die Gewichtsabnahme.«

»Wussten Sie, dass es auch gegenteilige Studien gibt? Viele Forscher sind der Überzeugung, dass die Atkins-Diät zu einer einseitigen Ernährung mit Mangelerscheinungen führt. Ohne Pasta würde Alberto zum Beispiel nach zwei Tagen tot umfallen.«

»Angus, tut mir leid, aber in diesen sauren Apfel müssen Sie jetzt beißen.«

»Und das mir, wo ich nur süße Sorten esse.«

Rezepte

Dundee Cake

Der Früchtekuchen nach Dundee-Art wird seit dem Ende des 19. Jahrhunderts als Teatime-Spezialität genossen. Er bleibt einige Zeit frisch. Das Rezept stammt von Mrs Sinclair.

Zutaten für einen schönen Kuchen

   180 g Butter, zimmerwarm
   120 g Zucker
   vier Eier
   ein EL Backpulver
   eine Prise Salz
   drei EL gemahlene Mandeln
   eine halbe Zitrone, Schale
   vier EL Milch
   sechs EL Sherry
   75 g Rosinen
   75 g Sultaninen
   75 g Orangeat
   75 g Zitronat
   270 g Mehl
   vier EL Mandelsplitter

Und so wird's gemacht

Den Backofen auf 130 Grad vorwärmen. Die Butter zerkleinern. Den Zucker unterrühren und in etwa zehn Minuten mit einem Rührgerät schaumig schlagen. Dann nacheinander die Eier unterheben und den Rest der Zutaten bis auf die Mandelsplitter. Den Teig in eine gebutterte Kuchenform geben und diese im Backofen platzieren. Nach 30 Minuten die Mandelsplitter auf der Oberfläche verteilen. Den Kuchen noch etwa 25 Minuten backen.

Cranachan

Früher nur zur Erntezeit genossen, schmeckt dieses Dessert, solange es frische Himbeeren gibt. Es soll Menschen geben, die sogar Erdbeeren verwenden. Das ist selbstverständlich ein Sakrileg.

Zutaten für drei Personen

250 g dicker Joghurt
zwei EL Sahne
1,5 TL schottischer Heidehonig
1,5 TL schottischer Whisky
drei TL gemahlener Hafer (Stufe zwei auf einer Getreidemühle mit neun Stufen)
200 g Himbeeren

Und so wird's gemacht

Den Hafer in einer Pfanne ohne Öl bei mittlerer Hitze zehn Minuten anrösten. In den Joghurt Sahne, Honig und Whisky einrühren. Dann die Hälfte des Hafers beigeben. Die Joghurtmischung in drei Gläser füllen, die Himbeeren darauf platzieren und obenauf den Rest des Hafers streuen.

Vegetarischer Haggis

Der Veggie Haggis ist seinem Bruder, dem Nationalgericht mit Lamminnereien, zweifelsohne ebenbürtig (siehe auch das folgende Rezept).

Zutaten für zwei bis drei Personen

- 100 g braune Linsen
- 100 g schwarze Bohnen
- zwei EL Butter
- 150 g Zwiebeln, fein gewürfelt
- 200 g Champignons, fein gewürfelt
- drei EL Erdnüsse, im Mörser oder Mixer weitgehend zerstoßen
- ein EL Thymian
- ein EL Rosmarin
- ein EL Pfeffer
- ein TL Salz
- ein EL Pilz-Sojasoße
- 100 ml kräftige Gemüsebrühe
- ein Ei, verrührt
- 150 g gemahlener Hafer (Stufe zwei auf einer Getreidemühle mit neun Stufen), in einem Pfännchen ohne Fett leicht angeröstet
- ein Geschirrtuch (80 x 80 cm)
- Frischhaltefolie
- Wasser zum Kochen des Haggis

Und so wird's gemacht

Die Zubereitung nimmt etwas Zeit in Anspruch, lohnt aber. Die Linsen und die Bohnen am Tag zuvor getrennt in ausreichend lauwarmem Wasser einweichen. Am nächsten Tag kochen, bis sie gar sind. Die Zwiebeln in einem Esslöffel Butter in einem großen Topf glasig schwitzen, dann die Pilze dazugeben und kurz mitbraten. Zeitgleich in einem Pfännchen die Erdnüsse mit der restlichen Butter rösten, bis sie leicht gebräunt sind. Ebenfalls in den Topf geben. Nun kommen die Hülsenfrüchte, Gewürze, Sojasoße und Gemüsebrühe dazu. Kurz aufkochen. Alles gut pürieren. Abkühlen lassen, das Ei unterrühren, dann den Hafer. Gut rühren. Bei Bedarf noch etwas nachwürzen.

Das Geschirrtuch zur Hälfte der Größe zusammenfalten. Küchenfolie darüberlegen. Mit einem Löffel den Haggis mittig in Form eines Ovals legen. Dann mit Handtuch und Folie zu einer Rolle zusammenschlagen. Mit Bindfaden an beiden Enden fest zubinden, dann ein weiteres Mal in der Mitte. Wasser in einem großen Topf zum Kochen bringen, einen Rost hineinlegen und den Haggis darauflegen, dann 30 bis 35 Minuten mit aufgelegtem Deckel (ca. 80 Grad Temperatur) köcheln. Behutsam aus dem (heißen!) Wasserbad nehmen, die Schnüre aufschneiden und mit einem Löffel Portionen schöpfen. Dazu isst man Tatties and Neeps, Kartoffelbrei und Rübenbrei.

Traditioneller Haggis

Treffender als Robert Burns (s. S. 105) kann man es nicht ausdrücken. Haggis ist führwahr ein Stammesoberhaupt. Sehr harte Männer (und Frauen) trinken Scotch dazu. Burns bevorzugte vermutlich Ale, und heuzutage ist auch ein ausdrucksstarker Rotwein erlaubt.

Gesamtgewicht vor dem Einfüllen: 1,7 kg

Zutaten für vier bis fünf Personen

ein Schafsherz (130 g Rohgewicht)
ein Viertel einer Schafsleber (150-160 g Rohgewicht)
eine Schafslunge (500 g Rohgewicht)
250 g Kalbsnierenfett
250 g gemahlener Hafer (Stufe zwei auf einer Getreidemühle mit neun Stufen), in einer Pfanne ohne Fett leicht geröstet
800 g Zwiebeln, gehackt und in etwas Butter geschmort
26 g Salz
5 g Pfeffer
2,5 g Koriander
1,7 g Muskat
1,7-3,4 g Chili (Dieses Gewürz ist optional und die Menge kann je nach Stärke des Chilipulvers und nach eigenem Geschmack variiert werden.)
ein Schafsmagen bzw. ein Geschirrtuch (80 x 80 cm)
500 g Gemüse (Pastinake, Karotte und Sellerie gemischt oder auch ein Pfund einer Sorte), fein gewürfelt
Küchenfolie
Wasser zum Kochen des Haggis

Und so wird's gemacht

Einen gesäuberten, kochfertigen Schafsmagen kaufen. Es ist auch in Ordnung, ein Geschirrtuch zu nehmen, zumal die Hülle ohnehin nicht mitgegessen wird.
Die Innereien in einem großen Topf in ungesalzenem Wasser eine Stunde köcheln (ca. 80 Grad Temperatur). Wer Zweifel hat, ob das Fleisch bereits durch ist, schneidet es an. Die Leber darf noch etwas blutig sein, Herz und Lunge dagegen nicht. Alles abkühlen lassen, grob zerteilen (maximal ein Drittel der Größe des Einfüllstutzens des Fleischwolfs) und in eine große Schüssel geben. Kalbsnierenfett, Hafer, Zwiebeln und Gewürze dazugeben. Die Masse mit den Händen gut durchmischen, in den Fleischwolf geben und bei vier Millimetern Scheibenstärke klein mahlen.

Haggis im Geschirrtuch

Das Geschirrtuch auslegen und über die gesamte Fläche Küchenfolie ausbreiten. (Ohne Folie bleibt das Fleisch im Handtuch hängen.) Das Fleisch mit den Händen zu kleinen Ballen formen und in das hintere Drittel füllen. Dann mit Handtuch und Folie zu einer Rolle zusammenfalten. Mit Bindfaden an beiden Enden fest zuschnüren. Überstehende Schnur abschneiden. Dann noch fünf Mal binden, erst in der Mitte, dann links, rechts und wieder links, rechts, jeweils in gleichen Abständen entfernt. Der Haggis sollte nun wie eine große Wurst aussehen. Wasser in einem großen Topf kochen, einen Rost hineinlegen und den Haggis darauflegen. Dann das Gemüse dazugeben und das Wasser zum Simmern bringen. Etwa zweieinhalb Stunden köcheln (ca. 80 Grad Temperatur). Beim Dampfgaren beträgt die Garzeit ebenfalls zweieinhalb Stunden. Sehr vorsichtig öffnen, ohne die Finger zu verbrennen, und mit einem Löffel portionieren.

Haggis im Schafsmagen

Mit den Händen aus dem Fleisch kleine Ballen formen. Den Magen unterhalb des Schlunds füllen, jedoch nur zu zwei Dritteln, da sich der Hafer während des Kochens ausbreitet. Das Ende mit dickem Bindfaden zubinden. Auf keinen Fall dünnen Bindfaden nehmen, da dieser zu scharf ist und den Haggis zum Reißen bringen kann. Mit einer Strickradel auf einer Seite gut zwanzig Mal einstechen. Wasser in einem großen Topf zum Kochen bringen, einen Rost hineinlegen und den Haggis mit der eingestochenen Seite nach oben darauflegen. Dann das Gemüse dazugeben und das Wasser zum Simmern bringen. Etwa 2,5 Stunden köcheln bei ca. 80 Grad Temperatur. Auch hier ist Dampfgaren möglich. Dreht der Haggis sich während des Kochens auf die andere Seite, auch auf dieser einige Male einstechen. Mit einem scharfen Messer längs einschneiden und löffelweise portionieren.

Hafersuppe von den Orkney-Inseln

Auf den nördlichen Inseln, wo der Wind fast ununterbrochen weht, tischt man herzhafte Suppen auf.

Zutaten für zwei Personen

eine große Zwiebel
drei Stangen Staudensellerie
zwei große Karotten
eine dicke Scheibe Weißkohl
30 g Butter
40 g gemahlener Hafer (Stufe zwei auf einer Getreidemühle mit neun Stufen), in einem Pfännchen ohne Fett leicht angeröstet
500 ml Gemüsebrühe
300 ml Milch
Salz
grüner Pfeffer

Und so wird's gemacht

Die Zwiebel und alle Gemüsesorten möglichst klein würfeln. Die Butter in einem Topf schmelzen und bei mittlerer Hitze alles etwa fünf Minuten dünsten. Hafer beigeben und alles noch einige Minuten braten. Die Gemüsebrühe dazugießen, köcheln, bis das Gemüse gar ist. Pürieren, Milch unterrühren und die Suppe langsam noch einmal aufkochen. Mit Salz und grünem Pfeffer abschmecken.

Malzbrot

In den einfachen schottischen Haushalten gab es keine Backöfen. Unter Brot verstand man vor allem die flachen Oatcakes oder Barley Bannocks (in den Highlands und auf den nördlichen Inseln). Hier ein Rezept für ein »hohes« Brot aus der Neuzeit.

400 g Mehl (550er)
ein halber TL Backpulver
ein halber TL Natron
ein halber TL Salz
drei EL Malzkaffee (aus 100 % Malz)
zwei Eier
80 ml Milch
drei EL Sirup

Und so wird's gemacht

Den Backofen auf 170 Grad vorheizen. Die trockenen Zutaten mit den zuvor verrührten Eiern mischen. Die Milch leicht erhitzen und langsam den Sirup einfließen lassen. Zu der Mehlmischung geben und alles gut verrühren, dann kneten, bis der Teig nicht mehr an den Händen klebt und eine schöne braune Farbe bekommt. Das runde Brot oben leicht kreuzförmig einritzen und ca. 40 Minuten backen. Vor dem Anschneiden gut abkühlen lassen.

Grapefruitmarmelade

Eine charmante, außergewöhnliche Marmelade. Frucht und Zucker sollten unbedingt zu gleichen Teilen verwendet werden, sonst ist sie nicht genießbar.

Zutaten

500 g Bio-Grapefruit
eine halbe Zitrone, Saft
500 g Gelierzucker
ein Liter Wasser
ein halber TL grüner Pfeffer

Und so wird's gemacht

Die Grapefruit unter warmem Wasser gut abbürsten. Den weißen Teil in der Mitte herausschneiden. Die Fruchtteile in möglichst kleine Stücke schneiden. Mit dem Saft der halben Zitrone und dem Wasser in den Einmachtopf geben, Deckel auflegen und über Nacht stehen lassen. Am nächsten Tag mit dem Einweichwasser erst stark aufkochen, dann die Hitze reduzieren und alles etwa eine Stunde auf niedriger Stufe kochen, bis die Stücke weich sind. Den Gelierzucker dazugeben. Zum Kochen bringen. Dann die Hitze leicht reduzieren und kochen, bis der Gelierpunkt erreicht ist. Den Pfeffer unterrühren.

Clootie Dumpling

Der König der süßen Puddinge vereint zahlreiche Zutaten in sich und verlangt eine gewisse Anstrengung. Selbst in Schottland ist er hausgemacht nicht mehr häufig zu bekommen.

Zutaten für vier Personen

    120 g Butter, zimmerwarm
    300 g Mehl (405er)
    100 g Zucker
    zwölf EL gemahlener Hafer (Stufe zwei auf einer Getreidemühle mit neun Stufen)
    50 g Rosinen
    150 g Orangeat
    ein TL Zimt
    ein TL Pfeffer
    zwei EL Sirup
    zwei Eier, verrührt
    ein geriebener Apfel (mit Schale)
    eine Zitrone, Saft und Schale
    100 ml Milch
    ein Geschirrtuch (80 x 80 cm)
    Küchenfolie
    3,5-4 l kochendes Wasser

Und so wird's gemacht

Zuerst die trockenen Zutaten mit der Butter mischen. Dann nach und nach den Rest untermischen, die Milch am Ende. Der Pudding hat die Konsistenz eines kompakten Rührkuchenteigs. Das Geschirrtuch zur Hälfte der Fläche falten. Dann mit Küchenfolie auskleiden. Den Teig mit einem Kochlöffel in Form eines Ovals darauf verteilen. Dann mit Handtuch und Folie zu einer Rolle zusammenschlagen. Mit Bindfaden an beiden Enden und in der Mitte gut zubinden. Überstehende Schnur abschneiden. Wasser in einen großen Topf füllen und zum Kochen bringen. Einen Teller auf den Boden stellen und den Pudding darauflegen. Den Dumpling mit aufgelegtem Deckel etwa 45 Minuten simmern lassen (80 Grad). Falls nötig, heißes Wasser nachfüllen. Behutsam öffnen (Vorsicht: extrem heiß!) und mit einem Messer Portionen abschneiden. Dazu nimmt man heiße Milch, Sahne oder Custard.

Selkirk Bannock

Aus der Stadt Selkirk in der Borders-Region kommt dieser mächtige Kuchen.

Zutaten

   ein Würfel frische Hefe
   250 ml Milch, Körpertemperatur (37 Grad)
   eine Prise Zucker
   800 g Mehl (1050er)
   80 g Butter, zimmerwarm
   eine Prise Salz
   100 g Rosinen
   100 g Orangeat
   80 g Zucker

Und so wird's gemacht

Die Hefe mit der Milch und der Prise Zucker mischen. Etwa zehn Minuten stehen lassen. Mehl mit der Butter mischen, die Hefemischung und die Prise Salz dazugeben, dann Trockenfrüchte und Zucker. Den Teig kneten, bis er nicht mehr an den Fingern klebt. Zugedeckt zur doppelten Höhe aufgehen lassen. In der Zwischenzeit den Backofen auf 170 Grad vorwärmen. Den Teig in eine gebutterte Kuchenform legen. Etwa 45 Minuten backen.

Glossar schottischer (wie auch englischer) Begriffe

Aberdonians: heißen die Einwohner Aberdeens. Die Stadt im Nordosten des Landes – mit ihren Bauwerken aus grauem Granit – konkurriert an Schönheit mit Edinburgh.

Andreaskreuz: Ein weißes Kreuz auf blauem Grund, so sieht die Landesflagge aus, im Gedenken an den Schutzpatron der Schotten, den heiligen Andreas (St. Andrew). Das weiße Kreuz ist auch Bestandteil des Union Jack, der britischen Flagge.

Atkins-Diät: benannt nach dem Kardiologen Dr. Robert Atkins (1930-2003). Sie gilt als eine der ersten Diäten mit wenig Kohlenhydraten. Als Energielieferanten werden Proteine und Fett genutzt.

Chippie: So heißt in Edinburgh ein Fish and Chips Shop, aber auch allgemein das Essen, das man sich dort holt.

The Concorde Fish Bar: Außer Fish and Chips gibt es in dem Imbiss auf der Home Street zum Beispiel auch Burgers, Pies and Pasties.

Encyclopedia Britannica: Bereits die erste Ausgabe des heute weltberühmten Lexikons war schnell ausverkauft. Drei Bände erschienen in Edinburgh in den Jahren 1768 bis 1771. Es ging weiter bergauf und im Jahr 1809 publizierte man bereits 20 Bände. Am 13. Mai 2012 gab das Unternehmen bekannt, dass es nach der zuletzt erschienenen, 32-bändigen Ausgabe keine weiteren gedruckten Bände geben wird.

Garibaldi: Dem Wesen nach ist der Keks eine Art Sandwich, denn zwischen zwei Teighälften liegt eine Schicht Rosinen. Ob er nun nach Giuseppe Garibaldi benannt ist, jenem Mann, der Italien einte, kann nicht eindeutig beantwortet werden. Manch einer munkelt jedenfalls, dass seine Köche den kompakten und energiereichen Keks erfunden hätten.

Hamper: klassischer Picknickkorb.

Highland Cattles: So heißen die braunen, langhaarigen und wetterrobusten Rinder mit den schönen Hörnern. Vor dem Versuch der Jakobiten, im Jahr 1745 die Unabhängigkeit für Schottland zu erkämpfen, waren sie für die Wirtschaft der damals starken Clans sehr wichtig.

HobNob: Aus Glasgow stammt der körnige Haferkeks. Angus MacDonald mag nur diese Sorte, den »Urkeks« der Firma. Die Schokoladenvarianten lässt er links liegen.

Holyrood Palace: Die offizielle Residenz der Königin in Schottland befindet sich am Ende der Royal Mile in Edinburgh. Der Palast ist als das Zuhause von Mary, Königin der Schotten, bekannt. Sie wurde zweimal in der zugehörigen Abtei getraut. Während des Aufstandes von 1745 war Holyrood Palace auch für kurze Zeit das Hauptquartier von Bonnie Prince Charlie.

Johnson, Samuel (1709-1784): »In England bekommen nur die Pferde Hafer, in Schottland sind es die Menschen«, sagte der Engländer Johnson auf einer Schottlandreise zu seinem Begleiter und späteren Biographen, dem Schotten James Boswell (1740-1795). Worauf dieser antwortete: »Aber ja, deshalb gibt es in England auch wunderbare Pferde und in Schottland wunderbare Menschen.«

Jubilee: 60-jähriges Thronjubiläum von Queen Elisabeth.

King's Theatre: Im Jahr 1906 erbaut, lohnt das Theater nicht nur wegen der Aufführungen einen Besuch. Die Architektur kann sich außen wie innen sehen lassen.

Laphroaig: torfiger Single Malt Whisky von der Insel Islay.

Lassie: junge, unverheiratete Frau.

Ocean Terminal: Shopping Mall in Leith, Stadtteil von Edinburgh.

Ottolenghi, Yotam: Chefkoch aus Israel, Betreiber von vier Restaurants in London und Autor maßlos schöner und innovativer Kochbücher.

Porridge: In deutschen Landen mit den unschönen Namen Haferbrei und Haferschleim belegt, ermöglicht die Haferspeise, wie man sie vielleicht besser nennt, einen ausgezeichneten Start in den Tag.

Presbyterianer: nennen sich – vor allem im angelsächsischen Raum – die Mitglieder der presbyterial-synodal verfassten, reformierten Kirchen. Vorläufer ist die strenge Kirchenordnung Calvins in Frankreich (1559) und von John Knox in Schottland (1560).

Scott Monument: In den East Princes Street Gardens steht das größte Denkmal, das jemals einem Schriftsteller errichtet wurde. Sechzig Meter ist es hoch und auf 287 Stufen geht es nach oben.

Stevenson, Robert Louis (1850-1894): einer der bedeutendsten Schriftsteller, wuchs in Edinburgh auf. Schöpfer von »Dr. Jekyll und Mister Hyde«, »Die Schatzinsel« und weiteren Werken der Weltliteratur.

Teetotal: Wenn jemand keinen Alkohol trinkt, nennt man ihn in Großbritannien so.